もどってきた鏡

もどってきた鏡

アラン・ロブ＝グリエ
芳川泰久訳

水声社

フィクションの楽しみ

目次

七年後の反復／コラントとはだれだったか？／彼は何しにわが家に来たのか？／八〇年代の反 - 知性的な反動

私の記憶にまちがいがなければ、本書の執筆をはじめたのは一九七六年の末頃か七七年のはじめ頃で、つまり『幻影都市のトポロジー』を刊行した数カ月後ということになる。いまは一九八三年の秋だから、仕事はほとんど進んでおらず（四十枚ほどの原稿があるばかりで）、もっと急を要するように思われた仕事を優先して、絶えずほっぽり出していた。そんなわけで、その間に、二冊の小説が出版され、同じく一つの映画——『囚われの美女』——が今年の一月に完成し、二月半ばに封切られ、スクリーンにかかった。だから、書き出し（「私はこれまで自分以外について語ったことなど一度もない……」）から、七年近くが過ぎてしまったが、この言葉は当時、挑発的だった。観点も変わってしまい、パースペクティブも崩れてしまうことがあり、場合によっては、まったく逆になることもあるが、しかしじっさいは、同じ問題がずっと提起されていて、それは執拗で、うるさく付きまとい、おそらく何の役にも立たない……。もう一度だけ、手遅れになる前にまたやってみようじゃないか、本気で。

アンリ・ド・コラントとはだれだったのか？　ひょっとすると、ごくごく幼い子供だったときは別にして、私自身は――すでに言ったように――一度も彼に会ったことがないように思う。それでも、ときに個人的な記憶は保たれているようで、このつかの間ちらっと会ったという個人的な記憶は（言葉の本来の意味で、偶然にも閉まりの悪くなった両開きのドアの、ぴったり合わない二枚の扉みたいで）、あとから私の記憶によってまさに捏造されたかもしれず――それは勤勉な偽の記憶で――何から何までの記憶ではないにしろ、少なくとも、私の家族内やあの古い家のまわりで、小声で噂されていた支離滅裂な話にだけはもとづいている。

ド・コラント氏を、私の父は皮肉と尊敬の入り混じった気持をこめてたいていアンリ伯爵と呼んでいたが、彼はうちの家族によく会いに来ていた。それはほぼ間違いない……。よく？　その頻度がどのくらいと言うことなど、いまの私にはまったくできない。たとえば毎月、彼は来たのだろうか？　あるいはもっと頻繁に？　というか、かろうじて年に一、二回しか顔を見せなくても、その出現が――つかの間であろうとも――後になってみれば、みんなの心にとても強く尾を引く痕跡を残したので、たちまち記憶によって顔を見せた回数が増えてしまったのだろうか？

そして正確にはいつ、その訪問は止《や》んだのだろう？

でも彼は、とりわけ何をしにわが家に来たというのだろう？　どんな秘密があって、どんな企図のせいで、どんな間違いから、いかなる種類の利害や危惧が——生まれも財産も——そのすべてがこの男とはかけ離れているだろうと思われる私の両親を彼に結びつけたのだろう？　どのように、なぜ、これほどつましい家庭に数時間も（数日も？）、波乱に富んだ多忙な生活のさなかにあるこの男がとどまる時間を見つけたのか？　どうして私の父も、ある種のしつこい期待と好意をもって、いつとも知れないその訪問を待っているように見えたのだろう？　なのに、父は心配そうな顔をして、まるで悲嘆に打ちひしがれたような様子で、居間の重くて赤い仕切りカーテンの隙間《すきま》から私がこっそり盗み見ると、この栄えある訪問客といっしょにいるのだった。そしてまたいかなる理由から、口に出しては言われなかったものの、あれほどはっきり分かるくらい、私がその男に近づくことを禁じようとしたのか？

たぶん、そのような疑問に形だけにすぎなくても答えを与えようという——心もとない——目的から、すでにしばらく前に、私はこの自伝を書こうと試みたことがある。それで、避けて通れなかった七年間が過ぎてから最初のページを読み返してみた。私が一刻も早く語りたかったことなのに、そこに書かれていたことはほとんど飲み込めなかった。書いたものについてはよくそういうことがあって、そうなると、孤独で、意固地な、ほとんど時間を度外視した探求となり、同時に、馬鹿にしながらも、そのときのいわば「世俗的な」関心に従うことになる。

この八〇年代のはじめには、伝統的な表現－表象の規範を逃れようとする一切の試みに対する反動が、急にふたたび強まったので、私のかつての無謀な指摘は、そのころ広がりはじめた新たなドグマ（反・人間中心主義《ヒューマニズム》）を洗い流す役割を演じるどころか、息を吹き返した支配的な言説《ディスクール》の用意したツルツルの傾斜を滑り落ちるようにしか、もはや今日となっては見えないだろう。それは、当初、私があれほど激しく戦った、旧態依然とした古き良き昔の言説にほかならない。いたるところから私たちに押し寄せる「回帰」の波に呑まれているので、反対に私が乗り越えや「止揚」を期待しているようにはもはやとても見えないかもしれない。

ということは、いままさに、一九五五―六〇年代のテロリスト的な行為を繰り返す必要があるのでは？　間違いなく、あるだろう。とはいえ（あとで理由を説明するが）、もう時代遅れになってしまったあの最初の何ページかを、七七年に書いたままひと言も変えずに、腹を立てながらここで繰り返すことにするが、それが時代遅れに見えるのは、私から見て、ひどくあっという間に時代に流布したからである。

自分について語る／理論はすり減り、硬直する／作者という概念

私はこれまで自分以外について語ったことなど一度もない。それが内部からだったので、ほと

んど気づかれていない。幸いにも。というのも、ここまでたった二行のうちに、こちらも大いに協力して信用を傷つけた疑わしくて恥ずべきひどい言葉を、私は三つも口にしたところだからで、明日にもまた、何人もの同輩や後継者のほとんどから糾弾されることだろう。その三つの言葉とは「私」であり、「内部」であり、「について語る」にほかならない。

うわべは無害に見えるこれらの取るに足らない言葉の二番目のものは、困ったことに、それだけで深さという人間中心主義的な神話（われわれ作家にとっては、クソババアも同然）を生き返らせるのに対し、三番目の言葉はひそかに再現《ルプレザンタシオン》という人間中心主義的な神話を連れ帰ってきて、その困難な訴訟がいつまでもだらだらと長引いている。常に唾棄《だき》すべき私という言葉について言えば、本書に、さらにいっそう軽薄な再登場を間違いなく用意する。それは、伝記主義の再登場である。

だから、まさにこのいま、私が「彼自身によるロブ＝グリエ」[*1]の執筆を承知するのは偶然ではない。かつての私であれば、間違いなく、そんなことは他の連中にまかせておけばよいと思った

＊1　この本は当初、スイユ社（だから少し先で「向こうを張った出版社《メゾン》」とほのめかしておいた）の「永遠の作家」叢書で刊行されることが予定されていた。私はポール・フラマンとの契約にサインさえしていて、これは相変わらず有効である。書いているうちに、テクストが思いがけない旋回をしただけなのだが、それで、図版や写真類を多く使う判型の決められたこの小さな本のシリーズで、これを出すことが適切ではなくなってしまったのだ。だからこのシリーズのために、私はまったく別のものに並行して取りかかっている。

であろう。いまやだれもが知っているが、作者という概念は反動的な言説――個人の言説、私的所有の言説、利益の言説――に属していて、反対に、書き手の作業は匿名的であり、単なる結合の働きであって、極言すれば、機械にだってゆだねることができるかもしれない。それくらい、その作業はプログラミングできそうに思われ、今度は、そうした企てを組織する人間の意志のほうが、もはや階級闘争の局所的な変形にしか見えないほど脱人間化されるのだ。そして階級闘争は〈歴史《イストワール》〉一般の原動力であり、つまり小説の物語《イストワール》の原動力でもある。

私自身、そうした安堵を誘う愚かな考えを大いに奨励した。今日、私がそのような考えと戦うことにしたのは、それがもう時代遅れになったように思われるからだ。そうした考えは、何年かで、持っていたはずのスキャンダルで、破壊的で、それゆえ革命的な側面を失ってしまい、以来、紋切り型の考えの一つと見なされ、モード誌の軟弱な戦闘的態度をいまもかき立てながら、それでも、栄えある一家の地下墓所みたいな文学の概論書のうちに、すでに用意された自らの場所を確保している。イデオロギーは、いつも仮面をつけているのに、簡単にその面貌《かお》を変える。それこそ、ヒュドラ〔ヘラクレスが頭を切るとそのあとから二つずつ頭を生やすといわれる九頭の蛇〕の鏡であり、その頭を切り落としてもたちまち新たに生え変わって、勝利者は自分のほうだと思っていた敵に、自らの顔を向ける。

私は代わりに、ヒュドラの巧みな業《わざ》をまねながら、この怪物の亡骸《なきがら》を借り受けよう。その目を通して見、その耳の穴を通して聞き、その口を通して話すことにしよう（そうやって、自分の言葉を血にまみれたものにしよう）。私は〈真実〉など信じていない。〈真実〉は官僚主義の役にしか立たない、つまり抑圧にしか役立たないのだ。闘争への情熱に燃えて強く主張された大胆な理論でも、教条《ドグマ》になりさがったとたん、たちまち、その魅力と威力を失い、同時にその有効性を失う。そうした理論は、自由や発見をもたらすことをやめ、軽はずみにも分別くさく、秩序の確立という大きな仕事にさらに貢献することにしかならない。

それゆえ、別のピッチへと進み出るときが来た。この理論がこっそり糧になってふたたび姿を見せた官僚主義を一掃するために、社会的な地位が新たに向上したこの立派な理論をひっくり返し、すっかり意見を変えるときが来たのだ。いまや〈ヌーヴォー・ロマン〉は肯定的に自らの価値を明確にし、自らの法律を公布し、自らのできの悪い生徒たちをまっすぐな道に連れもどし、自らの一匹狼たちを制服のもとに引き入れ、自らの自由思想家たちを追放してしまい、なにもかもを白紙にもどすことが喫緊《きっきん》の問題となり、駒《コマ》をその出発点にもどし、エクリチュールをそのはじめの状態にもどし、作者をその最初の本にもどして、近代の物語において、世界の表象と個人の表現の演じる曖昧な役割について、あらためて問い直すことが火急の問題となる。そしてそうした個人は、同時に身体であり、志向性の投影であり、無意識でもある。

なぜ私は書くのか？／私はここで一つの冒険に身を投じる

インタビューやシンポジウムでも、なぜ私は書くのか、とよく訊かれたので、しまいにはこの質問を、常識の領域に属しているもの、一種の指標の領域に属しているものと考えるようになっていた。その指標は、絶えず動いていてとらえられない営みに対し、（その絶大な権力に基づく）思考の規律を押し付けようとする。だから私は、沈黙をエクリチュールで満たそうとして、さまざまな内容のない紋切り型を示すだけでよしとした。それは、自分の尻尾を噛むような堂々巡りのこともあり、あるいは輝いて見えても格言代わりにしかならない比喩のこともあった。いずれにしても、教理問答書《カテキスム》の断片よりはましだった。

しかしいまや私は、一冊のささやかな本という空間のために、自分を横目で見る覚悟を決めると、この思いがけない視点のおかげで、にわかに自分の古い防御とためらいから解放される。私はものすごく「ミニュイ社」とその生命と命運に結びついていると感じているので、不意に、向こうを張った出版社《メゾン》から自分について語ろうとして、私はじつに新鮮な自在さのようなものを覚える。それは軽やかさであり、責任を問われない語り手の愉快な状態にほかならない。

それゆえ、このページに、どんなものであれ何らかの決定的な説明を期待すべきではないし、私の書いたものや映画の仕事に関して、ひたすら真実の説明を（著者自らが提供する源泉から得た説明ではあっても）期待すべきではないだろう。そうした仕事の、本物と認められた働きや現実的な意味を期待してはいけない。私は本当のことを言う男ではない、と言ったが、しかしウソをつく男でもない。いずれにしても、結局は同じことだろうが。私は一種の探検家のようなもので、果断ではあるものの、ろくに武器を持たない軽率な探検家で、来る日も来る日も自ら歩いて可能な道をつけたところでも、だからといってそんな国が以前にも以後にも継続して存在するなどと信じてはいない。私は範とすべき思想家ではなく、むしろ旅の道連れであり、でっちあげの同伴者であり、予測のつかない探求の同伴者なのだ。そして、私が危険を冒して出かけようとしているのは、またしても虚構《フィクション》のただなかへである。

オー＝ジュラ対大洋／海の悪夢／ブルターニュでの子供時代／ガッサンディ通りの夜の亡霊

子供のころ、私は長いこと、海が嫌いだと思っていた。毎晩、私がこれから眠り込もうとするとき、成り行きに身をゆだねながら柵のない庭の心地よさを求めるのだが、それは私の頭のなかに最もよく現れる父方のオー＝ジュラ〔フランス中東部、スイスとの国境に近い地方〕のイメージである。小さなクッションのようなユキノシタや苔《こけ》のびっしり生えた岩のくぼみ、穏やかな曲線を描く斜面、リンドウやイワカガミダマシ〔サクラソウ科の高山植物〕をあしらった公園の草原《くさはら》のように一様に短く刈られた草の起伏。そこでは、ベージュ色の大きな牛たちが、まるで背景のように植えられてじっと動かない森の斜面と斜面のあいだを、小さな鈴を静かに響かせながらゆっくりと移動している。整った配列。休息。安らかな永遠。私は眠りに身をゆだねることができた。

　大洋となると、まさに喧騒と不確実さであって、腹黒い危険が跋扈《ばっこ》するところで、ぶよぶよしたねばねばの生き物たちがうねる大波と結び合わさっている。そして悪夢を埋めつくすのはまぎれもなくこの大洋なのだ。私は意識を失うとたちまち、その悪夢に陥るのだった。そしてほどなく、恐怖の叫び声のなかで目が覚めるのだが、それでもいつも、ごちゃごちゃした形のその亡霊たちが消え去ることはなく、私はその姿を描くことさえできないのだった。私の母は、臭化物〔臭化カリウムは鎮静剤〕の入った薬用シロップを飲ませてくれた。母の心配そうな目を見ると、私がいま一時的に逃れたばかりのいわゆる危険をはっきり物語っていて、それは、この私のまぶたの裏側に潜んでいて、夜になるとあらためてこちらを待っているのだった。幻覚や夜間性の譫妄《せんもう》や断続的な夢遊症によって安眠できなかったが、私は物静かな子供だった。

　私たちは、一年の一部を母方の家族の住まいで過ごすのだった。そこは私の生まれたところで、塀に囲われた庭がぐるりとめぐらされた大きな家だった。当時、その家はものすごく広いように思われ、ブレスト〔ブルターニュ半島先端の港湾都市〕のごく近郊の、そのころは田舎だった場所にあった。家族での徒歩旅行は、ときに何日もつづき、ブリニョガン〔ブルターニュ地方・フィニステール県の村。浜辺で有名〕からリアス式海岸になって、サン＝マチュウ〔岬がある〕、ウェサン島〔フィニステールの海岸から二十キロほど沖の、フランス北西端の島〕やラ岬〔ブルターニュ半島の岬で、大西洋を臨む〕にまで及び、風を受けながら、冷たい砂浜伝いにごつごつと不揃いに積み重なった岩を横切り、あるいは崩れていたり滑りやすい税関吏たちの利用する道〔海からの密貿易を取り締まるため、海岸線をパトロールする税関吏が主に使う道〕を通ったが、そうした道は断崖の縁をめぐっていた。

八月になると、私たちはキブロン半島〔ブルターニュ半島南岸にある〕の小さな村で過ごすのだった。そしてそこでもまた、私たちのお気に入りはコート・ソヴァージュ〔「人跡未踏の海岸」の意〕に行くことで、戦前、そこはまだ本当に人の行かないところで、まさにその伝説をじつにもっともらしく思わせるほどだった。逆巻く渦は地下の断層によって氷の張っていない海ともつながっていて、そこに入ると、蔓《つる》を伸ばしたような長い藻が絡まって、下方へと脚を引きずり込まれて溺死しそうになり、迫《せ》りあがる波の、つかまりどころもない縦の壁の裾《すそ》にとらえられ、海面では分からない激しい波にもまれるのだが、それでも抗いがたくその波に焦がれる思いにとらえられ、波はこちらをのみ込もうとして、この上なく高い断崖の上にまで至る。もちろん、カヌーのこぎ方も、あるいはセーリングも習わなかったし、泳げるようにさえ決してならなかった。山に行くと、踏み固められたゲレンデもなく、リフトもなかったのに、私は十二の歳からスキーを履いてすっかりくつろぎ、もちろん向こう見ずなこともした。

どんなアマチュアの精神分析家でも、ジュラと大西洋の安易な対立——苔《コケ》のびっしり生えた窪みのあるゆるやかな小さな谷vsタコが待ち伏せる底なしの渦《あな》――のうちに、二つの伝統的で対立する女性のイメージを認めてしまえば、歓ばないわけはないだろう。そうしたことを、こちらは気づかずにいて、自分だけが発見したと精神分析家に思い込んでもらいたくはない。そうした精神分析家に対し、同じように、波《ヴァーグ》と膣《ヴァジャン》の音声的な類似を教えてやろう。と同時に、悪夢《コシュマール》〔cauchemar〕という言葉の語源についても。その語根のマール〔mare〕はラテン語では海を意味し、しかしオランダ語では夜の亡霊を意味する。

　私のベッドが置かれているガッサンディ通りの質素なアパルトマンにある部屋は、ガラスの入った両開きの二枚のドアで食堂から仕切られていて、その食堂に母はとどまって、夜遅くまで、一日分の膨大な量の新聞を読んでいた。その幅は「ラ・リベルテ」紙から「アクシオン・フランセーズ」紙にまで及んでいた（私の両親は極右のアナーキストだったのだ）。半透明の赤いカーテンによって私は完全ではない闇のなかに置かれていたが、そのカーテンは椅子の背によって引き離されたままで、私の危険な眠りをいっそう厳しく監視できるようになっていた。ときどき、広げられた新聞紙越しに私のもとにとどく視線のせいで、すでにひどくサディスムの顕著になった孤独な愉しみ《オナニー》が邪魔された。亡霊はといえば、たいてい、ちょうどこちらに向き合うように、赤いドアにはまったガラスと同じ側の、天井の下の壁の角に姿を見せるのだった。亡霊たちは、暗緑色の壁紙の縁を飾る輪郭《モールディング》とアカンサス〔その葉をかたどったアカンサス模様はコリント式柱頭に見られる〕の葉模様のコーニス〔壁の上部の水平装飾〕のあいだの、淡い色の壁面部分を規則的なうねりとなって前進した。幻影は右から左へ、連続する一連の渦巻きというか波紋になって次々に現れ、というかもっと正確にいえば、その装飾的なフリーズ〔コーニスより下の壁の部分〕の形をして現れ、それは彫刻でいう波型装飾《ポスト》である。私が脅える瞬間とは、連中が一列になって、見かけはじつに規則正しく、ぴくぴく震え、もつれ合い、あらゆる方向にゆがみはじめるときだった。しかし連中が最初に静かに正弦曲線《サインカーブ》を描くだけで、すでに私を怖がらせるには充分で、それくらい私はそのあとに来るものが恐ろしかったのだ。

小説と自伝／断片にケリをつける／不可能な物語／テクストの操作子

ずっと前から、自分の本や映画のなかで、はるかに正確に説得的に、こうしたこと一切を話してきたような気がしている。だれもそんなことを私の本や映画に認めなかったに違いないし、認めてもほんのごくわずかに、である。同様に間違いないことだが、そんなことは私にはどうでもよい。それがエクリチュールの目的ではないからだ。

それでも今日《こんにち》、私は自伝という伝統的な形式を用いることにある種の歓びを感じている。そのような安逸さについて、スタンダールが『エゴチスムの回想』のなかで、あらゆる創作の特徴でもある素材の扱いがたさに比しながら語っている。そして、私がこの胡散臭《うさんくさ》い歓びに惹かれるのは、一方では、ケリをつけていない例の亡霊たちを追い払うために自分は小説を書きはじめたのかもしれない、とその歓びが確証してくれるかぎりにおいてであり、他方では、フィクションという遠まわしの手段が、結局のところ、じかの告白の持ついわゆる率直さよりも私個人にかかわっていると発見させてくれるからだ。

「母が私の危険な眠りを監視していた」とか「その視線のせいで、私の孤独な愉しみ《オナニー》が邪魔された」といった類の文を読み返すと、ものすごく笑い出したくなる気持にとらえられ、まるで自分の過去の生活を偽造しつつあるみたいで、それを、惜しまれる「フィガロ・リテレール」〔「惜しまれる」で、一九八〇年に「フィガロ」紙の付録になったことを指している〕の基準にかなうじつに節度のあるものに変えるためのようである。「フィガロ・リテレール」は論理的で、感動的で、可塑的なのだ。そうした細部が不正確だからというのではない（おそらく、その反対だろう）。しかし私がそうした細部を非難するのは、それがあまりに数少なく、小説の典型だからで、ひと言でいえば、私が傲慢さと呼ぶようなものがそこにあるからだ。私はそのような細部を、単に半過去形で生きてきたわけでも、そうした形容詞的な理解のもとに生きていたわけでもない。加えて、そうした細部は、それがまさに現働化するとき、ほかの無数の細部にまじってうごめいていて、その交差した糸こそが生きている生地を形づくっているのだった。それなのに、私がここでふたたび見出すのは、わずかに十二本ほどの糸にすぎず、それぞればらばらなまま台座の上で、ほとんど歴史的な語り（定過去〔歴史を語る際に用いられる単純過去のこと〕じたいもそう遠くはない）というブロンズ像へと鋳造され、因果関係の体系に基づいて組織されてしまう。この因果関係の体系は、まさにイデオロギーの重力に合致しているのだが、私のすべての作品は、このイデオロギーの重力にこそ蜂起するものなのだ。

私たちはこのことをもっとはっきり理解しはじめている。最初の概要をいえば、私が書いているのは、自分の目覚めている生活に侵入する恐れのある夜のモンスターたちを、正確に描くことで消滅させるためだ。だが——二点目には——いかなる現実も描くことなどできない。そしてそのことを、私は本能的に知っている。意識はわれわれの言語のように構造化されている（当然だ！）が、しかし世界も無意識もそのようにはできていない。言葉や文をもってしても、私はこの目の前にあるものを、自分の頭のなかとか自分のセックスに隠れているものを、表象することができない。（いまのところ、映画の映像のことは無視することにしよう——もしそのことを覚えていれば——もっと先で、映像もまたほとんど同じ問題を提出していることを示すことにするが、もっともそれは、思われていることと反対ではあるが。）

文学とはそのようなもので——三点目だが——表象の追求など不可能である。そのことを知っているのに、私に何ができるというのか？　まだ私に残されているのは寓話《はなし》でもこしらえることだが、そうしたところで現実のメタファーになるか、同じく類同物《アナロゴン》にしかならないだろう。だがその役割は、操作子《オペレーター》の役割となる。そうなれば、共通の意識やまとまった言語を支配するイデオロギー的な規範は、私にとってもはや障害ではなく、挫折の要素でもなくなり、なにしろ私はこれ以降、そうしたイデオロギー的な規範を素材の状態に還元してしまっているだろうから。

そうした点から見ると、自分の人生を語るという企てが、二通りの異なる、対立するやり方で私に差しだされることになる。そのうちの一方では、あくまで自分の人生をその真実において浮かび上がらせようとしながら、言語は補完物であると思うふりをし（それはつまり言語は自由だということになるが）、そうなると、結局、私は自分の人生を紋切り型の人生にするだけである。さもなければ、私の伝記の諸要素を、はっきりとイデオロギーに属している操作子《オペレーター》に置き換えることになるだろうが、今度は、そうした操作子に基づき、そうした操作子を使って、私は行動できるだろう。この後者の方法で、『嫉妬』と『ニューヨーク革命計画』が書かれている。前者の方法はというと、ああ、なんということだろう、本書なのである。

これは虚構だ／恐怖／『インド物語集』とブルターニュの伝説／慣れ親しんだ幽霊たちの存在

いや、それもまた完全にその通りというわけではない。というのも、本書は——やがて分かるだろうが——確実なものとして与えられたいくつかの小さな思い出に限られることはないだろうから。それどころか、本書は批評から小説へと、同じく書物から映画へと、私につきまとい、絶えざる再検討を行なうにちがいない。今度はそこで、海と恐怖が単なるテクスト的な操作子《オペレーター》となるだろう。そうして、この操作子は、そうしたテクスト的な事物がテーマ体系や構造となっている言及作品のあれこれのうちにあるだけでなく、本書じたいにもあるのだ。まさにそうした理由から、私は本書を先ほど虚構《フィクション》と呼んだのである。

　ということは、私は虚構《フィクション》を恐れる状態に置かれていたことになる。虚構はたちまち、私の青少年期のわずかな読書のなかで大きな役割を演じることになった。姉（は大の読書家だった）と私（はいつも同じ本を読み直していた）は、とても早い時期からイギリス文学にはぐくまれた。私はよく、ルイス・キャロルを青少年期の主要な相棒の一人に挙げてきた。ラドヤード・キップリング〔一八六五―一九三六。ボンベイ生まれのイギリスの小説家〕のことはさほど話題にはしなかったが、それでも私にことに大切だったのは『少年キム』や『ジャングル・ブック』ではなく、『インド物語集』〔フランスで編まれたインドものを集めた短篇集と思われる〕であり、さらにとりわけて言えば、異常な亡霊たちが兵士連中を脅かす物語だった。そこに三十年も四十年も視線を投じてはいないけれど、そうしろと言われたら、夜の闇で姿も見えなくなった軍隊がかつて待ち伏せに遇って全滅したイギリス軍の別の巡察隊に遭遇する物語を、私は繰り返すことができるだろう。そして私にいまなお聞こえてくるのは、死者となった百人もの騎兵が乗る馬の蹄《ひづめ》の刻む音であり、騎兵たちは建てられた石碑にぶつかって山腹で立ち往生しているのだが、その石碑こそ彼ら自身の墓を示しているのだった。ガズビー大佐の物語もそうで、彼は連隊の先頭を行進しながら、しょっちゅう自分が鞍《くら》から落馬して、背後をギャロップで走る自軍の竜騎兵の何千もの馬の脚に踏み砕かれる自らの姿を見る。そしてこれとは別の将校だが、彼を一台の幽霊人力車が追いかけていて、そこには捨てられて絶望のあまり自殺した恋人が泣いているのだった。あるいは、またこの将校のことだが、日陰でも四十二度にもなるとき、彼は恐怖の幻――一度も描写されていない――から逃れようとして自分のベッドに鋭利な拍車を置き、眠りに陥るとたちまち、その餌食《えじき》になってしまい、幻はしまいにこの将校を殺してしまう。

私はそうした亡霊たちとの親しい交流のうちに成長した。亡霊たちは、問題なく私の日常世界の一部となっていて、母方の祖母の妹、つまり「代母《マレーヌ》」が毎晩こちらを静かに揺すりながら寝かしつけようとして話してくれる幽霊の話やブルターニュの伝説の幽霊たちと、すっかり混ざり合ってしまった。海で命を落とした船乗りたちがやって来て、生きている人間の足をベッドから引きずり出す。あるいは、夜中に徘徊している人間が、それでも知っていると思い込んで網の目のように入り組んだくぼ地の道に迷い込むと、アンクー〔ブルターニュの神話に出てくる死の化身〕の引く荷車の揺れてきしむ音が聞こえてきて、目前に迫った死を当人に知らせるという。それは呪縛の刻まれた場所であり、魔法のかけられた事物であり、前兆であり、心霊現象である。さらに、三途《さんず》の川のほとりをさまようそうした無数の魂は、荒れ地《ランド》〔ランドはブルターニュ地方、ガスコーニュ地方に広がる〕や沼地でうめき、これっぽっちも風がないのに寝室のよろい戸をがたがた鳴らし、脱ぎ捨てられた下着類の浸かっている盥《たらい》の水を夜明けまで揺り動かす。

何年か経って、いくつも物語を読むうちに、そうした集団は絶えず広がり、コラントの血の気のない婚約者から呪われたオランダ人まで、新しい存在たちを常に同じ気軽さで迎え入れるのだった。呪われたオランダ人は、乗組員のいない自分の船の甲板に立ち、夜になると、船は赤い帆をいっぱいに広げ、燐光を放つ波の上を渡ってゆくのだ。だからほら、すでに大洋がもどって来てしまった。ああ、死神よ、老いた船長よ、まさにいまがその時機《とき》だ、さあ、錨《いかり》を上げよう……。

コラントとトリスタン／小説の登場人物たちもまたさまよえる魂であり、そこに彼らの非現実性が生じる

そしてほらここに、せり上がる波と格闘する若きコラント伯爵の姿が現れる。彼はすっくと身を起こして白馬にまたがり、白馬のきらきら輝くたてがみは嵐によって波頭からもぎ取られた波の泡と絡み合う。そしてそこに錯乱にとらえられた傷ついたトリスタンの姿が見え、彼は金髪のイゾルデをリオネスに連れ帰る船を待ちわびているが、その甲斐《かい》もない。そして今度はそこに、ザクセン王国のカロリーネ〔アルブレヒトの王妃となったカロラ・ヴァーサ。一八五〇年代の美女〕の姿が浮かび、その死体は揺れ動きうねる金色の藻のまにまに身を横たえながら漂流する。

小説の登場人物もあるいは映画の登場人物も、同じく一種の亡霊たちである。その姿も見え、その声も聞こえるのに、けっして抱きしめることはできない。彼らに触れようとしても、通り抜けてしまう。この連中は、あの休みなき死者たちと同じ怪しげで執拗な生を有していて、そうし

た死者たちは、呪いの魔法や天罰によって、未来永劫、自らの悲劇的な宿命の相も変らぬ場面《シーン》を繰り返し生きなければならない。そういうわけで、私はよく、『覗くひと』のマチアスのオイルの切れた自転車と、刈り込まれたハリエニシダの茂みのなかを通る断崖の小道ですれ違ったのだが、彼こそまさしく彷徨《さまよ》える魂といえるだろう。同様に『嫉妬』の不在の夫にしてもそうだし、『去年マリエンバートで』や『不滅の女』や『嘘をつく男』にとりついている、じつに見るからに黄泉《よみ》の国から出てきたような主人公たちにしてもそうだ。いずれにしても、そうしたことが最も納得のいく「説明」を与えてくれるように思われるのだが、彼らは「自然さ」を欠き、不在者のような、違和感のある、世界の余計者のような様子を帯び、なんだか分からないものを頑固に追い求め、そこから逃げることも勝者となって脱出することもないように見え、まるで必死に、自分たちには認められていない肉体的な存在を身につけようとし、自分たちには扉の閉ざされている本当の世界に入ろうとし、あるいは、自分たちの不可能な探求に他者を、すべての他者たちを引きずり込もうとするみたいで、そこには無垢な読者もふくまれている。スティーヴン・ディーダラス〔ジョイス『若き芸術家の肖像』の主人公〕にしても、測量士K〔カフカ『城』の主人公〕にしても、スタヴローギン〔ドストエフスキーの『悪霊』の主人公〕やカラマーゾフの兄弟たち〔ドストエフスキーの同名の小説主人公〕にしても、これと異なる生き方をしているわけではない。そこには迷路のような行程、立ち往生、反復される光景（死の光景さえもはや決して最終的にはなりえない）、不変の肉体、時間の欠如、突然の脱臼と並行する多様な空間、そして最後に「分身」の主題がある。この「分身」の主題から、われわれの文学の主要部分がそっくり糧を得ていて、『嘘をつく男』も『エデン、その後』も、あるいは『黄金のトライアングルの思い出』もまたこの主題によって組織されている。まさにそれらのうちに、いつの時代にも変わらない幽霊の領域のもつ特異な符丁や本来的な規範を認めてはいけないのだろうか？

コランドが私の父を訪ねる／「黒の館」／夜の音／岩石からする鈍い音

私は個人的にアンリ・ド・コラントを知っているわけではない。おそらく、彼のいたところに居合わせたことさえ一度もないだろうが、今日では、「黒の館《メゾン・ヌワール》」で過ごした幼少期の最初の何年かに、居合わせていた可能性を私は想像している。夜、眠りにつこうと引き下がる前に父がよく私に語ってくれたところでは、その家に、コラントはときどき気軽にやって来たのだった。

私が生まれた古い住まいの名は、家の正面に使われていたとても黒っぽい花崗岩《かこうがん》から来ている、とそのころは思っていた。家の正面はじつにすべすべしていて硬かったので、長い年月が経っているのに、その垂直の高い壁には苔《コケ》も地衣類も生えなかったが、ただし、丹念に合わせられた長方形のブロックとブロックのあいだの、壁の継ぎ目の窪みだけは別だった。冬の霧雨がその表面を濡らすと、ブナの木々の灰色の枝と枝のあいだからのぞく花崗岩の塊は、石炭の破片のように黒光りするのだった。ブナの木々には、あちこち赤茶に堅くなった葉が何枚かついたままで、小止《おや》みなく降りしきり小雨を浴びても動かなかった。

　コラントは、二本ずつ二列に並んだ垂直な木の幹のあいだを抜けるまっすぐな大きな並木道を通ってやって来たが、それはまるでコンスタンティノープルの地下貯水池〔東ローマ帝国の大貯水槽で、「地下宮殿」とも呼ばれる〕の列柱のようで、その版画に刷られた眺めが私の寝室の枕元を飾っていた。地面が水をふくんでいて、その愛馬の蹄《ひづめ》の音もいっさいせず、そこを一種のもの静かな舞踏のようにコラントは進んできたが、その水浸しの空間がまるでコラント自身の重量をも奪ってしまったかのようだった。

　私の父の語ったところでは、この男は、徒歩であろうと白馬にすっくと跨《またが》っていようと、いつもそのようにこれっぽっちも踵《かかと》の音も靴底の音も蹄鉄《ていてつ》の音も立てず、近づくことを知らせもせずに姿を見せるのだった。まるで重いブーツを履いていたかのようで、馬の蹄《ひづめ》も同じように厚い層のフェルトでもつけているかのようで、そうでなければ、その踵や靴や蹄鉄にはそれぞれ、道路や玄関ステップの黒い石の段や広く暗い部屋のタイルを張った床の上を、何ミリか浮いたままその面に触れずに移動する力が備わっていた。いまやコラントはその部屋の奥の、コナラの幹がいくつも燃え盛る立派な暖炉の前にじっと立ち、その大きなシルエットは、男を逆光のように炎で照らしている暖炉のせいで、さらに大きくなっていたが、その桁外れに巨大になった影は、炎が長く伸びるままに揺らめきながら、ますます色を薄め、階段の足もとにまで達し、使用人に知らされた私の父がいままさに、その階段の最後の何段かのところを降りようとしていて、この遅い訪問者のほうに進むと、男は凍るような両手を差しだすが、そこにはちらちらと移ろいやすい暖炉の光が反射している。

石油ランプの揺らめき、沼の上を飛ぶ鬼火、垂れ込めた霧のあいだを進む青ざめた騎士、水のざわめき、すぐ近くにいるのか、夜をつんざく大きな鳥のとつぜんの鳴き声、消えかかった薪のぶりかえす火のぱちぱちいう音……。アンジェリカ……アンジェリカ……。愛しい人よ、どうしてぼくのもとを去ったのか？ 君のその軽やかな笑いで私を慰めてくれるのは、いったいだれになるのか？

私は自分の寝室にひとりいる。がらんとした広すぎる家の、いたるところを囲繞《いにょう》している夜の音を私は聴いている。私の部屋の黒い窓が、ブナの木々の頂をなしている葉の落ちた枝先を抜けた風に揺り動かされ、こちらに進んでくるようだ。しかし、カーテンのない窓ガラスに触れるブナの枝先のかさかさという音にかぶさるように、屋根の谷板〔二つの傾斜面の合わさる部分〕を伝い樋《とい》のなかを流れる雨の音よりも強く、モリフクロウやムナジロテン〔イタチ科の小動物〕の短く切り裂くような鳴き声をしのいで私に聞こえるのは、建物全体からする鈍い音で、それはまるで、もちあがった船体を激しく打ちつける波の音のようで、船体は波のうねりの底にふたたび落ち込む。その鈍い音は、床から、花崗岩の壁から、歳月を経た地面そのものから来るようで、繰り返され、執拗で、規則正しく間をあけていて、それはきっと私自身の心臓のゆっくりした鼓動にちがいない。

階下のタイルを張っただだっ広い部屋では、ありそうもないことだが、ひとえにその暗さがまさに境を形づくっていて、私の父はあちこち歩きまわり、その一方で、アンリ・ド・コラントの思い出が徐々に薄れてゆく。父もコラントもたがいに何も言わず、それぞれ自分の思いに没頭していて、ぽつんと離れている……。弱まったイメージはなおちょっとのあいだ持続し、だんだん見分けることができなくなる……。そしてもう何も見えない。

ケランゴフの家と地下の石油タンク／祖父カニュ／イメージとかけら（カラス）／物語を作り上げる

この前の一節は完全に創作されたものにちがいない。家族の住んだ家は地味で、割に広く、何本かの木々に守られていたが、荒壁土〔仕上げの下地となる藁などを入れた土〕の造作で、当時、軍港の所管する区域だったので、海軍が本格的な建物を禁じていた。それでも、花崗岩の床を揺さぶる反復した鈍い衝撃音は、まちがいなく私の幼少期の印象に属している。とりわけ夜になると、毎晩、何カ月ものあいだ、その音が聞こえた。私の祖父母は、だれも公式には説明してくれないこの異常事態を、自分たちなりに心配していたが、しょっちゅう口にしていた推測は、崖の下で巨大なモグラともいうべき工兵隊が掘削作業をのろのろとしているというもので、われらが戦艦に必要になる燃料油の備蓄のために、そこに大きな地下の貯蔵タンクを建設しているのだろう。そのころ、強力な艦隊がブレストを母港としていた。われわれには、町全体もその周辺も、海軍本部の不可解で最高度の支配のもとに置かれているように思われていた。

私の祖父は、優しく、親切で、穏やかな人で、澄んだ青い目に、ブロンドの柔らかい小さな顎《あご》ひげを生やし、気腫のせいでとぎれがちな感動した声で「さくらんぼの実る頃」をよく歌ったが、その活動的な生涯をずっと軍艦の上で過ごしたのだった。祖父の白兵戦用のサーベルは、銅の留《とめ》具《ぐ》で角をしっかり補強したクスノキ材の重いトランクといっしょに、いまも上階の屋根裏部屋にあり、その金色に輝く金属の認識票には、ポール・カニュと祖父の名前が黒く刻まれている。

孤児《みなしご》で、国の保護を受けている戦災孤児の祖父は、少年期、ラ・エ＝デュ＝ピュイ近くのコタンタン半島〔ノルマンディー地方西端の半島〕の塩気をふくんだ荒れ地《ランド》で、雌牛たちの世話をしながら、気晴らしに自分で作ったその場かぎりの短い詩を独り口ずさんで過ごした。彼は早い時期から帆船に乗り組み、何度もホーン岬〔南米大陸の最南端の岬〕を回り、貿易風を長いこと待ち、黄河をさかのぼり、清仏戦争に加わり、安南〔フランス領インドシナ時代のベトナム中部の呼称〕やトンキン〔旧仏領インドシナの北部の保護領名〕の作戦にも参加した。それで祖父は、需品係の兵曹として、誉れ高い多色の勲章を持ち帰り、竹でできた灰皿も、肌がいくらか透けるような二組の不揃いな残りものの磁器の茶器セットも持ち帰ったが、これは移動中に壊れていた。そして、重い肺結核を患い、そのせいで若死にしている。私がかろうじて知っている祖父は、病気ですでにかなり衰弱していたのに、しかし咳の発作と発作のあいだは、いつも笑みを浮かべていた。

　私の記憶のなかのイメージが示す祖父の姿は、菜園用の上靴をはいたまま、そこに行く最中で立ちどまってしまい、両方の手首の裏側を腰の後ろに押し当てては、しばらく休んでいるものや、それから、台所の丸いテーブルに座って、花柄模様のテーブルクロスの上に、丈の短いコートの皮の肘当て部分を突いたまま、コンポートをつくるために、枝から落ちた小粒のリンゴの皮をポケット・ナイフで丹念にむいているものだ。あるいは、中庭でエシャロットを引き抜き、変わることなく辛抱強い注意をはらいながら、球根を束に結ぶのに余念がなく、採取したばかりのエシャロットを、粗布でつくった古い袋の上に並べ、秋の日に当てて干す姿であり、さらには、食堂で私の父とエカルテ〔三十二枚のカードを用い、二人でするトランプ遊び〕の勝負をしている姿だが、飼い慣らされたカラスは、その祖父の肩にとまり、彼が切り札をめくると、目の前にあるその帽子の光沢のある庇《ひさし》を傾かせては楽しんでいるようで、すると祖父は落ち着きはらって何度も同じ動作を繰り返してはまっすぐに直しながら、小声で延々と余計な悪態を口にするのだった。ときには、この遊びにうんざりしたのか、カラス――これを夜になると家にもどそうとして、母は四方八方に向けてその鳴き声をまねながら繰り返したものだが、そう呼ぶせいでティオットという名前だった――は、つまりこのティオットは、急にテーブルの上に飛び乗り、すばやくくちばしにトランプをはさむと、二つの本体からなるサイドボードの上まで飛び上がり、そこにあるスグリとカシスのジャムの、細い紐《ひも》でくくられた茶色の紙で蓋《ふた》された壷と壷のあいだにそれを隠すのだった。勝負を続けるには、踏み台を探してこなければならない。

祖父はほとんど口をきかなかった。かつて自分が何度も世界をめぐった話を祖父はわれわれにたとえわずかでもしてくれた、という記憶が私にはない。そのことについて、私はほとんど何も知らないが、ただし母やその姉妹たちから聞かされたいくつかの細かな断片については別である。曰《いわ》く、船は三年間も出たままだった……、船内では羊や雛鶏を飼っていた……、トゥーロン〔地中海に臨む軍港〕で乗船するのに、ブルターニュ出身の水兵たちは徒歩でフランスをそっくり縦断した……。ある日、ゲプラット提督〔一八五六―一九三九〕本人がわれわれの家に来て、祖国とその植民地に立派に仕えた男の胸にレジオン・ドヌール勲章を留めたのだった。それは私の祖父にとってまたとない一日となった、という。しかし、私がその場面に居合わせたかどうか、それともだれかにそのことを話してもらっただけなのか、いまではもう私には分からない。ひょっとしてこれは、私の生まれる前だったかもしれない。

ごくわずかな時間しか経っていなくても、だれかについてせいぜい残っているのはまさにこれくらいである。まちがいなく、やがて私自身についてもそうなる。作品もそろわなくなり、いくつかの凝固した身振りと脈絡のない事物だけとなり、むなしく響く問いだけになり、ばらばらに列挙されるスナップ写真しか残らず、それらを正確に（論理的に）いっしょに並べることはできない。そう、それが死ということなのだ……。物語を構築するとは、だからおそらく――多少とも自覚的な言い方をすれば――死に対して闘うと主張することなのかもしれない。前世紀〔十九世紀を指している〕の小説システム全体は、連続性、線状の時間順序《クロノロジー》、因果律、無矛盾性といった重厚な装置を有していたが、それはたしかに、神がわれわれの魂から立ち去るときにこちらを置き去りにしていった崩壊状態を忘れるための、最後の試みのようなものかもしれなかった。そしてそれは、理解を超える散逸する核分裂やブラック・ホールや袋小路の代わりに、安全で、明快で、一義的で、とても目の詰んだ編み目で織られた星座を据えることで、少なくとも体裁をつくろうとしたのかもしれない。目が詰んでいるので、もはやそこに死を見分けることはないだろうが、死じたいは編み目と編み目のあいだでわめき立てていて、なのにその糸が切れても大急ぎで編みなおされてしまうのだ。自然の摂理に反したこの壮大な計画に対し、もはや言うべきことは何もない……。

本当に、言うべきことは何もないのだろうか？

歴史的過去と死／サルトルと自由／新しい小説《ヌーヴォー・ロマン》——この瞬間、内なる闘争

「教会」に対しても言うべきことは何もないのか？「法律」に対しても何も言うことはないのか？何もない、と言えるのは、それがまさに死そのものの容認できない容認になっている場合を除いてである。小文字の人間の死にしても、天上で幅を利かせている大文字の理想的な死に役

立ってしまう。過ぎ行く瞬間の死（その瞬間に向かって、お前はなんて美しいのだ……と言う暇さえほとんどこちらにはない）にしてもそうだし、読者よ、あなた自身の死にしても、つまり私の死にしてもそうなのだ。というのも、自然なものとしてひそかに確立されたこの安全な物語は（永遠の真実の名のもとに語る以上）虚偽であり、（そこにはもはやなんであれ空虚な空間のための余地はなく、自身の内容のほかには充実した何かのための余地がない以上）全体主義であって、この吸血鬼のような物語は、私をやがて来るその死から救ってやると言いながら、初めから、この私はすでにずっと前から生きるのをやめている、とこちらを説得しようとする。

歴史叙述に用いられる例の定過去〔単純過去の別称〕は、日常生活では何の役にも立たないが、その種の小説においてはまさに規範なのだ。じっさいそれは、じつに完了していない動作を、きわめて移ろいやすい思考を、もっとも曖昧模糊とした夢想を、宙吊りにされた意味を、もろい欲望を、錯乱したり口に出せないような記憶を、瞬時に決定的に凍結すること以外のいったい何だというのか？　この単純過去は、ひとえに単純なのだ——しかも確実で、中身がつまっていて——まるで墓のようである。最後の残された生は、この奇妙な服を着せられ、自分自身と世界を表象する非常識なそうした力によってしかもはや表現されないだろう。自分自身と世界はまるで、同じような朽ちることのない稠密なコンクリートにずっと前から流し込まれているみたいだ。

そうなのだ、書くこと《エクリチュール》を探求していた訓練の何年か（いまもなお探求しているが）、このことは私にとって重要だった。『嘔吐』から『分別ざかり』へのサルトルの驚くべき移行。そうした生まれようとしているのに捉えられない自由こそが、複合過去と現在で書かれることで、ロカンタンの心を揺さぶり、身体をぐらつかせたのに、とつぜん、いわゆる『自由への道』の最初のページから、そうした自由は、「マチュウは考えた……」というように、登場人物たちに（そして作家にも？）襲いかかる歴史的過去〔単純過去の異称〕の形をとって、拷問に使われた鉛のマントのように凝固してしまうのだ。マチュウは文法的な時制で考えている以上、自分のしたいことを考えたってかまわない――自分は年をとったな、自分は自由なんだ、自分は卑怯な男だ、と考えてもかまわない――のだが、そうなれば耐え難い読書の可能性しかこちらには残されないだろう。自分は死んでしまったとマチュウは考えた。そんなわけで、何より貴重な財産である彼の自由じたい、まさにさらなる不運でしかなく、呪われた本質でしかなく、その自由はたちまちぞっとして固まってしまうのだ。なにしろ、彼の自由じたい、まるでテクストの外部にいる神によって決められているみたいなのだから。つまり、伝統的な語りという神である。フランソワ・モーリアックの漏らす安堵のため息が、思い浮かぶ。「ジャン＝ポール・サルトル氏と自由！」というわけだ〔サルトルが「フランソワ・モーリアック氏と自由」で批判したことが、『自由への道』によって、自らに妥当するようになったことを指す〕。

「新しい小説《ヌーヴォー・ロマン》」と呼ばれた現代小説は、いまどうしているのか？（われわれにはじきにその理由が分かるだろう。）あらためていえば、それは自らの一貫性を探し求める物語《レシ》である。もう一度いえば、端と端が曖昧で互いにぴったりとは合わない不ぞろいなその断片を、整えようとする不可能な行為である。そしてさらにいえば、ブロンズの堅牢さを持つ織物を求める必死の試みにほかならない……。そうなのだ、だがこの織物で生起しているのは、つまりテクストで生起しているのは、現代小説じたいがいままさに戦いの場となっていて、その戦いに賭けられているということなのだ。古い小説が隠蔽して認めようとしないすべての問題（たとえば、この瞬間という問題）に対する故意の無知のなかを、神の法よろしく、無分別な裁き手として進むのではなく、現代小説は、反対に、さまざまな不可能性を断固として白日の下に晒《さら》し、これを的確に舞台に乗せようと絶えず専念する。そうした不可能性のなかで、現代小説はもがくのであり、それこそが同時に現代小説を作り上げるのだ。やがて（一九六〇年代から）、こうした内部闘争が書物の主題そのものになるほどである。その結果、複雑な体系の連続《セリー》とか、分岐とか、切断とか、反復とか、アポリアとか、明転とか、異なったものの結合とか、脱臼とか、陥入等々ということになる。

書き物机になる箪笥の氾濫／二人の祖父の混同／女の子のような私の見かけ／待っている祖父

祖父がどういう人物かを述べるという、つまらない、というか型にはまった、いずれにしても無駄なこの企てを前にしていると、私は、自分がロルボン侯爵の無気力でばらばらな痕跡を前にしたあのロカンタンであるような気がしてくる。そして、『嘔吐』の最後のページでのロカンタンのように、唯一の決定こそが不可欠だと私は理解する。小説を書くこと。もちろんそれは、『分別ざかり』のようなものではなく、たとえば『弑逆者《しいぎゃくしゃ》』とか『黄金のトライアングルの思い出』になるだろう……。

しかしわれわれはそうした地点には向かわなかった。なにしろ私はここで、倒錯してはいるが、写実主義的で、伝記的で、再現的な企てのなかをなおも手探りで進むことにする。祖父は、一日の大半を、台所のテーブルの上か書き物机になる箪笥《たんす》の狭い机面で、クロスワード・パズルをしていたものだった。彼はまた、小さなサイズの紙を、黒い縁の薄い黄色の木でできた九つの小さな引き出しに、長い時間をかけて分類するのだった……。この前の文を書きつけてから、私は細部（縁は黒なのか、単に取っ手になっているのか？）を確かめたくなって、十五年ほど前から仕事場にしているノルマンディーの簡素なこの家の、一階に降りて行った。机面の後ろには、小さな引き出しは五つしかなく、開き具合を調整する留め具付きの机面は、外から見ると、それじたい箪笥の引き出しに見えた。何が重要だというのか？　いずれにしても、この家具はもはやブレストにはない。そこはすっかり変わってしまった。古い家の見取り図にいたるまで。戦後、古家は建て直され、それからというもの、あの一九三〇年代の家とはまったく似てはいないのだ……。

今度は混乱がさらに増す。というのも、私はこの一節を、一カ月して、ニューヨークのブリーカー・ストリート〔マンハッタンを東西に走る通り〕にあるアパルトマンで清書しているからで、いまこの瞬間、私の記憶には、かなりはっきりと違う二つの書き物机になる箪笥がある。ケランゴフ〔ブレストの界隈の一つ〕

のものとメニル＝オ＝グラン〔フランスのバス＝ノルマンディーの村〕のものだ。しかも、その二つの一方は最近、家具職人の手で修復されてしまった。

祖父は、すでに自分のまわりでもあまりに早く変化する世界を目にしても、「年をとるのは心地よい」と口にしていた。それでも、まさに今際《いまわ》のきわにため息まじりに、「このわしには、まだやらなきゃいけないことがたくさんあったのに！」と祖父はつぶやいたのだ。今日になっても、この半過去の響きが私の喉元をしめつける。祖父は、引き出しの紙切れや落下した小さなリンゴやエシャロットのまわりから剥がすピンク・オレンジの薄い皮膜のことで気をもまなければならなかったのだ。人は万事を整理し終えるなんて決してない。

一つの疑念が浮かんできた。あの「年をとるのは心地よい」という表現は、私のもう一人の祖父、父の父にあたるはるかに年上のユリス・ロブ＝グリエに帰すべきではないか。（アルボワに）引退したもと小学校の教師で、みんなはロブおじいちゃんと呼んで、母方の祖父と区別していた。その記憶を、私は一つも持っていない。ただし、色褪せた写真に残るどっしりした身体つきと大きな口ひげは別である。

私は結局、祖父のカニュについて、それ以上は知らなかった。しかし私には、この祖父のことが気に入っていたように思われる。祖父はといえば、この私になどほとんど興味は示さなかった、と聞かされている。私は小柄で夢見がちだった。髪は長く巻き毛で、女の子みたいだった。そして進んで甘ったれた様子をした。膝をすりむいては、泣いたものだった。夜になって、明かりもない中庭を横切り、田舎風の旧式のトイレに行くのが怖かった。それでも、十メートルほどしか離れていなかった。祖父の軍服を着たり、重い白兵戦用のサーベルを使ってみたりすることなど、決して私にはできないだろう……。（注意！　サイコ・マシーンの二重の罠にはまるぞ！）よく考えてみれば、食糧補給係だった優しい祖父に、かつてこれが使えたとは私には思えない。祖父もまた使わなかったのだ。

道路に面した木の柵の間近に立つ後ろ姿が、祖父の最後のイメージである。柵の左半分は開いている。祖父は、閉まったままの柵の扉の内側に固定してある郵便箱に、右の肘《ひじ》でもたれている。郵便配達の男を待っていたのだと思う。

前庭、ケランゴフの平原、錨泊地／家の出入り口／年老いたボリス王／敗戦時の焼き払い／私の最初の物語

祖父の後ろには、われわれが前庭（菜園は家の反対側にあった）と呼んでいたものがあり、それは芝生のあるイギリス風の猫の額ほどのミニチュアみたいな庭園で、潅木の茂み——ウツギ、タニウツギ、ツツジ——があり、大きな木としてはニセアカシア、セイヨウバクチノキ、あるいはネズミモチがあり、それに加えてもちろん、欠くことのできない二本のチャボトウジュロ

〔シュロの一種〕があって、これは爆撃や火事や破壊を生き延びたのだ。それらはどれも、税関の班長をしていた祖母の父であるペリエの手で、種子や挿し木の状態から植えられたもので、われわれには巨木に見えた。

祖父の前には、囲いもない軍の広大な演習場である「ケランゴフの平原」が広がり、そこではときどき、海軍陸戦隊員たちの演習が繰り広げられ、模擬戦が行なわれていた。それ以外のときは、その平原《はら》は人気《ひとけ》もなく、ほったらかしで、われわれは駆けほうだいで、ばら色がかったキノコを摘みほうだいだった。それに加え、羊の群れが草を食《は》むので、駆りこんだようになり、われわれはその黒いフンを拾い集めて、バラやジャガイモの肥料にするのだった。

この高さからだと、さらにその向こうに、エロルン川〔ブレスト港に注ぐ〕の河口から湾口まで、ブレストの錨泊地《びょうはくち》全体がすっかり見え、前景には、海軍造船所のドックや二つの長い防波堤に守られた安全な停泊地があり、その大きく開いた開口部——青い信号と赤い信号——がわれわれの家のちょうど正面にあるような感じがして、まるで、家の一階を真っ二つに切る今はない廊下に通じている花崗岩の三段の階段と庭の柵扉の素晴らしい延長のように見えた。この入口の扉には、高いところに四角いのぞき穴があって、その板ガラスは装飾のひどく多い鋳鉄の格子で保護されていて、それがいまどこにあるかといえば、大きな変更も加えずに、『ニューヨーク革命計画』冒頭の犯罪と強姦の街ニューヨークにほかならない……。すまないね、ジャン・リカルドゥー。

そしてこの祖父は、クロゾン〔ブルターニュ半島西端ドゥアルヌネ湾（ブレスト停泊地とは半島をはさんでいる）に面する漁港〕の岬とメネ・ゾム〔ブルターニュ半島の先端付近にある高地〕によって閉じられた停泊地とは反対側の沿岸部の灰色の地平線に、色の薄いうつろな瞳を向けていたが、いったいどうなったのか？　おそらく祖父は、あの男なのかもしれない。いつも、階ごとに鈍い音をさせながら地下室から屋根裏部屋までいたる老いたボリス王〔『弑逆者』に出てくる〕である。彼は、書物机のマホガニーの化粧張りから剥がれた薄い破片を、とてもきちんと修理してから、最後の微笑を浮かべながら銃殺執行隊に顔を向ける。それでも、樹齢百年ほどの葉を落としたトネリコの木にとまるカラスは、間違いなくメニルのカラスである。

　祖父が死んでせいぜい数年後の、一九四〇年の素晴らしい夏だった。私はブレストのリセの初等数学級〔バカロレア受験準備科の一つで、現在は廃止〕を、目覚しい成績で卒業したところだった。日が暮れると、立派な艦隊は錨泊地を出て行き、もう二度とそこにはもどって来なかった。出航のとき、海軍工兵が地下タンクに火を放った。だから、地下タンクは本当に存在したのだった。燃料油は、一週間近くも燃えた。「白の館《メゾン・ブランシュ》」の方の丘では、爆発音がして、大量の瀝青《ビチューメン》が漏れ出して、炎上し、小川や牧草地を埋めつくし、一方、真っ赤な炎と真っ黒な煙のすさまじい柱がいくつも立ち昇り、それが庭先に息もつまるほどの熱い煙となって垂れ落ちてきて、濃くて重い煤《すす》をふくみ、まるでふわふわした雪の塊のようで、整備されていない石油ランプのきつい臭いがした。それは、自分の国が崩壊するときに見られる逆説的な自由の臭いと結びついていて、敗戦の臭いだった（心理のワナであり、以下同じ）。

　その数カ月後、この壮大にして空虚な災厄の印象を、自分の最初の散文作品のなかで私は語ったのだった。冒頭に、その年に書かれた二、三の詩が置かれていた。それは、とても古典的な形式の短い小説で、ドイツ軍による占領下〔一九四〇―四四〕のはじめごろ、たしか「コメディア」という名の週刊紙〔アンリ・デグランジュにより創刊された文化を中心とした新聞〕が企画した素人相手のコンクールに応募したものだった。返事は一度も受け取っていない。それに、私自身もまたその原稿をなくしてしまった。自分の記憶が正しければ、原稿にはいかなる価値もない。取るに足らない青春の恋物語であり、しまいには収拾しがたい混乱に陥っていた。

おそらく、この戯れの恋の背景によって想起したのは、男女共学だった数学クラスだった。私の心は、学校《リセ》に通っているあいだ、知らないうちに、たぶんそのことにひどく気をとられていたのだろう。いずれにしても、気力も失い希望もなくしたわが若き主人公の目に映っていたのは、同時に、わが軍の敗戦とわが国の武装解除によって増大した忌避の感情にほかならない。主人公はついに、ぼろ舟の一つに乗り込んで、何人かの少年たちを猛然と冒険へと連れ出し、イギリスの海岸にたどり着こうと企てるが、たしかに、いかんせん無勢《ぶぜい》だった。この二国民のあいだの積年の憎悪は、その心のうちでかくも根強く、両国がともに瓦解したことから生じたひどく新しい怨恨によっても、さらにそこでは煽られていた。タンクが爆発して炎上するなかでの劇的な出帆にも、そのような恋の悔しさにも、それゆえ、明らかに情熱を欠いた私の個人的な身の上との類似性は存在しなかった。というか、それは、つれなく高飛車《たかびしや》なグラディーヴァを追い求める、ヴエスヴィオ山から逃げ出した私自身の幻《ファントム》にほかならない〔イエンゼンの小説。主人公はヴェスヴィオ火山が噴火してポンペイが滅亡する日、その場所でグラディーヴァに出会う夢を見る」。

ドイツ軍のサイドカー／今日のケランゴフ／フランシェ・デスペレー

破局から五日目に、私ははじめてドイツ兵を見た。サイド・カー付きのオートバイの座席に乗って、揺れながらやって来て、海軍造船所から「ケランゴフの平原」までのぼる両側に高い垣根のある道を行った。小さな車の低くなった運転席にいる二人目の兵士は、びっしり押し込まれた状態で、うなじを締めつける同じ鉄かぶとをかぶり、短機関銃を前方に突き立てていた。二人の顔は疲れ、表情も落ち窪み、顔色もほこりをかぶり鉛色をしていた。身につけている派手とはいえないその武器と同じ、無機質の緑がかった色調を全身にまとい、彼らはそうやって平原を斜めに横切り、ルクヴランスの墓地のほうに、でこぼこした地面のせいで揺さぶられながら進んだ。ぽつんとしてあまりにも少ない征服者だった……。いまでも彼らの姿を『迷路のなかで』で見ることができる。旧弊な車に乗って、疲れきった表情をして、占領した町を包囲している敵軍の先触れとなった兵士たちである。

その二カ月後に、私はその家を去り、パリにもどった。その家をふたたび見たときには、廃墟でしかなかった。いまではもう「ケランゴフの平原」もなくなっている。くねくねした怪しい道ではなく、いまあるのはアスファルトのまっすぐな通りで、歩道もあって、その前のドイツとの戦争のときの元帥の名前を付けられている。それは、私の祖父が勝利をおさめた戦争で、そのときの英雄譚が際限のない悪夢を貫き、その悪夢は泥にまみれていて、漠然とした恐怖（お前もまた兵隊になるのだ）とともに、私のあまりに想像力にあふれた幼年期の、パリで過ごした半分にとりついていた。生家は、奇跡的に爆弾による破損を免れたかつての階段の周囲に、私の母の手で丹念に、今度は石造りで建て直されているが、今日では、公団住宅にはさまれ姿を隠している。二階の部屋の窓からはもう、かつての海原に挨拶することはできない。それは、灰色の薄い霧の暈《かさ》に包まれた、水晶のようにきらめく波の海原だった。

海との新たな関係／音楽の役割／彼岸

それでも私は徐々に、当初は切り離されてしまったと思ったこの海と自分との関係の曖昧さに、すでに気づいておくべきだった。結局、私が最も強い絆で結ばれていたのは、まさしくこの海だったのだ。あまりに陽気に荒れ狂う波は、激しく打ち寄せては淡い花火のように落下してくるが、そうした波の下にあったり、見かけの静かな海面の下にあったりするあの奥深い塊のなかでうごめいている闇や妄想のほうへ、自分がいやおうなく引きずり込まれるように私は感じていた。占領下ではずっと、われわれにとって、ブルターニュの海岸への接近はドイツ軍の参謀部によって禁じられたままであり、そこに相続した家を所有していても、彼らから見れば、近寄る十分な理由にはなっていなかった。私の脳裏で変容《メタモルフォーズ》がすっかり成し遂げられるには、おそらく、そうした臍《へそ》の緒的な身体的接触の切断が必要であり、そうした長期にわたる分離が必要だったのだろう。

　私はまた、可能な仲介物を思い浮かべている。それは音楽であって、その恩恵は決定的だったかもしれない。というか、少なくとも、音楽はそこで触媒という重要な役割を演じていたように思う。当時私は、ワーグナーと同時にドビュッシーを発見して、熱狂していた。曖昧な和音が際限なくつづくので、足を踏みしめようとしても、しっかりと揺るぎない感じの安らぎなど決して見出すこともなく、それはまるで高まりくる海のようで、うわべは引いたように見えても、次から次へと押し寄せる波のようだ。オペラ座やサル・プレイエル〔パリ八区にあるコンサート・ホール〕の常連のようになっても、記憶には、突然で強烈な啓示など残ってはいない。私は承知しているが、一九四〇年代のはじめから、「ペレアスとメリザンド」〔メーテルリンクの戯曲に基づくドビュッシーのオペラ〕や「トリスタンとイゾルデ」〔ワーグナーが作曲した楽劇〕を聞くと、いつでも波のうねりの油断できない恐るべき動きによって自分があっという間に持ち上げられ、理不尽で、絶えず形を変える、見知らぬ液状の世界のまっただなかに意に反して吸い込まれるのを感じるのだった。その波の世界は、私を飲み込もうとし、その筆舌に尽しがたい顔は、死そのものの顔であり、同時に性欲そのものの顔でもあって、それはプラトンからヘーゲル、さらにはハイデッガーにまで、キリスト教の伝統をもすべて横切ってつづくわが西洋の古くて頑固な幻想にほかならない。そうした伝統にとっては、この現世は見かけでしかなく、それを越えたところに、もう一つの「真実の」世界が隠されていて、それこそ、得がたい最終的な溺死を経ることでようやくはじまるような世界なのだ。

怪物たちと戦うために表層を描く／だまされた批評／バルトの場合／『覗くひと』と『嫉妬』にしかけられたワナ／聴覚という穴

私がついに小説を書きはじめるのは、フランスが解放されてから四年後だが、もちろん、それはそのような思いからではなく、反対に、死の誘惑に対する完全な反発からだった。死の誘惑においては、消滅を無上の喜びと混同し、意識の喪失を一種の開花と混同し、やがて、絶望を精神の高貴さと混同する。私は、出版された最初のいくつもの小説すべてで、説得力に富む勇猛さで闘いを挑みさえし、さらに、平明な理論の形で論争的な論文をいくつか書いて、自分の守りを強固にしたので、当時、私に対して下された評価——好意的なものにしても——のうちに、私が闘っていた怪物たちの、はっきりさえしない痕跡を見つけるのはじつに容易ではない。もちろん、モーリス・ブランショがいたし、ほかにも何人かがいてくれた。で、ほかの連中はみなどうだったのか？

　多くの読者が、その全員に感受性と理解力が欠けているとはかぎらないのに、あれほどまでに騙されてしまうとはやはり不思議である。今日、『覗くひと』や『嫉妬』を開くと、最初から一目瞭然なのは、語り手の声が、つまりセールスマンのマチアス〔『覗くひと』の主人公で、時計の外交販売人〕の声が、同じく名前のない夫〔『嫉妬』の主人公〕の声が、自分たちを脅かす妄想に対して挑み続ける、困難で倦《う》むことのない闘いにまさしくほかならない。そしてそうした妄想は、文のはしばしに何度も顔をのぞかせていて、段落によって、そこで何度も優勢になりさえしている。そこから、作家のテクストが少しでも拠り合わされたとたん、そのテクストを複雑さごと感じ取るのはじつに難しくなる、と結論しなければならない（そして他の作家を読む場合、残念ながら、そのことは私にとってもその通りにちがいない）。しかしながら、私はロラン・バルトの場合をこれとは切り離しておきたい。だれも、バルトより巧妙さの点で優れていることを示すことはできないだろう。個人的な悪魔《デーモン》と戦っているバルトは、どうしてもこれに敢然と立ち向かうために、自分では一度も信じたことのない零度のエクリチュール〔「白いエクリチュール」などとも呼ばれた〕を是が非でも追求したのだった。私についても、いわゆるエクリチュールの白さ——それはこちらの織り方の外観にすぎなかったが——がちょうどよいときに口にされたので、彼の言説の勢いを増した。それゆえ、私は「対物的小説家」〔バルトの初期に「対物的文学」というロブ＝グリエ論がある〕として聖別されてしまい、もっとひどく言えば、それは、対物的であろうと努めている小説家のことであって、しかしこの小説家はまったく腕が未熟なために、平板にしかなれないのだった。

ここニューヨーク大学で、数カ月のあいだ私に割り当てられた研究室で、昨日、偶然にも私は一冊の『覗くひと』を見つけた。手書きの注釈がしっかり書き込まれていたが、そののち、棚の雑然とした本の山のなかに置き去りにされたのだろう。この本をめぐって、私の前任者の一人は講義をしたにちがいないが、これを嫌っていたのだろう。読んでみれば、著しく粗雑なワナがしかけられているのだが、そのたびに前任者はそこに身を投じ、勝ち誇った様子で、こちらの憎むべき方法に対して、そこで私が犯している誤りを余白で指摘している。文法的な時制のまともな使用について私が言ったかもしれないことにことごとくはっきり矛盾しているのに、マチアスが島での何日かの物語を、何にもまして怪しい単純過去の三人称で試みていて、語りの決定的な点になると、その物語が現在形の短い一節によってとつぜん真っ向から反対され、単純過去のコントロールを逃れるように見えるだけに、なおさら注意を促しているのだろう……と、どうして前任者の教師は分からないのだろうか？　いやはや、断じて私のテクストではない！　少なくとも、私のそうした真価を認めてもらいたい。マチアス——というか、より正確にいえば、マチアスのことを語るテクスト——は、拒否できない真実を伝える伝統的な言葉を用いている。なにしろ、だからこそテクストは何かを隠しているのだ。その時制の使用法そのものに空白部《アナ》がある。同様にテクストは、マチアスがその周囲の世界を、マチアスがその裏切を危惧している世界を、細心の注意をはらって幾何学描写という歯止めを用いて描くのだが、それはその世界を骨抜きにするという目的のためにほかならない。おまけに、この本の最後あたりで、海という怪物（少女たちをむさぼりつくす怪物）がページにとりわけ姿を見せるようになるのだが、するとほぼたちまちマチアスが気絶しそうになり、うろたえてしまうことに人は気づくのである。

『嫉妬』の不在の語り手についていえば、彼自身、事物に基礎を置くテクストの盲点として存在していて、その事物を彼の視線は必死に整理しようとしているのだ。彼は、自らの「植民地主義」のもろい足場をたえず転覆させようとする恐れのある謀反に抗して、これを手中に収めておこうとする。そうした事物とは、すなわち熱帯地方の繁茂する植物、黒人たちに帰せられる破壊的な性行動、自分の妻の底のないような目、家を取り巻く音によって構成された、名づけようのない類似の世界全体である。この小説は、視覚という唯一の感覚にささげられたと言われてさえいるが、このなかで、聴覚の役割についてほとんど話題にされないのはどうしてなのか？　その理由は、少なくとも部分的には、「空虚な中心」という意表を突くテクニックにあるにちがいないが、それは『消しゴム』〔『嫉妬』より先に書かれている〕から発揮されはじめるものであり、この小説にも、われわれはやがてもどらねばならないだろう。

なぜそうしたワナを？／語るのは欠如である／『大ガラス』／言語、意味、無根拠性

しかし、今度は著者に、いっそう一般的な質問が差し出される。どうしてそのように、小説を読むだけなのに、これをそんなに多くのワナや落とし穴で複雑にするのか？　つまり、どうしてテクストにワナをしかけねばならないのか？　そしてどのようにそうしたワナは機能するのか？　なにしろ読者を惑わすためなら、そのあとで読者を唖然とさせるためなら、こちらは何でもするという以上、その欠くことのできない読者と私が保つこの奇妙な関係とは、いったいどういうものなのか？　たしかに、それらに答えることは容易ではない。だが、答えようと試みなければならない。そうしないと、われわれはその先へと進むことができないだろう。

じっさい、あらゆる方面から私は締めつけられている。どうしてものごとをもっと簡単に言わないのか、どうして読者に理解できるように書かないのか、どうしてもっとよく分かってもらうために必要な努力をしないのか、などなど。その種の表明は、いずれにしても馬鹿げている。私はまず、自分に抗うように書いているし、われわれが見てきたように、読者にも抗うようにして書いている。いったい何をもっとよく分かってもらおうというのか。自分が謎を追い求める以上、

その謎がシニフィアンの連続における欠落のようにすでに私には見えている以上、それを欠落のない十全な物語にするなんてことがどうやったら考えられるのか？　かくも矛盾する関係のいったい何を、社会やこの私という人間に対し「単純に」表現することができるというのか？　そうした関係では、すべてが二重であり、矛盾していて、とらえどころがないというのに。

私はあらためて「分節言語」という点にこだわってみるが、言語はわれわれの明晰な意識と同じように構造化されている。それはつまり「意味の規則に従う」ということだ。そういうわけで、まさにわれわれではない外部世界についても、われわれの身体の内部でうごめいている亡霊たちについても、ただちに説明することなどできやしない。しかし同時にまた、それがどんなに不向きであっても、この素材、つまり言語を、私は使わなければならない。なにしろ無意味《ノン・サンス》や欠落に不満を言うのが、明晰な意識である――ほかのなにものでもない――のだから。

こうした矛盾（最初のもの）を克服するために、現代小説がどのように、検討する主題としてではもはやなく、虚構《フィクション》を組織するものとしてこの矛盾を見なすことにしたのかを私はすでに示した。さあ、そこでもっと先に進もうではないか。物語の形式じたいを使って、根本にある欠如をそのように機能させると、やがてすぐに読者をがっかりさせてしまい、読者を餌で釣っておいて、ついでその期待を裏切ることになり、読者にテクストにおける自らの位置を教えると同時に、テクストから読者を排除するよう仕向けることにもなり、疑似餌《ルアー》によって読者をだますまでに至る。この疑似餌の仕掛けは何ら産出しないことを使命としているので、ますます仕掛けじたいは複雑になってゆくだろう。事物も感情もちっとも産出しない。そうした仕掛けは、いくつものバネのあるワナの透明な奇妙さのなかで、単に「機能する」ことになるだろう。それは、ヒューマニズム的な読みに対するワナであり、政治的＝マルクス主義的な読みに対するワナであり、あるいはフロイト的な読み等に対するワナであって、最後に、意味を欠いた構造の愛好家に対するワナでもある。

まさにここで、マラルメの「Xのソネ」〔一八八七年に発表された題名のないソネで、このように呼び習わされる〕がマルセル・デュシャンの『大ガラス』〔正式には「彼女の独身者たちによって裸にされた花嫁、さえも」というガラスを支持体とした未完の作品〕に合流するのであって、この作品には、チョコレートを粉末にする〔「大ガラス」の下半分「独身者の機械」に「チョコレート磨砕器」が出てくる〕――それが世界の目的というものである――働きもなければ、独身者のかかえるデーモンの暗部を打ち砕く働きもない。

事実、言葉による虚構《フィクション》について言ってきたことは、現代芸術のほかの構築物にも当てはまるだろう。それでも、現代芸術は、ジャスパー・ジョーンズ〔一九三〇―。アメリカの画家〕の絵画からボブ・ウィルソン〔一九四一―。テキサス生まれ。複数の芸術を援用したようなハイブリッドなジャンルの芸術家〕やリチャード・フォアマン〔一九三七―。ユーヨークの前衛演劇を主導する。舞台デザインもてがける〕のセリフのない演劇パフォーマンスにいたるまで、分節言語にはなにも負ってはいない。だからそれは、いっそう映画に当てはまる。というのも、映画じたい、虚構《フィクション》の周知の伝達手段だからである。しかしおそらく、そうではあっても、言葉はあのような空白の試みによって特権を与えられた場として残るだろう――なにしろ法律から見れば、言葉はいっそうスキャンダラスなのだから。

なあ、ソクラテスよ、それでは聞くが、大衆が無根拠性《ムダ》と呼んでいるものがそれなのかい？それでは、もっと子細にこうした意見を吟味してみよう、サント＝ブーヴの子孫とやら。まず最初に、この「無根拠《ムダ》な」という語を悪口として使っている連中を信用してはいけない。この私が新聞で、これこれの映画には無根拠《ムダ》な移動撮影がある、と読むとすれば、その文字通りの「意味」を認める以外に、いったい何を理解しろというのかね？　このような商品イデオロギーからすれば、無根拠性《グラチュイテ》は、意味の「余剰価値」とは相反するものとして定義されるだろう。じっさい、そのような無根拠性に、この私も同意見である。そうはいっても……

そうはいっても、この私が自ら絶えず――このページでもさらにいま一度――自分を正当化しようとしていると映らないだろうか？　というのも、意味に（法律に）対するこうしたイデオロギー的な関係を、意味を理解したいという欲求を、一刻も早く意味を提供しようとする気持を、この私もまた間違いなく自分のうちに持っているからだ。ちがう、『大ガラス』は無根拠ではないし、「Xのソネ」もまた無根拠ではない。それらはふたたび、聖なる単純さのほうにつこうとしていると思われ、決して不安な探求の側につこうとしているのではない。そういうことで、『幻想都市のトポロジー』や『ニューヨーク革命計画』とともに、私自身の仕掛けの複雑さが増すのだが、しかもそこでは、だれもが、例の名高い裸にされた花嫁を途中に認めることができる……。だが、メネラオス王〔スパルタ王。絶世の美女ヘレネと結婚するが、パリスに奪われ、トロイア戦争の発端となる〕も言ったように、先取りするのはよそう。

ボワ＝ブルドラン／『弑逆者』／ボリスの夢とその性的うずき／ドイツの工場の環境／秩序と狂気／ドイツ帝国の崩壊

それで私は、一九四八年、小説を書く決心をする。ほとんどたちまち、国立統計研究所をやめる。一つのキャリアがまさに示され、目の前に開かれようとしていたのだが、セーヌ＝エ＝マルヌ県〔パリの東部〕のボワ＝ブルドランにある姉のところに引きこもる。それは畑のまんなかにある生物学研究所で、ホルモンに関する研究と人工受精のセンターだった。私の毎日の仕事――およそ四十分かけて三度――は、八時間おきに、数百匹の去勢した雌のラットの膣内容物塗抹標本〔膣スメアとも呼ばれ、繁殖などに利用される雌動物の生理的解析用のもの〕をつくることだ。ラットには、孕んだ雌馬のさまざまな尿が皮下注射されていた。そうして比較検査用の溶液を使えば、種付けされた雌馬ごとの反応閾値、つまり卵胞ホルモンの含有量が分かると言われている。残りの時間はずっと、ホルスタインの雄牛の系統樹の書かれた裏ページに、私は『弑逆者』を創作する。そしてホルスタインの精液は、農民に売られるのだ。私は最初にタイトルを、ついで誘惑者についてのキルケゴールの引用を記す。誘惑者とは「痕跡ひとつ残さずに世界を通り過ぎる」〔実際に『弑逆者』の冒頭にキルケゴール『誘惑者の日記』からの二つの文が引用されている。「その男は痕跡ひとつ残さずに人生を通り過ぎたかのようなのだ……そしてひとりの犠牲者もつくらなかったとさえいうことができる」〕。この最初の言葉から矛盾は提起されているのだが、それは、それじたい矛盾した対象の形をとっている。と同時に、最高権力のテロによって、引用そのものの記述が解体される。そして私自身の分身である海が姿を見せ、私の足跡を消すのだ。そのとき私は最初の文を書いている。それは、常にすでになされた行為の、記憶にもない昔からの反復であり、行為はなされたのに、私の背後にはその行為を示すいかなる痕跡もない。「またしても〔日の暮れ方に〕横切らなければならないのは、岩や穴ぼこが散在する海のほとりの細かい砂の拡がりで、ときには腰まで水に漬かることがある。潮が満ち……」〔『弑逆者』平岡篤頼訳。「日の暮れ方に」がこの引用には抜けている〕いつものように、陰険な危険というか恐怖が約束の場所に姿を見せる。

こうした冒頭は、私にとって疑う余地がないのだが、思春期のころ、何カ月にもわたり定期的に繰り返されたいつも同じ反復的悪夢に、じかに着想を得ている。わずか数ページ先では、この本の主人公である弑逆者ボリス（このテクストでは、王がジャンという名で、九つ先の小説である『黄金のトライアングルの思い出』では、名前の配置が逆になっている）が、独身者ボリスが、夢想家ボリスが、奥歯や舌や歯肉の領域で、不可能と無能と禁忌の感覚と格闘していて、彼はその場所を突き止め、記述し、追い立てようと試みるものの、結局は同じことだ。この本でもまた、私の記憶をさかのぼるのは幼年時代の不安である。そしてそうなると、とたんに異性の幽霊たちが、今度は命令的な仕方で、私の生のなかにふたたび姿を見せるのだ。私はそうした幽霊たちと、もちろんずっと前から、すでに十五歳のときからつき合っていたが、しかしそれ以来、次のような明白な事実を受け入れなければならない。「倒錯的な」演出（というか想像力）だけが私の欲望をかき立てるのであって、私は特にとても若い娘たちに魅了されるだけに、なおさら問題なしというわけにはいかない。

大洋と不確かな浜辺が、一人称現在の物語の形をとり、この最初の小説に姿を見せている。それらは、漂流している緩慢な夢想らしいと読者は気づく（そうした灰色の荒野と霧の「詩情」は、しかも過剰な隠喩という困難のせいでうまく抑制されていない）が、そうした夢想こそが、歴史的過去による三人称で書かれた「写実的な」連続性に穴をあけ、やがてこれを歪めてゆく。そこではボリスが巨大な工場で働いているが、私は難なくその数多くの細部に、「アウスブルグ＝ニュルンベルク機械工場」（ＭＡＮ）を認める。そこで私自身、戦時中、旋盤工の仕事を学び、実践したことがある〔第二次大戦中、フランスの学生がドイツの工場に学徒動員された時期がある〕。

巨大な作業場では、何列もの自動旋盤とフライス盤〔金属の切削工具〕が果てしなく続くかのように見渡すかぎり立ち並び、切削油の青みがかった霧に包まれ、焦げたグリースの臭いが充満している。倉庫のめくら壁は、黒くなった小さな煉瓦でできていて、入口の堂々とした鉄格子の門は、陰気な郊外の長くまっすぐな並木道に面して開き、そこを、はるか南部の墓地の方に向かう古びた路面電車が揺れて通り（われわれは電車――ブレストではそう呼ばれていた――に乗り、中央駅に行き、そこで夜明けから、多かれ少なかれ強制収容されているような労働者ですし詰めになった黒く汚れた列車が、われわれを吐き出すのだが、労働者たちは、近くのマツの森のなかにある広大な収容所型の木でできたバラックで、二段ベッドの床に寝ていて）、そしてまた、労働時間を記録する時計とともに、壁にカードボックスがあって、われわれの出勤カードを収めていて、そのカードは金属の通行許可証で、検問のある出入り口を通るたびに提示しなければならない。こうした舞台装置のすべてが、私のニュルンベルクでの生活環境であり、それはほとんど移し替えることができない。見上げると、屋根の小梁に大きな文字で描かれていたのは、次のような厳しいスローガンで、ドイツ人の工員にも向けられていた。「君は一つの番号であり、しかもその番号はゼロだ」。

私の弑逆者が反逆するのは、おそらくまずそうした理解できない規範に対してである。主要な政治的犯罪とは——国王を殺すことだが——自分を個人として認めさせるための確実な方法なのだ。ボリスが自らの工場で就く仕事は、私がその後で就いた職業——統計学者という職業——を連想させるが、このはじまりを告げる本において、既成の秩序がその不吉な顔を借りているのは、こうしたドイツでの体験からであって、今日になってみれば気づくのだが、それは明らかに偶然ではない。国家社会主義（労働、祖国、スポーツ、社会規範、自然崇拝。健全で幸福な健康のこの上なく安心な比喩に従えば、唇に微笑を浮かべ、澄んだ瞳をまっすぐ向け、心も体も清潔な、歌いながら行進する金髪の青年たち）によって掲げられた民族の理想だったものが、思考を絶する恐怖のただなかで崩壊し、そうしたすべての兆候が不意に反転し、突如、その裏面が顕わとなった。思うに、それこそが私に、わがフランス軍の瓦解よりもその五年も前にはるかに強く刻まれたのだ。

この二つの相次ぐ崩壊を、もちろん、私はきわめて異なる仕方で体験した。だがそれは、告白するほうが品がよいなどという意味においてではまさしくない。一九四〇年の敗北は、たしかに自由の敗北だったが、しかしわが国であげつらわれたのは、むしろ軽率さであり、だらしなさであり、怠慢であり、つまり第三共和制の享楽的で無気力な精神だった。その反対に、第三帝国〔一九三三―四五。ナチス政権下のドイツ帝国〕の崩壊は、ある種の秩序概念の崩壊だったが、われわれには壮大に思われ、全体主義的になった厳密な配置という狂気や血まみれの破綻に思われたのかもしれない。すでに話したように、私の家族は右翼的であり、その点について、私はもっと詳しく説明しなければならない。

歴史の真実、公認の見解、実体験／善良な息子／仲間意識／中佐の父／シラー全集

ところ変われば、公式の真実によって、歴史家たちは流刑地に送られ、死ぬこともある。なにしろ装甲艦オーロラ〔防護巡洋艦アヴローラのこと。十月革命のきっかけとされるその冬宮砲撃じたい、疑問視されたり、当時、レニングラードに不在だったとする説まである。現在、ネヴァ川河畔で博物館船となっている〕が、その十月の栄光の日々に、レニングラードにはなかったのに、その国の黒幕どもにけしかけられ、歴史家たちはいったいどうやったら装甲艦オーロラから冬宮を砲撃できたのかを自問したのだ。

一方、いまではオーロラの姿は、ネヴァ川河畔の、冬宮正面の正しい位置にきちんと係留され、毎年新たに塗り直されていて（そうした真実は、剝げ落ちないようにするために、定期的に塗り直す必要があって）、公式の真実によれば、したがって公認の談話によれば、フランスは当初――ドイツ軍占領地域の解放において――占領軍に対し立ち上がった英雄たちであり、休戦協定以降、ほぼ全員一致の抵抗を試みたと思われていたが、それは維持するのが難しい立場であるのに、激しすぎる異議も嘲笑も引き起こさずに十年以上も生き延びることができた。そして突然、すべてが変化する。フランスは、たった一口の黒パンと引き換えに、自身の魂とユダヤ民族全体を売り渡した卑怯者と裏切り者の群れにすぎなくなったのだった。

私は（幸いにも歴史家ではないので）あえて三番目の真実を明確にすることはしないだろう。しかしささやかな自伝のこの地点で、私の実際の体験がこうしたイメージのどちらにもほとんど一致しないことを、はっきりさせておかねばならない。私の言うことを、よく理解してほしい。単にここでは、私が自分の周囲の物事をどのように見ていたか、というか、さらにいっそう主観的なやり方になるが、当時の物事の見方を、今日私がどのように想像するかを語り、そうしようと試みるだけである。

私は善良な息子で、反抗的な性格とは正反対で、家にいても気分がよかった。帰宅するや否や、クラスや途中で自分が見たことや行なったことを、何もかも詳しく語るのだった。そして価値観の点で、私は問題なく両親の政治的意見や道徳的意見をほぼ丸ごと自分のものとしていた。嘘をつくことは悪いことだ、世界をあるがままに受け入れなければならない、試験ではカンニングをしない、人民戦線はフランスを破滅へと導く、よく働いて物質的な生活を確保する、と同時に、精神の楽しみを受け入れる、等々。あるいはまさに「最も痩せた人は最も太った人ではない」。なにしろ、われわれの民間伝承には、まるでわれわれが尊重してきた格言を行儀よくからかうためであるかのように、多くの見かけだけの格言がふくまれていた。

私はおそらく善良な両親に対し、無分別で限度のない感嘆の念を抱いてはおらず、むしろ両親とのあいだに、一種の侵すべからざる友好関係を、兄弟のような共同体を、何にでも耐え得る連帯を、強く感じていた。父親と母親と姉と私は仲間のようなものを形成していた。私は十五年以上も、薬指に、お守り代わりに、アルミニウムの座金を四つぴったりくっつけ、はめてさえいたが、それは、一九四三年に、MANの工場〔前出の、強制労働をしたドイツの工場〕にあった交換部品の容器のなかからかっさらってきたものだ。そのような一家の精神は、他の人間たちに対し、一定の距離を置かないわけにはいかなかった。つまりそれは漠然とした優越感、というか、少なくとも差異の感覚だった。

ある日、ブラール通りにある公立小学校で、軍隊で父親が着けていた大尉の階級章を自慢した幼い仲間に向かって、ぼくの父親は中佐だったんだ、と私は誇らしげに答えていた。家に帰って、陸軍の階級制についていくつか補足的な情報を私は求めた。じっさい、クリュニー工芸学校〔ソーヌ＝エ＝ロワール県のクリュニーに一九〇一年に設置された国立工芸院〕の学生だった父親は、反体制的な精神から、兵役前の高等予備教練を拒否していて、それを受けていれば、その後、将校として兵役をつとめることができただろう。一九一四年八月に工芸学校を出ると、すぐに召集され、単なる一兵卒として戦線に送られ、四年もの戦闘を経験した後、「顔面負傷兵」となって、病院で終戦をむかえ、軍からメダルを授けられた。それは戦功章で、シュロの枝をかたどった勲章と表彰状で、しかしもらえた唯一の階級は少尉だった。

おそらく反軍国主義が、父親の情熱あふれる生活の常数の一つだったのだが、この右翼の好奇心旺盛な男は、工芸学校（そこでは、この世紀〔二十世紀〕のはじめには、まだ制服を着用し、丸刈りだった）の成績表に赤字で記された「ことのほか不潔でだらしない身なりを好む」という評価を、いくらかの誇りをもって子供たちに見せてくれた。だからその晩、一家団欒の食卓で、父はいつものようにニンニク入りソーセージを食べながら、戦争行為を終えたときには少尉でしかなく、それから、奪回されたロレーヌの工場では、占領フランス軍の技術中尉であり、こっちさえよければ、自分は大佐の五筋の略章をもらってもいいし、あるいは軍曹の袖章ひとつもらってもいい、と教えてくれた。というのも、そんなものにまったく価値などなかったからだ。仲間の誇りには階級章など不要だった。

父が戦利品としてもってきてくれたのは、シラー全集――もちろんゴチック体で印刷され、グレーの布で装丁された分厚い本――とドイツ製のロケット砲だけだった。ロケット砲は、一種の巨大なピストルで、じつに人目を引く撃鉄が付いていて、ほとんど銃一丁と変わらない重さで、その短い砲身は男の子だった私の腕くらいの太さだった。この印象的な戦利品は、子供部屋として使われて「書斎」と呼ばれていた部屋の壁に、子供たちの手のとどかないように掛けられていた。この無害となった武器を使って遊ぶことは、特別のはからいによるときを除いて禁じられていて、この武器をいじっていれば、それでも撃鉄の衝撃をくらったり、円滑に動く遊底をうっかり操作してしまったりして、自分の指一本くらいは打ち砕くおそれがあった。

いつもの夜のカフェ・オ・レを飲み終えると、父は机（アメリカ製の在庫品流れの、引き出しのある大きな箱の形をしたずんぐりした家具）に座り、熱狂的に、まじめに、一作また一作、シラーの劇作品を翻訳し、小学生の使う罫線の入ったノートを、水彩鉛筆〔ボールペンの登場以前、先を唾液などで湿らすと深いブルーになるアニリンを染み込ませた鉛筆〕の小さな格子のような細かな筆跡で埋めるのだった。思うに、それは一語ごとの一種の逐語訳だったが、じつに大ざっぱで、というのもこの熱心な素人は、文法のほとんどの部分がその理解を越えていたにちがいないのに、必要と思われるほど頻繁には辞書を引かなかったからだ。推察しながら、推察していると思いながら、即興で作りながら、自分の文章の奇妙な言葉づかいも意味の不明さも気にかけず、父はかなり速く進み、人がどう思うかなど気にもとめなかった。当時、ナネットと呼ばれていた姉のアンヌ゠リーズは、これが若いころ（といっても、サンタクロースが虚構だと気づくより、少し前のころ）のトラウマの一つをなしていた、と主張していて、そのとき姉は、父親がドイツ語をまったく知らなかったことを発見したのであり、父はドイツ語を教室でも他所でも習わなかったのだ。

相対的な貧しさ／厚紙製造工場／手形の繰り延べ／靴底の取り替え／城壁跡の散歩／「アクシオン・フランセーズ」／即席のスケートとスキー

わたしたちは貧しかったのだろうか？　もちろんそれは、相対的な話である。いずれにしても、私は子供のころ、これっぽっちも貧しいという感情を抱いたことは一度もなく、級友のだれかれの住居やブレストで歯医者をしている例の親友といった母の数少ない交際仲間の住居と比較してみようなどとさえ思わなかった（公立小学校を出ると、私は国費奨学生としてリセ・ビュフォン〔パリ十五区にある〕に入学し、一方、姉は同じようにリセ・ヴィクトール＝デュリュイ〔ランド県モン＝ド＝マルサンにある〕に入学した）が、ガッサンディ通り〔パリ十四区〕の狭い三部屋に、私がすでに二十歳を超えても、わたしたちはまだ四人で暮らしていて、そこには絨毯もなければシャンデリアもなく、あるのはただ、下に小さな球をつけて天井からぶらさがった裸電球で、それは三又ソケット付きの真鍮製であり、同様に、姉が――恥じらう年頃ゆえに――私と同じ仕切りに囲まれてもはや眠らなくなってからは、夜になるとソファ＝ベッドを広げ、食堂を寝室に変えたのだった。

退役時に受け取る兵役給与のおかげで、私の父親は、技師免状Ａ＆Ｍ（アゼーエムと発音）を使って冶金会社かどこかで実入りをよくすることもせず、いくらか裕福な義兄と協力して〈厚紙製造工業会社〉を設立していた。大量生産の人形用に厚紙の梱包材をつくるごく小さな製作所を示すには、仰々しい社名である。三、四人の労働者が箱をホックで止め、伯父は配送をやり、いちばんきつい仕事が父に回ってきていた。父は一日じゅう、何枚もの大きな茶色っぽい厚紙を円盤状の裁断機にかけていたが、それは熟練工が必要とされる危険な作業だった。残念ながら、熟練工の給与は高すぎて、常に不確定で危なっかしい会社の利益とは相容れなかった。

土曜日の夜になると、父は机に座り、そこから珍しくシラーを追い払い、心配そうな顔つきで、判読できない威厳に充ちた大きな花押を、果てしのない大量の手形に署名していて、それは絶えず繰り延べられ、多くは——後で父が私に語ったところによると——無条件の融通手形だったらしい。こちらが幼いときはずっと、こうした底なしの会計状態の絶え間ない不安のなかで、父はそんなふうに暮らしてきたと、そのとき私は知ったのだった。そしてそれからまた私は思い出すのだが、父の指先は奇妙にツルツルしていて赤く、何枚もの厚紙でこすれて擦り切れていたので、寒い冬場になると（作業場には暖房が入らず）、あかぎれの傷がぱっくりと開いて、何週間も指にできるのだった。

しかし日曜日の朝になると、父は無遠慮にも歌詞と音楽を歪めて、オペレッタの曲を歌いながら、家族の擦り切れた靴の底を取り替えるのだった。あらゆる種類の道具を持っていて、それらを狭い台所に詰め込んでいて、おまけにそこには子供用の小さな仕事台があって、その台を、サンタクロースは私のために、両親の寝室の黒い大理石のマントルピースの前に置き、十二月二十五日になると、その上にはいつも玩具があるのだった。その台は、あのとき、ダクトのかすかな直径に対し、たしかに不釣り合いで、それを私はいまでも、メニル〔パリ十六区〕のもっと広い部屋の設備に囲まれながら、ときおり使っている。作業をしている父の姿を見ることで、私は、木工細工から鉄筋コンクリートに至るまで、手を使う仕事が好きになった。そして私が残念に思うのは、好きなのに、所有家屋のレンガ工事や戸枠やぐらついた金具を、すべて自分自身で修理するための時間がもはや充分にはとれないことである。

靴を新しい状態にすると、父はわたしたちを、春なら、モンルージュの方にある城壁跡の上へと長丁場の散歩に引っぱり出すのだった。そこはそのときまだ、なんとなく田舎の代わりになっていたのかもしれない。草が萌え出で、小屋の周りにはリラが咲き、そして何もない場所にさえ、鮮やかな黄色のフキタンポポの花が白っぽい粘土を突き破って出ていた（遅れて出てくるその幅広の葉を、ドイツ軍の占領下では、タバコの代用品として乾燥させていた）。午後の四時ごろに、わたしたちは昼食にもどると、いない間に母が準備してくれていて、二週に一週は、変わることなく、ローストチキンか羊の腿肉にフライドポテトとサラダ菜が添えてだされた。居室じゅうに香ばしい匂いがたちこめた。わたしたちは腹ぺこだった。夕べはすぐに暮れてゆき、外は灰薄紫色に包まれ、丸い食卓を照らす電気の明かりを暖かいオレンジ色に見せていた。そうやって、仲間は顔をつきあわせ、母にその日の出来事を語るのだった。

こうした日曜日は、一般的に、子供たちに嫌われると言われているが、私にはそのよい思い出しか残っていない。とはいえ、思い返しても、懐旧の念など無縁である。私の生き方や世界に対する関係が根本的に変わったとは思わない。現在のこの語りを、私は自分自身に反して、毎日少しずつつづけているが、それはシラーの戯曲全集の、忍耐強くて不正確で馬鹿げた転換《ほんやく》とそんなにちがうことだろうかと思う。デザートになると、父はわたしたちに、レオン・ドーデ〔一八六八—一九四二。「アクシオン・フランセーズ」に参加〕やシャルル・モーラス〔一八六八—一九五二。「アクシオン・フランセーズ」を主宰〕の最新の論説から選んで、一節を（かなり下手くそに）読んでくれるのだったが、それらはとりわけ論戦的で、過激で、共和派の体制や権力の座にいるその代表者たちへの、常に侮蔑的でしばしば猥雑な冗談に富んでいた。今日、極右のその定期刊行物がどうなっているかは知らないが、一九三〇年代の「アクシオン・フランセーズ」は、よく書けている新聞として思い出すのであり、ギリシャ＝ラテン文化と溢れんばかりの語調に私はひどく熱中した。たいてい、じつに生き生きとした下卑た言葉がキケロ〔古代ローマの雄弁家〕の文体でそこには記されていた。

二人の祖父は左翼で、断固とした共和派で、にこやかだが確固とした非宗教的精神をもっていて、ドレフュス派で、軍隊と教会のひどい結びつきをいつでも告発する用意があって、そうした二人の祖父から、両親は心の奥に潜んだも同然の無神論を受けついでいた。ローマ教会のあらゆる領域での危険な役割は、将軍たちの根本的な無能ぶりと同じくらい疑う余地がなかった。「アクシオン・フランセーズ」の破門〔一九二六年、ピオ十一世が「アクシオン・フランセーズ」を断罪したことを指す〕は、アリスティッド・ブリアン〔一八六二―一九三二。政治家〕によって折衝された（そのとき以来、彼は「祝福されたヒモ」と異名を与えられた）というが、その破門が多くのキリスト教徒の心にドラマを引き起こしたとしても、われわれには、主義主張の正当性の補足的な証でしかなかった。国家的カトリック教（国民の必要性のため）の支持者でありながら、法王によって破門され、王政主義者でありながら、王位要求者によって否認された「アクシオン・フランセーズ」の指導者たちは、自分たちは例外的だと感じる以外には何もしたがらないこの家族にとって、申し分なく都合がよかった。保守的な人間を軽蔑し、群をなす人間（奴隷的家畜）を憎悪し、加えて、議員たちの笑うべき策略が議会でつづき、そうしたことすべてのせいで、必然的に民主主義をおおっぴらに嫌悪するに至ったのだ。

　こうした慣例となった日曜日の食事が済むと、父は眠るか、管理人室に住んでいるジュラ県出身の従兄弟たちとマニラ〔二対二でするトランプ遊び〕の勝負をしに、ベルヴィル〔パリの十区、十一区、十九区、二十区にまたがる区域〕まで出かけるのだった。それから、例外的な日曜日もあった。ヴェルサイユの大運河が凍ると、わたしたちはスケートをしに行ったのだが、氷の上には冬の陽射しがあたっていた。昔の田舎の習慣にしたがい、わたしたちは可動式のスケート靴を持っていて、それを歩行用の粗雑な靴に、ねじでかみ合わせるやり方で固定したのだった。列車に乗った。顎のまわりにはニットの長いマフラーを巻いていた。帰りには、日が暮れていて、円錐の紙袋に入った熱々の栗を買うのだった。道ばたの、丸い大きな黒い鉄板でできた窯の上で焼かれ、香しい青みがかった煙に包まれていた。大喜びだった。雪がたくさん降ったら、父は、夜でも突然うきうきし、平板と革のバンドを使って、わたしたちに初歩的なスキー板（反りをつけていない）を作りさえし、翌朝、モンスリ公園の坂になった小道に滑りに連れて行ってくれた……。そして、ふたたび日が暮れ、灯りが点り、凍って動けなくなったような静かな黄昏に包まれる。

冬の夕暮れ／書くことと子供のころの感覚／なぜそれらを語るのか？／どのようにそれらを選ぶのか？／親への愛情

冬の街には夜が早く訪れ、あるいは、晩秋のころの下校直後には、界隈のパン屋や食料品店の老朽化した店先が、すでにいち早く灯りを点けているのに、まだじゅうぶん穏やかな天気だったり、とても細かな小雨がきらめく光の破片を無煙炭色の歩道のあいだの不揃いな街路の路面にちりばめたりしていて、そこにはプラタナスの半ば腐りかけた最後の葉が貼り付き、光沢を跳ね返し、麝香のような匂いがし、それに結びついた感覚があって、夕べの休息やこちらを迎えてくれるような電灯の、拡散し遠くからとどくようなざわめきの、野菜スープや赤茶けた紙を貼ったシェードの（穏やかだが）じつに鮮明な感覚があって、それらにこそ、私を小説へと突き動かした理由――主要ではないにしろ――の一つを認めるということを、私はしばしば知らせてきたのだ。古びた壁の上にある黄色っぽい色に気づいたために書きはじめる。それがどういう意味か、私にはとてもよくわかる。『嫉妬』のような本の挑発的な無情さと比べ、そのような告白を聞いたからといって、私の読者にびっくりする権利があるのだろうか？　私はそう思わない。

これは、見慣れた世界のべとべとする（が、しばしば居心地よい）形容詞性によって、そのすぐに耐え難くなる感情的な負荷によって、そのいかがわしい強調によって引き起こされた印象であり、捕らえがたく漠然としてはいるものの、忘れられないほどきわめて強烈な印象であって、この印象が、世界を探査するために、あるいは世界に形を与えるために、そうした世界の描写を試みるようにわれわれを駆り立てるのだ。しかしとにかく、この種の形容詞性を再生産するつもりはいささかもない。私の個人的な場合、まさにその反対でさえある。しかしどんな素人でも、注意深ければ、『消しゴム』の途方に暮れた主人公ワラスの「子供時代の思い出」のうちに、あるいは『ニューヨーク革命計画』での、パリの消防からニューヨークの消防が借用した悲しげな二音のうちに、そのような感情的な情動の弱められた反響をたやすく認めることができるだろう……。

いま、一九八三年八月（ちょうどこの時期を、この巻頭に付け加えた二ページで明確にしたが）、アルバータ州のなじみのない厳しい広大な平野の真っ直中のエドモントンで、私はこの記述を再開した。それは、豪華な当世風の超高層ビルの立ち並ぶ都市で、モンパルナス墓地とオルレアン門にはさまれたかつて住んだ十四区とは限りなく違っていて、私は新たに茫然自失となりながら、一九三〇年ころのわが家族の生活に関するこの数行を読み直している。どうして、多かれ少なかれ無意味なこうした些細な逸話を、こんなふうに長々と語ったのか？　そうした逸話が、多少なりとも意味があると自分に思われたとしたら、私は即刻、まさしく何かを意味しようとしてそれらを選んだ（おそらく整え、作成した）この身をとがめる。かりに反対に、それが成り行きまかせの絶望的な断章でしかないとしたら、それらに対し、私自身は考えられる意味を求めるだろう。どうしたわけで、無秩序に姿を見せてくる何百もの、何千もの断片のなかから、それらの断片だけを切り離すことができたのだろう？

捏造された意味を例証しているという疑惑と、他方で、まったくの（おまけに見せかけの）偶然を描く点描画法のむなしい動機のなさにとらえられた私は、やたらに、安易なあるいは突飛な取り合わせのままに突き進む。もしこの筆の下から（どんな奇跡によって？）、私がこのようになった主要な瞬間のいくつかを発見する、という望みを持つことさえできればと思う。でも主要な瞬間などあるのだろうか？　ほらまた、ヒエラルキーと分類という考えがふたたび現れてくる。「あなたがどのように分類するか教えてください、そうすればあなたが誰であるかをお教えしましょう」とバルトは提案していた。分類を自らに禁じるとは、だから誰かであることに同意しないことであり、ただ存在するだけなのだろう。とすれば、なぜ書くのか？

もちろん、私の仲間の美化された伝記には、子としての顕著な愛情が現れていて、まるで通りがかりに墓の上に置かれた小さな花束みたいだ。私の父も母もやりくりして生計を立て、子供たちにつくした。二人はわたしたちに、できる限りの労働と心づかいと計画をささげてくれた。こうして私が両親にささやかな小銭を返しても、比べれば惨めではないか。私はただ単に、風変わりな父親を描いているだけではないのか？　どんな人間でも、描かれたとたん、風変わりな父親になってしまうように。ひとりの男の一生全体が、これくらいわずかな痕跡しか残さず、その非対称の顔が写り、濃い口ひげが写り、ゲートル姿が写っている黄色くなった何枚かの写真とともに、引き出しの奥深くに忘れられても、それを受け入れることができるだろうか？

　おそらくさらに、父が母に書き送った何千という手紙——たとえ郵便がストライキでも、二人が別々に暮らしはじめたとたん（たとえば、夏休みのあいだ、母がわたしたちとブレストに滞在しているときなど）、例外なく一日につき一通、五十年以上ものあいだ、そのように書かれた手紙——が見つかるだろうが、それはラブレターなのだった。それらの手紙は、その当時でさえすでに判読しづらかっただろうが、ケランゴフの屋根裏部屋の、虫に食われたいくつかの荷物ケースの奥に、何年も紐で縛られたまま、小荷物になって眠っているはずで、誰かが手紙に触れようものなら、おそらくたちまち粉々になってしまうだろう。

　わたしたちの父は左翼ではなかった、とほんの少し前に言いながら、私は明らかな歓びを感じたのだが、その歓びについて、言語道断という考えは、想像以上にすばやく崩れ去るように思われる。そうしたことが今日、誰に衝撃を与えるというのか？　現在では、「社会主義」がフランスでは権力に就いていて〔執筆・刊行時はミッテラン政権〕、反体制的思想の知識人もすべて、短い煉獄の沈黙を経験すれば、じきに右翼にいる自分を見出すことだろう。

断片化と自伝／マーク・タンジー

私が自身についても語るため、というか、いつも変わらずひとえに自分について語るため、別の問題が提起される。私の両親にしてもすでに、形になりつつある私にほかならない。そう理解したがる人に対し、私は自伝的な企てを忌避すると断言する。自伝では、体験された全生涯（それはすぐさま、あちこちから浸水する）を、ひとつの閉じた巻に集めると言われていて、そこには欠落も欠点もない。ちょうど老いた元帥が作成するのと同じであり、元帥なら、未来の世代のために、説得力ある構成で、かつての勝てなかったというか負け戦を思い浮かべるだろう。ところで私は、絶えずこうした坂道や断崖絶壁の脅威にさらされているように感じていて、そこを進んでゆく。その危険に気づくだけでは、そうした目もくらむ幻惑を逃れることはできない。

数週間前から、ニューヨーク近代美術館で、一枚の大きなカンバスが展示されている。その絵では、ばらばらな断片のなかにいる私の姿が（描写的なタイトルで明確になっていて）認められる。若いアーティスト（その名前[*2]を一時的に忘れている）が差しだすのは、広大な砂漠のようなところの真ん中に跪いている私の姿で、その表面には、さまざまな種類の小石がばらまかれていて、それを私が一つひとつ、ブラシと洗面器を使って洗っているところだ。近づいてもっと注意深く眺めると、じつはそれが、化石となり破片になっているものの、完璧に形の分かるオブジェで、われわれの文明や文化や歴史の種々雑多な残骸であり、たとえばギザのスフィンクスやフランケンシュタインの顔、あるいは第一次世界大戦の数人の歩兵とかで、私自身の物語や小説や映画（『不滅の女』のフランソワーズ・ブリオンのように）からとられ粉々に砕かれた要素に混ぜられていて、そして私自身の顔にまで至り、同じく膝をついて洗っている最中の私自身にまで至り、それがとても縮小された規模で繰り返され、残りのすべてと同じく石化されている。

私は、ユーモアに充ちたこうした寓意画に、快く自分の姿を見分ける。しかし、そうした破片を入念に洗った後で、私はここで陰険に、そうした破片を忙《せわ》しなく整理しないのだろうか？　ひょっとすると、そうした破片どうしをいっしょに貼り直しさえして、一つの生涯や彫像を形づくり、将来の作家の主題や技巧のために、しっかりした基礎をつくっておこうとする男の子の恐怖や歓びを形づくるかもしれない。

私の小説の整理整頓／農業会議所で差し向かい／私は詐称者である／私はアンティル諸島にいたときすでに農学者だった

物事を整理すること。しかも決定的に！　素朴な昔からの強迫観念が私の小説の仕事全体を通してあちこちに、皮肉で、執拗で、絶望的な姿を見せ、小説の主人公はさまざまな形をとる。自らの時間割をあまりにもろい骨組みだけの建物で休みなく再検討したり、揺れ動くバナナの木を何度も何度も数えたり、注意深く責め苦を調節したり、あるいは飽きずに同じエピソードを（そのつど論理的に、合理的に、ついには終わりに至ることを望みながら）繰り返す。たとえば、青の館《ヴィラ・ブルー》〔『快楽の館』に出てくる英国領香港の館〕で、その問題の夜に主人公がまさに見たりしたりしたことの報告もそうである。さらにそこに、短く顔を出す二次的な人物も表示しなければならない。彼らは同じような常軌を逸した頑固さに、ほとんど明晰な意識を与えている。たとえば、不手際な殺し屋ガリナッティ〔『覗くひと』参照〕にしても、マントルピースの飾り棚の上に並べられた事物の正しい位置を探し求めるし、レディー・アーヴァ〔『快楽の館』参照〕にしても、死ぬ前に、最後にもう一度だけ書類を整理しようとするし、あるいは『黄金のトライアングル』の囚人にしても、どんな罪なのか分からないものの、「無罪を証明しようとして」独房のむき出しの壁の、首尾一貫した徹底した描写を試みる。

『消しゴム』の原稿をミニュイ社に受諾してもらった直後、短すぎる植民地滞在の際に汲々として貯めたささやかな蓄えを食いつくしてしまったので、私は、自分の農業技師という資格とジャン・ピエルの斡旋のおかげで、パリに都合のよいちょっとした職を見つけた。ジャン・ピエルは、

＊2　このアメリカ人の画家は、新しい流派に属す具象派で、名前はマーク・タンジー（一九四九年生まれ）といい、そして問題のその絵は「視野のなかのすべてを掃除するロブ＝グリエ」である。（出版社による注）

国民経済局の総監であり、ジョルジュ・バタイユの義理の兄弟〔夫人どうしが姉妹〕であり、威信のある雑誌「クリティック」の事実上の主導者であって、その雑誌に、私の最初の短い文が掲載されもしたのだ。だから私は、農業会議所の代表者たちによる常任会議（スクリーブ通りにあった）で働き、そこでは、おそらく法学者であるにちがいない二人の同僚といっしょに、広い執務室を占めていた。私の机は、見るからに痩せた厳格な男の机に並んでいて、その男は私のほうを向くのだった。書類の山とファイルを城壁のように積み重ねようとしたが無駄で、その同僚は私を、書類越しに何も言わずに不満そうな目でじっと見つめたのだが、それは正義の人の目だった。最初の一瞥で、目の前の化けの皮を見破ったのだ。

その同僚がそこに来て座ったのは、一週間か、一週間ちょっとだった。しかし私は、十を超える言葉も交わしていないのに、その幽霊のような裁き手の、驚くほど鮮明で厳しいイメージを持ち続けてきた。同僚は、きっと重病だったにちがいなく、おそらくそれを、自分でも知っていたのだ。そして同様に、自分がやがて死ぬことも承知していた。ある朝、到着すると、同僚は自分の引き出しの総点検にとりかかった。まるまる三日間、私の二メートル先で、大量の行政上の手紙や専門的な資料を、会議のメモや下書きや数字だらけの図表を、新聞雑誌の切り抜きやさまざまな紙切れを、常に黙々と取りだす姿が見られた。読み返し、ちぎり破り、後任者に注意書きを残し、きちんとラベルを貼った自分の紙挟みに、自分よりも後まで残存するにちがいないと思われるものをすべて分類する。それから同僚は、定刻きっちりに執務室を出た。彼はまさにその夜に、望みのない外科手術のために病院に入院し、そして翌日、手術台の上で息を引き取ったのだ。眼窩の窪んだ、すでにいくぶん放心したような隈のできたその目に、私に向けられた非難が読みとれた。瞳の黒くて悲しげな輝きは、とても遠くから来ているように見えた。死後からだ、と後に私は誇張を恐れずに思った。もちろん、私が農業経済の記事ではなく、小説のゲラを直していることを、同僚はただちに理解したことだろう。私が別のことを考えていて、一時的にそこにいるのだということを同僚は見ていた。私は贋サラリーマンだったのだ。私はちゃんと国立農学院を出ていた（同僚はそのことを名簿で確かめていたに違いなかった）が、偽りの農学者だった。自分自身まだ承知していなかったが、私はあの果実柑橘類研究所にいたときにはすでに農学者であって、そこに研究者として入ったのだが、その三年前に『弑逆者』を書き終えていた。

アンティル諸島の別の島に駐在する地域局長が、視察巡回のとき、フォール＝ド＝フランス〔海外県マルチニックの県庁所在地〕にいる私を訪ねてきた。そして局長は、アフリカにあるわれわれの地域試験場の一つで発行された定期報告書を、模範例として私に示した。だから私は、そこで詳述されている作業を、実験プロセスを、突き当たる困難の綿密な記録を、測定数字の桁を、それらの統計上の利用に関する留保などを入念に吟味した。翌日、私が上司に指摘したのは、こうした研究をいくらやっても、いわば決して何であれ何か具体的な結果に達することはない以上、そうした報告書を想像力の訓練といみじくもみなすことができる、というものだった。そして私は上司にニコリともせず、自分なら数日で、必要ならいくつかの偽名を使って、まったく比肩しうる月例報告書を一冊まるごと作成しますよ、と提案したのだった……。

上司もまた、笑わなかった。だがほんの数カ月後、グアドループ〔西インド諸島東部のフランス海外県〕にある診療所に、私がいくつもの熱帯性の病気で入院していたとき、その病気はあらゆる種類の検査と分析によって証明されたが、この公明正大で繊細さの欠けていない男――その上、思うに、私に好意を抱いていて、それでもまさに専門面で私の示した質の高さを買ってくれていた男――はためらわずに、私の健康状態を心配するパリの中央省庁への報告で、自分の意見として、私の場合のそうした事態はすべて「メンタル的な」ものだと明言してくれて、それが確定判決となったのだ（それはおそらく、そのとき私が感じていたように正しかったのだろう）。そのことは、七年後に『嫉妬』のなかで、姿を見せないクリスティアーヌの健康を蝕む植民地の病気について、手を加えずにふたたび見出されるのであり、この上司は、この上なく粗雑な特徴のいくつか（そのうちの一つがあの言葉だ）を、フランクという人物に残している。フランクは隣人のプランテーション経営者で、病弱すぎる妻を伴わずにいつも夕食をとりに来る。

バルトとペテン／ツルツルした思想家／開講授業／真実対自由

ロラン・バルト（またしても彼だ）は、晩年、自分はペテン師にすぎないという思いにとりつかれていたように見えた。自分は何についても、マルクス主義についても、言語学についても語ってきたのに、本当には決して何も分かっていない。すでにもう何年も前のことだが、ピカールが「真実の」ラシーヌとその時代全般について、バルトの無理解ぶりを力強く告発していて、その批判にバルトは、過度に打撃を受けたように私には思われたのだった。それでもバルトは、自分が『ラシーヌ』のなかで差しだしたのは今日の読み以外の何ものでもない、だから主観的で、大胆で、日付を刻まれたものだ、ときちんと明確にしていた。しかしただちに、旧弊なソルボンヌの怒りをふくんだ視線が、憎悪と恐怖の入り交じった感情でバルトを怯ませたのだ。ずっと後には、だから自分が老いたと感じたバルトは、本当の十七世紀学者の、本当の教授の、本当の記号学者の、真実らしい生活に――自分が疑いを投げかけたのに――ますます苦しめられる姿を見せたのである。

もちろんバルトはペテン師だよ、だってまさしく本物の作家(バルト自身の区別を繰り返すなら、「書く人」ではなく)なのだから、と私は彼に反論したのだが、無駄だった。作家の「真実」があるとするなら、それは作家に必要な虚言の積み重ねや過剰さや超過のうちにしかあり得ない。バルトは、控え目な知性と好意とある種の距離と、同時にいまやいつもバルトを味方にする世界からの隔たりとを比類なく綯《な》い交ぜにしたように微笑んでいた。バルトは説得されなかった。バルトは私に向かって、たしかにこの私にはペテン師の権利があるし、義務さえあるが、しかし自分はそうじゃない、なにしろ創作者ではないのだから、と言った。バルトは間違っていた。

まさしく残るのは、バルトの作家としての作品なのだ。その死のすぐ直後から、バルトが半ば信用低下に陥るのを見たい、と多くの者が思ったかもしれないが、そうした信用低下の原因は誤解にこそあって、すなわち「思想家」の役割をバルトに無理やりに割り当てていたからだ。

　バルトは思想家だったのか？　この問いは、すぐさまもう一つの問いを呼び寄せる。今日、思想家とは何なのか？　まだそんなに前のことではないが、思想家とは、同胞に確信をもたらすはずのものだった。というか、少なくとも、何らかの基本軸をもたらすもので、その基本軸は、困難であっても、不変であっても、一徹であっても、思想家自身の言説を支えるとともに、それゆえに読者の考えとその時代の意識を導くことができる。思想家とは、知の指導者なのだ。堅固さこそ、その欠くことのできない資質であり、そのステイタスなのだ。

　ロラン・バルトはツルツルした思想家である。コレージュ・ド・フランス〔高等教育機関、公開講座を行なう〕での開講授業が終わって、私は申し分のない大成功を目のあたりにして自分の感激を表明したとき、ひとりの知らない若い娘が激しく私に飛びかかってきて、怒ったのだ。「いまの話の何に感激しているのですか？　最初から最後まで、バルトは何も語らなかったのに！」それは、完全にその通りというわけではなく、バルトは絶えず語っていたのだが、その語ったことが「何か」として固まることを避けていたのだ。何年もずっと前から開発していたこの方法に従い、バルトは、自分の言ったことから、次第に身を引いていった。その夕べ、あれほど噂の的になっていた自らの挑発的な方法を失敗させようとして、あらゆる言葉は「ファシスト」であると断言しながら、バルトは、授業ではないような、混乱をきたす言説の実例を差しだしたのであって、それは、一歩ずつ、それ自身で、一切の教条主義の誘惑を解体する言説にほかならない。その声は、二時間たっぷりわれわれをやきもきさせたところだったが、私がまさにその声に魅了されていたのは、その声が私の自由を手つかずのままにしておいてくれたからであり、もっとうまく言えば、その声は、文章の曲折を経る度に、新たな力を私の自由にもたらしてくれたのだ。

教条主義とは、まさに（自らを信頼した、完全で、全面的な）真理に関する一点の曇りもない言説にほかならない。伝統的な思想家とは真理の人だが、しかしそうした思想家は、まだ少し前には、いかなる人間的自由の進歩とも両立しながら——目的を同じくし、戦いを同じくし、敵を同じくして——真理の体制は前進する、と本気で思うことができた。ニュー・スコットランド〔カナダの大西洋岸にある地方〕にあるハリファックス大学の、ネオグリーク様式〔古代ギリシャ様式を模倣・再興する様式〕のどっしりした記念建造物のペディメント〔建物上部の三角形の切り妻壁〕には、「真理はあなたの自由を保障する」と読むことができ、そしてこの秋、私が使用したエドモントン大学の便箋には、レター・ヘッドとして「真実なものは何であれ〔聖書「ピリピ人への手紙」にある文句〕」という誇りのある格言が記されている。これは美しいユートピアであり、美しい欺瞞であって、われわれのブルジョワ社会の幸福感に充ちた黎明期を照らし、同様に、一世紀後には誕生しつつあった科学的社会主義を照らした。結局、真理とは、抑圧のほかには決して役に立たなかった。いずれにしても、あまりに多くの希望と惨めな幻滅と血みどろの楽園が、われわれに真理に対する用心の仕方を教えてくれている。

社会党の「プログラム」／方向転換と自由

これまでの何行も、この後につづく何行も、もともと、バルトの命日を記念した「ヌーヴェル・オプセルヴァトゥール」誌の求めに応じて執筆した文章の一部で、だから、一九八一年春の大統領選挙の少し前ということになる。私の原稿のその部分には、今日となっては時季外れでいささかほろ苦い冗談が記されていたのだが、それでもその冗談をここで繰り返すことにする。「私は社会党の候補者〔フランソワ・ミッテラン〕に投票します、なぜなら少なくとも、彼には計画がないから」。

不幸にして、その後にわれわれが目にしたのは、問題の候補者がわれらの君主となり、反対にいくつもの公約を重大に考えてしまう姿であって、それまで友人の多くがそこに認めたのは、選挙用のあいまいな空論にすぎず、野党の抽象的な意見にしかすぎなかったのだが、それらの実行の段になったら、場合によっては、すっかりその公約を見直す必要が生じるだろう。ところが、彼はまったくその種の人間ではなかった。無駄に金のかかる場違いなさまざまな国有化からはじまり、組合じたいからも異議を申し立てられた週間労働時間の画一的で専横的な短縮にいたるまで、左翼の勝利はたちまち経済情勢（と同時に最も知識豊富な助言者）を無視しての大量の盲目的な方策を引き起こしたが、われわれに表明されたところによれば、それらはひとえに「プログラムに記載されていた」から、ということで正当化されたのだった。
たしかに、共産党との同盟で示さねばならなかった保証が、すべての基本的な決定に重くのしかかったにちがいなく、国家の財政や人びとの生活にいかなる有益な結果ももたらさなかった。その最もましな欠陥は、ミッテランが——少なくともミッテランは——真実を信じているのでは明らかになかったことだ。つまり、六十年も前に最終的なかたちで良いと判断したものであれば、その絶対的で決定的な価値をいまも信じているというのではなかった。いずれにしても、この機会にさらにもう一度、自分がプログラムの専制にしたがっていると感じる限り、プログラムの何が有害になりうるかが、われわれには分かったのだ。

　たとえ人間の自由という問題が、政府の実践において、そして法などない文学の実践において、正確には同じように提起されないとしても、加えて確実なことに、文学には承認などないとしても、しかしながらおそらく、かくも食い違うこの二つの権能には共通するやり方があるように思われる。つまり、止揚のために矛盾したことを言う技術である。私はといえば、大統領が数カ月後に、自分のせいで荒れ狂ってしまった嵐の真っ直中にいるので、いわば追い風を受けるように方向を変えたからといって、非難するような人間では決してないつもりだ。反対に私は、かくも厚かましい操作のうちに、希望を見たいと思う。つまり、あまりに古くなった伝統を尊重しすぎる相続人とも言える、この誕生したばかりの社会主義〔ミッテラン大統領の誕生とその直後の社共連合政権を指す〕のただ中では、まだすべては形骸化もされてはいない。ロラン・バルトは、その運命的な事故の当日、フランソワ・ミッテランと昼食をともにしたと語られているのだ。願わくば、消える間際のバルトが、撤退や再検討や絶え間のない変更の持つラディカルな力を、ミッテランに納得させていることを。

内部から浸食された思想家サルトル／バルトと大きな体系／テロ行為／私の本のいわゆる客観性／小説家バルト

こうしたウナギのような横滑り（またしても私はバルトについて話しているのだが）は、単なる偶然の結果でもなく、何らかの判断や性格の弱さによって引き起こされたものでもない。言葉は変化し、分岐し、裏返しになり、それどころか、まさにそれがバルトの教えなのだ。われわれの最後の「真の」思想家は、したがってもっと前のジャン゠ポール・サルトルである。サルトルにはまだ、世界をひとつの総合する（全体主義的な？）体系に閉じ込めようという欲望があって、それはスピノザやヘーゲルにふさわしい。しかしサルトルは同時に、すでに現代的な自由観にとりつかれていて、それこそが、ありがたいことに、彼のすべての企てを侵食している。それゆえサルトルの大きな構造物――小説にしろ、批評にしろ、あるいは純粋な哲学にしろ――はそれぞれ次々と未完成のままで、どっちから吹く風にも開かれている。

サルトルの作品は、彼の計画の点から見れば、失敗である。しかしながら、今日、この失敗こそがわれわれには興味深く、われわれを感動させるのだ。サルトルは、最後の哲学者に、最後の全般的な思想家になろうとして、結局、思想の新たな構造をもつ前衛になってしまっているのだろう。新たな構造とは、不確実性であり、流動性であり、横滑りである。そしてそれ以来、『存在と無』をしめくくる「無用な情熱」という言葉は、その対蹠地にあるように思われるジャン・ポーランの、「私は何も言わなかった、ということにしておこう」〔ポーランが結びによく使った言葉〕とそんなにかけ離れてはいないことがはっきりする。

一九五〇年のバルトは、すでに廃墟化していると感じられる思想風景にたどりつく。そして興味深いことに、バルトはまず、自らの言葉をマルクスの安心できる作品にひっかけようとする。アルベール・カミュとの『ペスト』をめぐる論争で、バルトは、あたかも何にでも耐えうる価値であるかのような至上権を持っていた「史的唯物論」を使って、人間性を与えられた道徳主義の口をつぐませたのだ。しかしやがて徐々に、バルトは、いつものようにつま先立ちになって、音も立てずにマルクス主義から身を引いた。

新たな大いなる思想体系がバルトを魅了したのだ。精神分析であり、言語学であり、記号学だった。バルトは、記号学者という新たなレッテルを貼られると、すぐにこれをひどく嫌った。「われらが三人の憲兵であるマルクス、フロイト、ソシュール」を公然と馬鹿にしながら、バルトはしまいには、あらゆる強力な体系の耐え難い帝国主義ぶりを、フライ用の鍋という有名なたとえ話によって暴きたてた。あまりに強力な一貫性のある「真実の」思想は、煮えたぎった油みたいなものだ。そこに何でも浸すことができ、そこから取りだしてみると、いつでもフライができあがっている。

しかしながら、バルトの作品が否認ではないのは、絶えずふたたび開始されるこの動き、自分自身による自己超出の動き、自由を構成するこの動き（なにしろ自由とは、それ自身が誕生する瞬間にしか存在しない以上、決して制度になることなどあり得ないと思われる）こそ、まさにバルトがその当初から、最も大きな熱情を込めて追い求めたものだからで、ブレヒトからバタイユまで、ラシーヌやプルーストからヌーヴォー・ロマンまで、弁証法の反転から服装モードの分析にいたるまで、そうである。そして先人のサルトルもバルトも、じつにいち早く発見しているが、小説や演劇こそ――はるかに論考以上に――具体的な自由が最も激しくかつ最も有効に作動しうる自然な場所なのだ。小説的虚構とは、すでに哲学でいう生成＝世界のようなものである。ロラン・バルトの場合、彼は小説家だったのか？　この問いはたちまち、もう一つの問いを呼び寄せる。今日、小説とは何なのか？

逆説的だが、一九五〇年代に、私自身の小説を仕掛け爆弾として用いて恐怖を及ぼすことができたバルトは、私の小説の陰険な移動やその背後に見える幽霊を、その自己消去や空隙を事物派的世界に還元しようと努めるだろう。そうすれば、反対に、そうした世界の客観的で文字通りの堅固さしか肯定されないだろう。もちろん、そうした様相はまぎれもなく私の本のなかにも（私自身の理論的な言葉にも）あるが、それは矛盾する和解しがたい二つの極の一方としてである。

バルトは、ハイパー・リアルな光景の影のなかに隠れているモンスターたちをまったく見るまいと決めたのだ。そして幽霊や幻影が、『去年マリエンバートで』のなかで、あまりに目立つようにスクリーンを跋扈すると、バルトは退却する。

私が思うに、バルト自身、同じような矛盾と戦っていたのではないか。『消しゴム』でも『覗くひと』でも、バルトは『オイディプス王』の亡霊を見ようとせず、性的犯罪への強迫観念を見ようとしなかった。というのも、自分自身の亡霊と戦っていたバルトは、私のエクリチュールを洗浄の企てとしてしか必要としなかったからだ。善良なテロリストとして、バルトは、テクストという骨のなかから、見るからに最も鮮明な一つだけを選び、白兵の代わりに私を使ったにすぎない。だが夕暮れになると、バルトはたちまちバリケードから降りて自宅に帰り、心ゆくまでゾラにふけり、そのこってりした散文とソースたっぷりの形容詞を味わうのだった……。その後で、私の『迷路のなかで』の雪の「形容詞性」を非難する可能性があるかもしれないのに。結局、十年後に、『ニューヨーク革命計画』を刊行した折、バルトは熱烈に読者を呼び止めてくれたのであり、彼が称賛したのは、その「ライプニッツ的モデル」の完璧さであり、しかもその完璧さが「可動的」だというのだった。

このように語っても、大きな問題を解決したことにはならない。つまり、バルト自身、どのような小説を書いていたのだろうか？　そのことを、バルトは公衆の前でもプライヴェートでもますます話題にするようになった。彼の書類のなかに、いくらかの草稿や断片があるかどうか、私は知らない。いずれにしても私が確信しているのは、それがあったとしても、『消しゴム』や『ニューヨーク革命計画』に似たものではないだろうということだ。バルトは、「本当の小説」しか書くことができないと語っていたし、単純過去や登場人物の固有名にかかわる問題について話していた。以前のものよりさらにいくらか強い横滑りのなかで、バルトの周囲の文学的風景は、ふたたび十九世紀末の風景になっていたように思われた……。結局、それでもいいじゃないか？ア・プリオリに、いかなる探求の意味も決めるべきではない。そしてバルトは鋭敏で狡猾だったから、そうした自称本当の小説をも、ふたたび何か新しいものに、途轍もないものに、見違えるものに変えることができただろう。

コラントとウルグアイ（マヌレ）／「イリュストラシオン」紙のイメージを通した一九一四年の戦争／挿絵／ライヒェンフェルスにおけるコラント

アンリ・ド・コラントは、少なくとも彼についての記憶は、さらにいっそう薄れてゆき、いっそう捉えがたく、そしてしばしば疑わしくさえあるように私には思われる（常に思われてきた）ので、これ以上言うことはできない。コラントもまた、まったく別種のものではあるが、ペテン師だったのか？　彼を知っている人びとの多くが、今日ではそう考えていて、ましてや、そうした人びとの情報やイメージは、たった一つのスキャンダル雑誌から得られていたのだった。いずれにせよ認めなければならないのは、第二次世界大戦末期の、それにつづく十年間の、ブエノス・アイレスやウルグアイでのコラントの活動が多岐にわたる解釈を生みやすいことだ。口に出せないような商品の売買、つまり娘たちや麻薬や軽兵器（私にとってコラントは、多少なりとも意識的に『快楽の館』のエドゥアール・マヌレのモデルとして役に立ったにちがいなく、さらにその身体的外観は――私の目からすると――マネの筆になる仕事机に座るマラルメの肖像から借りられている）に加え、絵画の密売にしろ、偽造絵画にしろそうでないにしろ、高度の駆け引きにしろ低度の駆け引きにしろ、スパイ行為にしろ、あらゆる憶測が可能であり、その上、そうした憶測は必ずしも取り消されはしない。そして他方で、この佐官〔大佐・中佐・少佐の総称〕はいかなる理由で、特別な脅威がのしかかっているようには見えないのに、アメリカ軍がパリに入城するとあんなにも慌ててフランスを立ち去ったのか、と人びとは訝《いぶか》しむかもしれない。

　子供だったころ、コラントはまず父にとっての塹壕仲間だと私は思っていた。二人の友情は、それ以外だと説明がつかず、まさにコート一〇八〔パリの東方・ランス近く。一九一七年に戦があった〕とエパルジュ〔パリの東方・マスの近く〕の栄光に充ちた塹壕のなかでしか生まれ得なかった。ずっとたってから私は理解したのだが、それは完全にあり得ないことだった。一九一四年〔第一次世界大戦の勃発した年〕に、私の父は二十歳で、アンリ・ド・コラントは、父よりもはるかに若く、この戦争に参加する年齢には確実に達していなかった。

たとえ休戦協定の直前の志願兵としてであっても。こうした重要な点について、私がずっと抱いていた根強い思い違いは、それでもまだじつについこの間のあの想像を絶する戦争が、私の想像力のなかで、早々と帯びてしまっていた伝説的な側面に間違いなく起因していて、その戦争を、もっと古い戦争であれその後の戦争であれ、他のすべての戦争とあらかじめ区別するために、単に「大戦」と呼んでいたからだった。

　家庭での話も（われわれ幼い者たちを過度に怖がらせないように）奇妙に控え目になされ、ロラン・ドルジュレス〔一八八五―一九七三。フランスの作家〕などのあまりに有名な本もあり、「イリュストラシオン」紙〔一八四三年から一九三九年まで発行された週刊絵入り新聞〕から発行された重いアルバムは、ガッサンディ通りの家にあり、金メッキされた鋲の打たれた褐色の革でうやうやしく装丁され、そこには（多かれ少なかれ）ありのままに撮られた数え切れない写真がごちゃ混ぜになっていて、リアルなスタイルをとる英雄のグラビア写真に見られる堅苦しさは一切なく、父は内耳の負傷でいつも苦しんでさえいたが、だからといって、例のあのような砲架に載った大砲を撃つに至ったという訳ではなく、あのような騎兵の一団にしても、あのような死者たちにしても、あのいつでも泥だらけの地面にしても、あの有刺鉄線にしても、あのような勝利にしても、すでにあまりに巨大であまりに恐るべき過去をはみ出していて、まさに神話の領域以外には属すことができないだろう。アンリ・ド・コラントは、人並み以上のとても大きな背丈で、伝説上の人物のように、自分ひとりで立ち上がってきたのではないだろうか？　彼の個人的な話は、偉大さと沈黙と不安な闇とに充ちていて、そのもっともらしい場所をたちまち見つけたのだ。その場所はとてもふさわしい景観に囲まれていたので、まさにコラントのためにしつらえられたように見えた。

じっさい、コラントが騎兵隊の将校として戦闘で名を上げたのは、それから四半世紀後のことである。だがおそらく、多くの人命を奪う無益なそうした攻撃には、たしかに時代錯誤的な何かがあったのであり、コラントは、一九四〇年六月、ドイツ機甲部隊に対峙する自軍の竜騎兵たちの先頭にいたのだ。だから私は犠牲になった騎馬部隊を、まさに「イリュストラシオン」紙から切り取られ、すぐに黄ばみ、セピア色になった時代遅れのグラビア写真の体裁で想像することができる。コラント中佐（しかしドイツ軍攻撃のときには、少佐でしかなく）は襲歩で疾走する白馬にまたがり、旗のたなびくなかを抜刀して、すっくと立ち上がる。奇妙にも、コラントは頭を後方に向け、おそらく味方の騎兵たちを活気づけようとひと睨みする。その軍服は飾り立てられ、鉄兜はきらめき、はみ出した豊かな髪がたなびき、共和国衛兵隊の閲兵式か何かをむしろ連想させる。

しかしながら、その光景のまさに前方の左端、最も近づいた馬たちの蹄のほぼ下で、ちょうどその蹄のひとつが肉体を踏みつぶそうとしてさえしていて、そこにすでにあるのは負傷者で、というかむしろ――心配されるのは――それが瀕死かもしれないことだ。半ば横たわった男は、片肘をついてふたたび起きあがろうとし、他方で、もう一方の腕――右の腕――は前方に、つまり上官のいる方であるとともに、すぐ近くから上がる敵の大砲の煙の方に差しだされている。男の大きく開かれた手には、もうサーベルは握られておらず、ふくらんだ口からは、鬨《とき》の声以上の、何か苦痛の叫びが漏れているにちがいない。しかしながら、先のぴんとした黒い細い口ひげの下に開いたその両唇にしろ、腕の大きな身振りにしろ、六月の花咲く草むらに長く延びるその兵隊の顔つきそのものにしろ、しまいには目の表情にしろ、そうしたすべての細部は、その絵の中央部に描かれた、鼻孔をふくらませた白馬にまたがる光り輝く美しい将校の細部とまさに同一なのだ。そして時おり、将校の視線は地面に倒れた竜騎兵の方に落とされたように私には思われ、それはまるで致命傷を負った仲間に、自らの分身に、自分自身の命に、別れを告げるかのようだ。

その同じコラントが、数年後に、裏切り者の役割にもどり、ついで——実を言うと混乱した状況の際に——人殺しの役割にもどったかもしれなくても、しかしそれがわれわれを、腰を抜かすほど驚かすわけではない。人殺しにしても裏切り者にしても、どうしても度胸がいる。たしかに、もっと気がかりなのは、コラントの軍隊での手柄がひどいごまかしによるらしいという憶測で、より正確に言えば、学友から借用したらしく、その痕跡を人びとは動乱のなかで失ってしまったのだ。レジスタンス活動家というコラントの偉業についても、同様のことがやはり語られていて、その偉業がとりわけ怪しげな時代と地域でなされているだけに、ますます検証するのが難しく、生き証人もまれで、自分たちは国土の解放時にそんなことをしてはいない、と彼らはもはやほとんど今日すすんで語ることはないのだが、やはりそれもまた、彼らが最大のためらいを示す挿話なのだ。しかし何人かが断言するように、アンリ伯爵〔コラントのこと〕が当時、真の英雄の功績と栄光を不当に手に入れたとしても、彼の事例はここでさらに一段と醜悪にされてしまうだろう。なにしろそれは、あのときの彼の失踪と無縁ではなかっただろうから。

『嘘をつく男』の起源――ドン・ファン、ボリス・ゴドノフ、測量士K／映画の語りの構造

まさにこのコラントから、私は映画『嘘をつく男』の――ボリス・ヴァリッサに対してのジャン・ロバン――という二つの顔を持つ主役を着想したように思うが、この映画に対し、私はしばしば三つのより文学的な出典を与えてきた。伝統的な人物ドン・ファンであり、プーシキンとムソルグスキーによる簒奪者の皇帝ボリス・ゴドノフであり、カフカの小説でなんとか城に入ろうとする贋の測量士Kである。

ドン・ファンは、自らの真実の根拠として、彼自身の――人間的――真実の唯一の根拠として、向こう見ずで、気まぐれで、矛盾だらけの自分の言葉を選択した者であり、定義上は永遠である「神の真実」とは反対に、まさに瞬間にしか存在することができない。瞬間とは、自由である。ドン・ファンは、身体じゅうでそれを承知している。そして社会はまさしく、彼のうちにある無信仰家に有罪を宣告する。ドン・ファンが若い女を好むのも、彼女たちが彼の言葉に耳を

傾け、そうすることで彼の話に自分たちの肉体の重みを付与するからだ。結局、そうした女たちからこそ、ドン・ファンは自身の壊れやすい現実を手に入れる。人が王を殺すように、ドン・ファンは父親を殺す。王とはつまり、自らが神の掟だと主張するイデオロギー的な法にほかならない。ドン・ファンの言うことに耳を傾ける父親がいるとすれば、たちまち父親ではなくなるだろう。「善良な父親など存在しない」とジャン゠ポール・サルトルは書いていたが、そのサルトルは、自分自身と自らの一族全体への憎しみから、断固として、しかし度を越して、家族の摂理である父親と教理の番人である教皇を同一視している。

ボリス・ゴドノフは、殺人を行なう贋の父親である。ゴドノフは、自分が守るはずのイワン雷帝の最後の息子である皇太子ディミトリーの命を奪い、代わって自分が皇帝になった。それゆえゴドノフは、絶対君主として君臨する。しかし生涯を通じて、二人に化身した裁き手につきまとわれることになり、単にその存在を見ているだけで、ゴドノフは徐々に狂気と死のほうに引きずり込まれる。最初は、もどってきた暗殺された子供の幽霊で、罪の償いを求めるのだが（神の真実を最終的に消滅させることは決してできないし、それは社会の真実であり、それがなくなれば、自由の可能性もないだろう）、そして他方は、ほどなく出てくる、新たな僭称者である修道士グリゴリーの一段と大きな影で、それは信じやすい善良な民衆の目に、奇跡的に墓から抜け出てきたイワン雷帝の最後の息子と見なされてしまう。そんなわけで、この贋ディミトリーは、ポーランドで――その地の王女の特別の好意を得てから――不満分子というか野心家の大群を取り集め、そこにやがて、帝国にいるあらゆる貧者が加わる。錯乱の発作の最中に息を引き取るボリスの最後の言葉は、「わしは……まだ……皇帝である！」となるだろう。それはまた、もう一人の心神喪失した皇帝の最後の叫びでもあって、アルベール・カミュのカリギュラは、「私はまだ生きている！」と叫んで、共謀者たちのナイフを受けて倒れる。それはまた、おそらく今度は挿絵にある負傷した竜騎兵が叫んだことであり、そののち、竜騎兵は、百二十人もの戦友の乗る猛り狂った馬たちの足に踏まれ、ライヒェンフェルス〔オーストリア・ケルンテン州〕の泥のなかで死んだのだ。

Kと法との関係は、ご承知の通り、いっそう複雑である。Kはより素朴で、いわば無邪気である振りをする一方で、単にいっそう狡猾なのだ。Kは当初、（もちろん測量士として）呼ばれたふりをするのだが、明らかに誰も彼に何も訊かない。それからKは、もっと敬意をもって迎えられていないことに驚く。Kは文句を言い、異議を唱え、交渉する。『審判』にでてくる兄弟のヨーゼフと同じく、Kは途中に登場する若い女を進んで誘惑し、そうやって味方になってもらおうと期待する。Kはつきまとい、仮住まいし、異議を唱え、固執する。いかなる冷遇にも心を動かされない。Kは徐々にどの脇道にも入り込み、そのおかげで目的地のほうに連れていかれ、禁じられた門の近くにいつも接近し、それでもその門を越えることはできない、とよく承知していて、越えれば死が待っている（そうすれば自由は一挙に消えてしまう）。自ら「城」を責め立てていながら、絶えず自身を犠牲として差しだしているのはK自身なのだ。

Kの策略は、法にかかわる一切について、彼の持っている一種の直感的な認識に導かれている。

そのことに驚いてはいけない。法は、彼自身の面前では立ち上がることはない。Kは法であると同時に犯罪者でもある。彼の言葉は二律背反的で、頑固で、理屈っぽく見えて常軌を逸していて、しかしそれを欠くとKは何者でもなくなる。それはこの書物の本文そのものである。むしろ批評は称賛しているにもかかわらず、とはいえ明らかに困惑していたのだが、『嘘をつく男』が観客に好まれなかったのは、間違いなく、公表された映画の企てが、今度こそ、語りの構造を構築することにあるからで、その構造じたいは――イメージと音を使って――反転した形象へとあらゆる記号を全面的に二重化することに基礎を置く。それはBoris/Robin（ボリス／ロバン）という中心の行為者に与えられた「文字」の水準ですでに起こっていることと同じである。だからここでは、休みなく崩れてゆく物語が問題となるのだ。

じっさいこうして今や、これまでに描いてきた一切の反対運動の場となるのは、映画の内的構造である。物語の個々の要素――個々の舞台、個々の場面、個々のせりふの言葉、個々の事物――は、内部の裂け目によって侵食されたようになり、そうした物語の要素は、まさに別の場所に姿を見せるとしても、言葉の二つの意味＝方向においてひっくり返されていて、つまり再び現れたときには裏返されている、という思いによって、やがて侵食されたようになる。そんなわけで、物語全体は個々のものを反対のものへと解消することでしか前進しない。そうはいっても、ボリス・ヴァリッサは決まった道筋をたどる。彼は語り、言い直し、さらに語り、想像し、考えつき、自分の話によって少しずつ城という反対世界に入り込み、ベッドに一人またひとりと女たちをはべらせ、死んだレジスタンス活動家の記憶に挑み、この他者こそがその対象である尊敬を自分のものにしようとする。そしてもちろん彼は、代わって決定的に主人の座につく自分を想像しながら、ついには父親を殺す。しかし彼には、ぴったり張りついている自分自身の分身のほかにも、まさに当人に取って代わろうとした例の他者がいる。それはいわゆる反対運動の相棒であり、本当の英雄である。「本当の」というのは、その名前こそがまさに村の中心部の「レジスタンス」の慰霊記念碑に、ジャン・ロバンというふうに記されているからだ。ボリスは追放され、のけ者のように、あるいは幽霊のように、自分がいちばん最初に出てきた森（原始林？）のほうへと向かい、他方で、ジャンがもどってくるのだが、一言も口にせず、自分に自信をもっていて、まるで正義そのものである。そしてこの蘇った善良な息子ジャンこそが、死んだ父親に取って代わり、秩序を回復した女だけの世界を支配することになる。それは、権利のために自らの自由を消滅させてしまった男である。

私の遅い文学への傾倒を信じずに励ます父／善良な父は狂った父／私もまた狂っているのだろうか？／母の意見と声

伝統的な衝突は、常に悪い父親に対し、宿命的に悪くなった息子――そしてごくごく幼い年齢からそうなのだが——を容赦なく対立させるが、この衝突が、法に対するあらゆる後の反抗の源にあるのだろうと言われている。しかしながら、私を生んでくれ、私を養ってくれ、私がその名を受け継いでいる父親に対し、殺意の欲動というか単に何らかの敵対関係など一度も感じたことがない、と私はすでに断言している。精神分析の秩序を擁護する者なら、一度も意識的にはね、とためらわずに私に答えるだろう。「意識的に」というのであれば、ともかくかまわないさ！私はまさに反対のことを意識的に感じさえしたのだ。もちろん、こうした否認もまた、あらかじめ博士たちによって拒否されていた。しかし否認の拒否こそまさに、あらゆる閉じた体系の本来の欠陥にほかならない。閉じた体系は、不足も、偏差も、不協和も、大目に見ない。

　私は、自分自身で生物学者と農学者の職業を選択したのだと思う。とはいえ、異議を申し立てる子供ではなかったので、当時、私の父が、完全な家族の了解のもとに、こちらの知らぬ間に私の代わりに選択したということは大いにあり得ただろう。いずれにしても、作家の仕事に対しては、たしかに同じようにはいかなかった。とつぜん私は、理由を説明するのが難しい決心をして、国立統計経済研究所（そこで三年前から、主要な高等専門学校〔大学以上の高等教育機関〕出身のほかの六人の技術者とともに、アルフレッド・ソヴィーによって創刊された雑誌「経済情勢と分析研究」の威光と編集に与っていた）を辞め、まだ一語も書いていなかった小説（『弑逆者』）の執筆に身を投じる際、ふつうなら、父親からのさまざまな非難を受けるはずだった。そんなことは一切なかった。私はずっと家族のじつに質素な家に住んでいたが、きわめて順調にはじまった経歴をとつぜん中断しても、両親からの叱責も反対も起こらなかった。そして、この処女作はガリマールに（当時、信頼できる否定的診断となりうる宣告で）拒否されたのだが、それからわずか数年後、植民地果実柑橘類研究所をなげうち、同じ轍を繰り返し、『消しゴム』の執筆に完全に没頭したときにも、あらためて何もかもがとてもうまくいった。両親はこれっぽっちの蓄えもないのに、いささかの癇癪もおこさずに、私を好きにさせてくれたのだ。

それでも両親は、成功できるようにと私に長く費用のかさむ科学の学業を修めさせてくれたので、たとえ小声でしかなかったとしても、惜しむくらいは当然ではないだろうか。そんなことは、一瞬たりとも問題にならなかった。父はそれどころか、自分の管轄下にあれば何であれ、何とか私に便宜をはかろうとしてくれ、家主のもとまで行き、掛け合い、ガッサンディ通りの屋根裏の独立した極小の部屋を、わずかばかりの費用で、私が使えるようにしてくれたのだ。あまりに狭く、そこに小さな机さえ置けなかったが、それでもそこで私は、鳩小屋のような孤独のなかで、膝の上で三つの小説をつづけて書くことができた。そしてその部屋で、一九五七年十月に結婚するまで暮らした。おまけに父は、平凡な賄いにかかる出費を減らそうと、三階下で私に食事を提供しつづけるから、と申し出てくれたのだ。

しかしながら、父にとって書くことが表象していたのは、社会的成功に対するもっともな希望ではなく、閉じこもってはいるが代償となる理由に包まれた何らかの職業でもなく、ましてやそれは生計を立てることができる仕事でさえない。おそらく母親の場合、事情はいくらか異なったかもしれない。母は若いころ、文芸に魅せられていて、短篇や詩を試したことがあった。父親の場合は、それはない。そして私の決心はおそらく父の心配を引き起こしただろうが、なにしろ、遅くなされたものの、文学は私の選択であり、父はいまや、私が自由に執筆に打ち込めるように何でもする自分なりの理由を――そしてやはり自分なりの歓びを――見つけていたのだ。

私の頭を過《よ》ぎるほぼ受け入れられる説明が、こうだ。つまり、善良な父親だったのだ。なぜなら彼は頭が変だったから。母がいつでも真顔で言っていたのだが、父の頭には少し調子の狂ったところがあって、おそらくはっきりした精神の障害があったのだ。私の頭の良さは母親ゆずりだが、かりに私が天才だとすれば（母はもちろんそう思っていた）、それは父親ゆずりかもしれない、幸運にも私の場合、その狂気はこんなふうにいい調子を帯びている、と母は言っていた。同じ理由から、母が私に常に助言していたのは、子供をもうけぬようにということだった（私は母の忠告に従ったのだが、おまけに、赤ん坊にほとんど興味を持たないきらいがあり、男の子にも興味がなく、女の子はというと……）。母の考えによれば、父の変則的な神経症は、年寄りから生まれた子供という条件に負っていて、父は私に破損した染色体を伝達したというのだ。やがて『覗くひと』を読むようになると、母は、私の精神的かつ性的な健康状態について、心配を強めることになった。母に草稿を託すと、美しい本だけど「これが自分の息子によって書かれていなければもっとよかったわね」と母は私に明言した。結局、楽しめたのは、私のうちにある病的な想像力の創造的な才能への転換であって、しかしながら、そこでとどまっているほうがよかったのだ。母の考えでは、次の世代になると、もはや風変わりなものではなく恐ろしいものを、過度に生み出すかもしれない。母はそうしたことをすべて、自分の断定的であると同時にほとんど正統的でない意見に対しいつもそうするように、物静かに落ち着いて述べたのだった。

母の声は低く、じつに響きがよく、しばしば夢中になって話すので、なおさら力強い。だからその口調は深く確信に充ちている。承知している人間の、有無を言わせぬ揺るぎなさがある。その上、母はじっさい何でも「知って」いたのだろう。理性の勢いにかられた部分もあり、同様にまた、運命の兆しに対するおそらくとてもブルトン人らしい感応性ゆえの部分もある。たとえば母は、何十年も前から、自分の死の正確な日付を告げていたし、その日付は――だれだか分からない手で――ミシンの木の台座に、母のイニシャルとともに刻まれていた。それは、結婚した直後に、アメリカの在庫品から中古で買ったものだった。そしていまも時おり、不規則な間隔で、私はあらためて母の声を耳にする。どちらかというと、それは夜の就寝前か、就眠前ということになる。とはいえ、一日のどんな時間でも、とつぜん、それが生じることもあり得る。通常、それは数十秒つづく。文章ははっきりしていて、まさにそこにあり、じつに近く、非常に明確に発音される。しかしながら、私は母が言っていることを把握できない。単に母の声の音調や響き具合や抑揚、言ってみれば歌を聞いているのだ。

グーズベリーの下で父は吠える／坑道戦／父の見る悪夢／父の狂気鑑定

ケランゴフの一九二〇年代のイメージのひとつは、真夏の炎天下である……。だいぶたってから、私が聞かされた話なのだろうか？　いずれにしてもその光景を正確に目に焼き付けていて、まるで私が直接の目撃者だったみたいだ。しかし何歳のころだろう？　父は休暇中で、野菜畑の小道に仰向けに長々と寝そべっていて、ちょうどグーズベリーの木の生け垣の下で、父は、ほとんど地面すれすれに撓《たわ》んでしなやかな実のなった枝先のほうに口を延ばして、その熟した実を捉えようとしている。ときどき、父はあきらめ、傷を負った動物のようなぞっとする鳴き声を思いっきり発しはじめる。長いトゲが父に不可能な作業を強いたせいなのか、それとも単に急に絶望感におそわれた結果なのか？　眉をひそめた祖母のカニュ〔母方の姓で祖父母ともにそう呼ばれる〕が、娘にその不作法な大騒ぎを止めさせるように言う。ごく近隣の人たちを呼び集めてしまうし、何里四方にもわたり、一家の評判を台無しにするというのだ。私の母は、事態を悲観的にとらず、こんな夫だから、ある種のやりすぎや奇妙な行動にも甘んじなければならない、と答える。そして「私の代わりをしているあなたを見てみたいものだわ！」と付け加える。すると祖母は威厳をもって叫ぶ。「かわいそうな娘、いずれにしろ私は、その点についてはだまされないからね！」

正直に言うと、短くはあったが、もっと気をもむ急変に、私たちは何度も立ち会っている。父は戦線で、工兵隊の工兵で、特に坑道戦と呼ばれたものを行なったのだ。それは、ことのほか恐ろしいものにちがいなく、十年経っても、父はその記憶に常につきまとわれていた。地下の坑道を掘り、大ざっぱに支柱を入れ、最前線の防御線の向こうに広がる無人地帯を越える。そして五、六メートルの深さのところを、さらにいっそう狭くなってゆく細長い坑道を腹這いになって進みながら、敵の塹壕の下に地雷を設置しにゆくのだ。しかし敵もまた今度は、われわれの坑道の下を掘ってくる。そして以下同様に、常にどんどん深く進んでゆき、その結果、両軍のどっちが先に相手を吹っ飛ばすのか決して分からなかった。父がときどき――手短に――話してくれたのは、こうした生き埋めの生活であり、土の塊にぶつかるドイツ軍のつるはしの鈍い音であり、まるでその音が一度にあらゆる方向から来るようで、せわしくなり、急に止み、もっと強くまたはじまり、リズムを欠き、それは不安でいまにも破裂しそうな心臓が立てる鼓動と同じだろうが、とはいっても――生死の問題であり――その結果、自分たちの作業を変更するために、その距離と正確な方角を推測しなければならなかった。ロブ＝グリエ主任軍曹は、何度も吹っ飛ばしたのだ。それで自身も負傷を繰り返し……。

私がごく幼いころ、父が真夜中に悪夢を見て目を覚ますことがかなり頻繁にあった。幽霊のように、綿のシャツを着たまま一挙に起き上がり、シャツは身の回りに翻り、シーツから飛び降りると、シーツは乱雑にはねつけられ、小さな居室じゅうを血走った表情で駆け回りながら、「電球を消せ！」と叫ぶ。母は、まだ食堂のテーブルに肘掛け椅子で座っていて、静かに読んでいた新聞を置くと、父を元のベッドにもどし、やさしく語りかけていると、父はすぐに眠りにつく。まるで熱を出して錯乱に陥った子供に語りかけているようだった（「お父さんには、魔王が見えないの？」〔シューベルト『魔王』のなかの台詞〕）。それから今度は、怯えた子供たちを何とか鎮めにくるのだった。電球とは、地雷敷設兵のランプだと思われるが、爆破が差し迫ると、その前に、一瞬も無駄にしないようにランプを消さなければならなかったのだが、私にはなぜだか分からない……。というか、それは反対だったかもしれない。「電球を点けろ！」と父は叫んだのだろうか？　私はもう覚えていない。

父も自ら進んで、自分はまったく正常というわけではないと認めていた。だからといって、父は少しも調子を狂わせなかった。半ば微笑みを浮かべながら、父は言ったものだった。「頭のなかにしっかり固定されていない商品があるような気がする……。」父自身が説明として挙げたのは、自分の誕生の際に両親が高齢だったことではなかった。戦争そのものであり、頭に受けた負傷であり、そのことを父は語ってくれた。長らく何年にもわたって、父は所管の省庁に対し訴訟を起こし、自分を正式に「狂人」と認めてもらうために、裁判所から専門家による鑑定へとたらい回しにされた。顔面から負傷し、手当付きの戦功章をもらったりなどした父は、旧従軍兵のわずかな年金に加え、追加の賠償金を思いっきり要求した。何度もの爆発の衝撃、砲弾の炸裂そのほかの、戦線で受けた頭蓋の外傷に由来する恒常的な狂気に対しては、追加的な賠償金はじつにいっそう重要だったように思われる。しかしながら、専門家は説得されはしなかった。そして裁判官は父に対し、その告訴をいつも棄却した。父はおそらく気がふれていたのだろうが、戦争にその責任があるとはとうていみなされなかった！

頭のなかの縞模様／「交通の妨害者」／ブリニョガンの海岸／「世界でいちばん素敵な話」

しっかり固定されていない商品、という父の言葉は、私にもう一つの言い回しを思い起こさせる。それは、われわれの間で、ある種のタイプの不安や深い心の不快感を意味するのに用いられている。すなわち「頭のなかに縞模様がかかっている」とか、「この話は私の頭に縞模様をつける」である……。この表現は、キップリングのある短篇から来ていた。短篇「交通の妨害者」のなかで、ひとりの灯台守が灯台のてっぺんで頭がおかしくなり、スンダ列島〔実際には、小スンダ列島と思われる〕の間にある危険な海域の真っ直中に自分を見失う。彼は眼下の海原に、縞模様が次々に現れるのを休みなく目にする。泡でできたいくつもの縞で、渦巻きどうしの間にでき、それから互いに平行に、流れの方向に果てしなく引き伸ばされる。灯台守自身の管轄区域にいわば縞模様をつけ、同時に自分の住まいの床にも、自分の脳の内部全体にも縞模様をつけたこの耐え難い現象の原因は、海峡を通る船舶だと彼は言う。彼はその答として、ほかの走路に船舶の往来を迂回させようとし、そうやって自分の監視する困難な細い水路を船舶が妨害しつづけないようにするため、偽った信号を発信しはじめる。彼はその水路を自分と同一視してしまう……。

何本もの白っぽい泡からなる小さな線によって、うわべは無風の揺れ動く海原の上に描かれるのは、何本もの平行した曲線の多少とも整った集まりであり、その全体がほとんど気づかないくらい滑り動いていて、いつも同じ方向にきりなく動きつづける。それらを私は子供のころ、ブリニョガンの岩と岩のあいだで何時間も見つめて過ごしたのだ。その花崗岩の海岸はよく時化《しけ》になるのだが、その地で、ペリエ老人と家では呼ばれていたじかには知らない私の祖母の父親が、かつて税関事務所の班長をしていた。私と姉が幼かったとき、ときどき、玩具のような小型の鉄道にブレストから乗せられ、その海岸に連れていってもらい、石でできた昔の小さな家で数日を過ごしたものだった。その家は、壁がとても厚く、開口部は狭く、快適な設備などひとつもなく、税関吏たちの巡視路に面した砂浜の縁に位置していて、その道からは方形の庭でしか隔てられてなく、満潮時になると、庭に海から波しぶきが打ちつけるのだった。少なくとも私がすべてを取り違えていなければ、それは「ペリーヌの家」で、彼女は、班長の二人の子供——祖母のカニュとマレーヌである——のかつての女友だちである。その二人は、若いころをずっと、百姓の娘たちや船乗りや漁師の娘たちとともに村で過ごし、とりわけブルトン語を話し、夜の団欒の時間に互いの家に行って、そこで聖人伝を読み、それから伝承に基づく難破の話、幽霊の話、悲嘆にくれる魂の話を聞く。そののち、彼女たちは木靴を履いて雨の浸みた砂の小道を帰る途中、星のない闇夜に包まれながら、そうしたうめき声をふたたび耳にするのだった。そのとき、西風の突風に混じって、幽霊の存在感が猛り狂った一団となって、二人をそっと掠めるのだった。

何本もの白っぽい泡からなる小さな線、積み重なったピンクの花崗岩の巨大な塊のあいだにのぞく海の陰険な動き、ほとんど感じられないくらいの絶え間ない渦によって岩肌の足もとの砂地に穿たれた漏斗状の穴、人を戸惑わせる海岸、見た目は安心できる規則正しく打ち寄せるさざ波。魅力的であると同時に恐ろしくもあるこうした水の世界全体が、私の悪夢の大好物なのだった。『スナップショット』のいくつもの作品にも、すでに『弑逆者』の冒頭の夜の混乱の際にも、こうした光景が見られる。しかし、先ほどの本とともに、キップリングのもっと長い中篇が類似点を差しだしていて、私はようやく最近になって気づいたのだが、それらが偶然ということはないだろう。その中篇は「世界でいちばん素敵な話」〔『多くの計略』所収〕である。その作品では、事務所勤めの若い男が繰り返し執拗ないくつもの幻影に混乱させられるのだが、それは鮮明さと特異な存在感を持った幻影で、彼が以前に、何百年も前に、おそらく千年とか二千年前に、ガレー船の漕手として生きたと思われる別の生活に関係しているように思われる。漕手長の荒々しい命令、ムチのしなる音、櫂の調子のとれた動き、漕ぎ手仲間の望郷の歌、そして特に舷縁を越えて張り出すようにふくらんだ巨大な波が、まるで止まったように見え、直後に難破し、やがて自分らの作業台に鎖でつながれた男たちの上に砕け散るだろうが、そうした映像がことごとく発作のように彼のもとにもどり、ますます具体的になり、劇的になり、彼の結婚の日までつづくのだが、その日、すべては痕跡も残さずぱたりと止む……。カフカが言っているが、シジフォスとは独身者なのだ。

祖父ペリエ／その先祖たちの軍隊での兵役／郵便対宗教行列

マリとかブノワとかマルスランと呼ばれるペリエ老人は、おそらく任務として、海岸一帯の狭い区域を監視していたのだろうが、何に対してなのか？　イギリスから密輸で——タバコやアルコールや布類といった——商品が非合法に荷揚げされるおそれがあったのだろうか？　むしろ私が耳にしたのは、難破船略奪者たちのことで、やつらは座礁して破船するようにと、絶壁の上でハリエニシダを燃やして火をおこし、外国の船をだまし、連中の散乱した積荷と打ち砕かれた船体の残骸を略奪するのだった。こうした話の大部分は、さらにもっと古い時代のもののようにも思われた。というか、伝説のように思われたのだ。反対に、自然に起こる海難事故は、時化のときにはこの海域で頻発し、税関吏たちは海岸に打ち上げられた漂着物の競売を請け合わねばならなかった。そんなわけで、ケランゴフには、マルスラン・ペリエから伝わるどっしりしたマホガニー材でできた寝室がひとつあって、それは、娘のマチルド（私の祖母である）の結婚の際に、海に捨てられて自分の管轄区域の砂浜にあがった貴重な木の丸太で作られたのだった。

この一家の男たちはみな、ある時期、海軍で過ごし、それから引退するまで税関吏となった。私が屋根裏部屋（われわれの荒壁土の大きな家を建てさせたのは、ペリエ老人である）で見つけたのは、一八六二年の春に高祖父〔以下の文脈から、曾祖父と思われる〕のフランソワ・ペリエが作成した最近の三世代にわたる軍人功績表だった。というのも、この黄ばんだ紙を見ると、その簡潔な表現に私はいつも感動したからで、それをここにありのままに書き写し、単にいくつかの句読点を加え、字間と段落を変えるにとどめる。その本文（そうでなければ、その紙じたい少ししてから、別の人の手で書き写されたように見える）がマルスランの父親フランソワによって書かれた、と私が考えるのは、彼にかかわる略述に多くの正確な説明が見られるせいで、特に「われらがブレスト出発」とあるせいであり、そこに現れた一人称は、明らかに客観的な中立的態度に配慮して消えていったにちがいない。

「ヴァ＝ド＝ボン＝クール〔喜んで行け、の意〕とあだ名されたペリエ・ブノワ。十七歳で、アキテーヌ〔フランス南西部〕連隊に入る。一七七八年の戦争に加わる。バイイ・ド・スフラン〔一七二九―八八。海軍少将〕の指揮下、インドで四年過ごす。一七八四年、連隊本部のあるヴァンヌ〔ブルターニュ地方〕で除隊。二十六歳で、税関吏という行政職に就く。一八三二年十一月二十日、死去」

「ブノワの次男フランソワ・ジャン・マリ・ペリエ。海軍と軍職を含め、国家に五年半つとめる。一八一一年一月十一日、ボゼック司令官のもと、イギリス海峡の第二十一護送砲艦に乗船し、兵役を開始。同年五月に下船。ブレストの兵舎に連れていかれ、そこで、われらがブレスト出発の日である同年八月十七日まで、プラトー司令官率いる第十七小型艦隊の中核部隊とともに鍛えられる。一八一二年三月二十二日、この同じ部隊とともにブーローニュ〔パ＝ド＝カレ県の都市〕から、プロイセンのダンツィヒに向け、そしてロシア遠征のために出発。ロシアから後退後、一八一三年三月にマインツ〔ドイツの都市〕にある架橋兵部隊に転任。そしてザクセン〔ドイツ東部〕とシュレジエン〔ポーランド南西部〕で、一八一三年の遠征を続行。ライプツィヒ上陸時に捕虜となり、バイエルン州のタルガウ城壁内に収容され、同年十月にプロイセンのベルリンに連行される。その年の十二月十三日、ケールの軍事施設に帰仏〔当時、そこはまだフランスに属していた〕。ストラスブールの海軍事務所で渡された一枚の旅程地図をたずさえブレストに向かい、この同じ年の十二月二十四日に到着。一八一四年一月十四日から同年十月まで、ビジュー司令官率いるブレスト第十六小型艦隊に転属。一八一五年三月、第十二大型戦艦の後方の、コンセイユ司令官率いる臨時砲兵中隊に、ヴァンデ〔王党派の反乱が起こった〕遠征に際し再召集される。一八一五年十月、除隊。二十七歳三カ月にして、税関吏という行政職に就く。セント＝ヘレナ勲章〔セント＝ヘレナで口述されたナポレオンの遺言を尊重し、ナポレオンⅢ世が一八五七年に創設〕を受勲」

「フランソワ・ジャン・マリの長男、マルスラン・ブノワ・マリ・ペリエ。五年五カ月、フランス海軍の蒸気フリゲート艦アスモデ号に乗船。一八四九年五月十五日に、航路監視一等水兵として除隊。そのとき（つまり一八六二年四月十五日）まで、十五年間、税関吏という行政職に就く」

マルスランが結婚したのはマリ＝イヴォンヌ・マグーで、その兄はトゥーロンで戦死していて、その父親はフィニステールで郵便物の安全を守っていた。この父親にとっても、水兵や兵士や税関吏にとっても、国家への奉仕は、一種の神聖な任務であると同時に名誉を表していた。ある日、父親は、あまりに好き勝手にのろのろした行列を突っ切るように、馬車を疾駆させようとした。宗教行列を横切るとは！　十九世紀の初頭の、ブルターニュでのことだ！　憤慨して自分の十字架を振りかざし、悪魔を祓い、冒瀆を止めようとした聖職者に向かって、先祖のマグーは威厳をもって座席の高みから叫んだという。「ええくそっ、神父さん、こっちには郵便があるんですぞ！」そして一族は、教会支持派の蒙昧主義や迷信に対するこの市民の勇気ある行為を、いまでも引き合いにだすのだった。

コラントは怪しい音を聞き、海のなかへと進む／白馬の恐怖／コラントは鏡を持ち帰る／マリ＝アンジュの顔

アンリ・ド・コラントは白馬にまたがり、いつものように昂然と上半身をすっくと伸ばし、しかし鞍上ではっきりと左側の腰に体重をかけ、それは長い行程を踏破した後で疲労を感じるとよくする姿勢だったが、それでも身体の形が崩れるままにはならなかった。アンリ・ド・コラント

は、満月の静かな夜に、レオン地方〔ブルターニュの北西部地方〕のじつにぎざぎざした海岸線の、人影のない入り江に沿ってつづく刈り込んだヒースの荒れ地を横切っている。コラントの行く小道が税関吏の狭い道に合流するちょうどその時、浜がごく近くになり、海のざわめきに慣れたその耳が漠然と聞き分けるのは――引き潮の小波が刻む規則的なシューシューという音に混じって、海の方から来る――もっと大きい音で、これまた律動を刻み、もっとはっきりと、もっとしっかりと、もっと際立ったふうな音がする。

手綱をごくわずかに張って、コラントは馬を止め、もっと注意深く耳を傾けようとする。水気をふくんだ下着類に力いっぱい洗濯べらを繰り返し打つようなぴしゃぴしゃという音に似ている。ちょうどその場所で砂浜に流れ込む小川があるのだが、いったい誰がそんなふうに、月明かりのもと、いかなる住まいからも離れているのに、洗濯をしているというのか？　コラントはすぐに、「夜の洗濯女」にかかわる古くからの農民信仰を思いつくが、それは霊の世界に属している若い女で、そこからはほとんど不幸しか期待できず、『マクベス』に出てくる魔女たちのようなものなのだ。コラントが笑みを浮かべながら思うのは、彼女たちはひょっとすると、自分が近いうちにスコットランドの玉座に就くとでも明かしてくれるのかもしれないということだ（コラント一族はウェールズ地方やノーサンバーランド〔イングランド最北・東側の地域〕に遠い祖先を持っていて、そのなかには、クロムウェル〔一五九九―一六五八〕と戦ったかの名高いコリント卿もいる）。アンリ伯爵は、こんこんと流れる清水に穿たれたごく小さな裂け目に近づき、そこから海岸までの流れに沿って歩く。

海岸にいたるちょうど手前に、岩石の層が広がり、一種の小さな海床をつくっている。どうしてもやむを得ない場合には、その場所でなら洗濯できるだろう。そしてその場所には、じっさい、きらめく水たまりの縁に傾いたまま、受け台となる木の小箱のようなものが置かれていて、田舎の女たちはそこに膝をついて、自分たちの下着類をへらのようなもので叩きつけるのだ。しかしその道具は、洗濯によってすり減り、うち捨てられたように見え、そして周囲にはだれの姿も見えない。それなのに音はますますはっきりとしてくるのに、ずっと遠くからとどくようにも思われ、まるで海そのものから響いてくるようだ。まさか、と勇敢な馬上の男は心の底で気づく。例の夜の洗濯女は、自分の洗いものをするのに塩水も厭わないのか！　そしていつにも増して不思議に思いながら、コラントは露出した帯状の砂地を突っ切り、波打ち際まで愛馬を押し進める。

そこにも、前方にも、右手にも、左手にも、だれもおらず、あるのはひたすら波の模様を描く白い泡のカーブばかりで、それが夜の青白い明かりを受けてきらめいている。湾のこの地点では、地面がかなりしっかりしていて、馬の蹄が砂地に危うくはまりこむ恐れはない。コラントは、沖の方に数歩馬を進め、さほど深くない水に踏み込むと、さらにちょうど自分の膝くらいまで浸かる。いまでは、奇妙な音がすぐ近くからし、そうしてすぐに男が二十メートルほど先に気づくのは、平たいもので、それが波頭に乗って踊るように漂い、うねりのたびに高く持ち上げられ、そしてつづくうねりのくぼみで落ち込み、それを周期的に繰り返し、そして突然、異様な輝きで光りはじめる。

さらに数歩——馬が前よりためらいを見せるので、ずっとむずかしかったが——進めてから、コラントはそれが鏡だと分かり、鏡は、分厚い木の枠のおかげで水面に浮かんでいて、楕円のようで、その鏡は天の方に仰向けになり、鏡面のいくらかの傾きによって、月の光を馬上の男の方に跳ね返している。だが、馬上の男は自分と漂流物をさらに隔てている数メートルを飛び越えようと思うのだが、その忠実な白馬はさらに先には進もうとしない。コラントが最初に考えるのは、波のせいだということで、波は、さらに少し強くなっていて、時々馬の胸先までとどく。だからコラントは数秒待って馬を馴らしてから、さっと拍車を軽く入れようと思う。

するとは、恐怖に捉えられたかのように後脚で立ち、何度か強く首でわき腹をたたきはじめ、明らかに回れ右をしたいようで、ものすごく両あごを開きながら、馬銜《はみ》から自由になろうとする。騎乗の男は、こうした異例の理解不能な抵抗を征服しようと思う。男は、欲しいものがいま遠ざかり、おそらく引きつづけている海に押し流されてゆくので、ますます神経質にむきになる。そうしている間に、人をからかうようにぴしゃぴしゃという音がつづき、おそらくますます激しくなってゆき、より挑発的でより激しいリズムで、そのつど楕円の——とても重いにちがいない——鏡は、水の広がりに打ちつけられる。

ほとんど風がなかったけれど、波がたちまち広がりと激しさを帯びたようで、干潮かほとんど干潮も同然の、かなり守られたこの入り江の奥にしては、じつに尋常どころではない。いまや馬は常軌を逸したようになり、その主も馬を抑えることがもはやできない。さらに一段と高い波が主と馬に打ち寄せたので、馬は垂直に立ち上がり、うまい具合にアンリ伯爵を落馬させた。そして伯爵は、凍るような水のなかどうにかこうにか両足で立ち、身を立て直し、絶望的に鼻孔を開ききった愛馬の姿を見る。愛馬はたちまち回れ右をしていて、揺るぎない大地の方に疾駆しながら、長々といななき、頭をほとんど仰向けに起こそうとし、まるで月に吠えるオオカミみたいだ。馬は蹄の下から泡を煙のように巻き上げ、その冠毛のような泡が乱れた白い火花のようなたてがみにまざり合い、青っぽい光に照らされ、突然、その輝きがとても強くなったようで、まさに天変地異の光のように思われた。

しかしながらコラントは、落馬したものの、無我夢中になり、堅固な服が海水をいっぱいふくんだにもかかわらず、ときに泳ぎ、二つの波と波の間で立ち直ると、ときに歩き、すぐにあらためて持ち上げられ、あるいは大波をくらって水中に没し、自分の平衡を奪われ、何秒ものあいだ息ができなくなり、打ちのめされ、揺さぶられ、遠ざかる漂流物から常にますます遠くに引き離される。しかし最後の力を振り絞って、コラントは前進し、ついになんとか――どのようにしてか分からないが――鏡にしがみつくことができたのだ。コラントにはとても重く感じられたので、いかなる奇跡によって、鏡がまっすぐに海中に沈まずに水面にとどまっているのか、不思議に思った。疲れ切った当人は、鏡を海岸まで持ち帰ることなど決してできないのではないかと思い、運ぶにも、これは世界の全重量くらいあるような気がする。楕円の額縁の長さは一メートル以上あり、その彫刻を施された木はずっしりとしていて、まるで船の舷縁みたいだ。コラントは力の限りをつくして鏡にしがみつく。逆向きに引いているような潮の流れに逆らって、コラントは絶望的に、それがどのくらいつづいているのか分からずに格闘し……。

途方もない努力と引き換えに、それでもコラントはとうとう、自分が縛りつけられていると感じたそのばかげた辛苦の限界にまで達する。コラントは獲物を水から引き上げ、完全に精根つき果て、砂の上に崩れ落ち、まるでそこで眠り込みたいようだ。しかしコラントは寒さと疲労と興奮とに震える。不意の痛みを伴う痙攣が何度も連続して筋肉を駆けめぐる。そして彼のすべての気力が空っぽになった。

ふたたび目覚めると、白い愛馬が自分の上に首をかがめているのにコラントは気づき、自分を眺める馬の視線には、悲しみというか、不安というか、非難というか、人間らしい表情が宿っている。アンリ伯爵は身体の向きを変えながら、片肘をついて半ば身体を起こし、傍らに横たわっている鏡の方に視線を向けると、そのまわりには、引き潮に打ち捨てられた海藻や貝殻のかけらがちらかっている。彫刻の施されている巨大な枠は、ジャカランダ〔ノウゼンカズラ科の木〕でできているか、あるいは南米産のとても黒っぽいマホガニーか何かでできているように見える。鏡じたいは曇っていて、おそらくあまりに長いこと海水に浸っていたせいかもしれず、いくつもの小さな滴が、乾きはじめているが、まだ鏡面に点在している。しかし、その陰鬱な色合いが青白い月光によって際立てられたとても分厚いガラスの、どんよりした深みのなかに、アンリ・ド・コラントがくっきりと――ほとんどびっくりもせずに――映っているのを目にするのは、彼の死んだ許婚者マリ＝アンジュのブロンドのやさしい顔で、彼女はモンテビデオ〔ウルグアイの首都〕近くの大西洋の海岸で溺死していて、その死体は決して発見されなかったのだ。彼女はそこに、鏡のなかにいて、淡いブルーの瞳でじっとコラントを見つめ、言葉にできないような微笑みを浮かべる。

気を失うコラント／税関吏が彼をよみがえらせる／馬の不可解な姿勢／税関吏の省察

その直後――せいぜい数分後――に、コラントは気を失ったにちがいない。ブリニョガンの税関吏の一人が午前の巡回をしていて、砂浜の真っ直中に見事な白馬がぽつんといることに驚いたのだ。それは金持ちの馬で、黒い革の上質の鞍とニッケルの鐙《あぶみ》が付いていて、鐙は曇り空なのにきらきら光っていたが、馬勒《ばろく》〔頬革・馬銜・手綱などの総称〕は首に垂れ下がっていた。税関吏はだから近づくと、すぐに砂の上に横たわる身体を発見したが、そのすぐ脇には彫られたマホガニー材の大きな楕円の鏡があり、マホガニー材がとても濃い赤なので、時として、黒檀かもしれないと思った。

仰向けに横たわった男は、まるで死んでいるみたいだった。その時間、ほとんど満潮をむかえた満ち潮の波が、馬に乗っていた男の乗馬靴をなめていた。しかしその服は、おそらく数時間前にはとても優美だったろうと思われたが、すでに水をひどく吸っていたので、税関吏は最初、海から打ち上げられた溺死者を相手にしているのだと思った。しかしながら、馬が親しげにそばにいるので、その馬が主（その衣装は馬の豪華な馬具一式と完全に合致していて）といっしょに娯楽用の帆船か何かに乗っていて遭難したとは考えられず、そうした憶測はほとんど信憑性を欠いたものになった。

まじめな税関吏の班長は、それでも溺死だった場合に備えて、そしてまだ間に合うのなら、念のため慣例の動作を施そうと思い、肺の水をしぼり出そうとした。そうして、何分もの努力をして彼がたどり着いた唯一の成果といえば、死体の閉じた瞼を開かせたことくらいで、それからじっさいにはまさしく生きていることが明らかになり、しかしどんな出来事によってか分からないが、男は激しく衝撃をあたえられていたので、ずっと動かず、同様に、一言も発することができないままだった。男は、自分の夢に侵入してきたばかりの制服を着た人物の執拗な質問を理解している様子さえなく、その人物を凶暴な目でじろじろと見ていて、まるで必死に生きて立ち直ろうと努めているかのようだ。

しかしながら、この頑健でがっしりした骨格のどこも折れてないことを確かめてから、税関吏は、自分のほうが小さいにもかかわらず、非凡な力の持ち主そのもので、さほど苦労せずに馬に乗っていた男をふたたび立たせることができた。しかし男をこの状態で馬に乗せることは論外だった。だからいちばん良い方策は、次の入り江の奥（バラストを入れた小さな道が至る何軒かの漁師の家のある通称ケ＝ラン＝デュという場所）にある少量の飲み物にありつくまで病人を支えてやり、結果、そこで医者を待つことのように思われた。他方で、鏡は馬が運ぶだろうし、鏡がその見知らぬ男のものであることを班長は疑いもしなかった。

だが男は慎重に、その重くて壊れやすいものを鞍の上に乗せたいそぶりをし、そこに鏡をどうにかこうにか手綱を交差させてしっかり固定しようとすると、馬はまるでとつぜんのパニックに襲われたようになり（一方、馬はそれまでとても落ち着いた状態でいたのに）、いななきながら後ろ肢で弓なりに上体を反らせ、それからどすんと肢を地に付け、後ずさりしはじめながら、激しく鼻孔であえぎ、四肢はばらばらに広がり、首をうなだれ、じつに途方もない姿勢をとるので、税関吏自身は不安に捉えられた。

鏡はあまりに重いので、それを宿屋まで運ぼうと試みることはできず、だからそこにおとなしく鏡を置いてゆかざるを得ず、鏡が満潮を被らないように浜辺の上部に置いておけば、そこに後から、海藻取りの荷車で鏡をとりにやらせることもできるだろう。それから税関吏はコラントの方にもどり、コラントは何も言わず、何の反応も示さず、その全光景を見ていたが、鏡の置かれたばかりの場所にずっとじっとしていて、立ったままだが、硬直した両脚の上でぐらついていて、脚は明らかにたったひとりでは一歩を踏み出せる状態ではない。

この大きな動けない身体の無視できないほどの体重を、行く道筋の不確実性に応じて、多かれ少なかれ自分の胸ぐらで支え、できる限り耐えながら、不便な狭い小道づたいに小刻みな歩幅で進んでいると、いまや税関吏は、あの砂浜に置いてきた鏡の不可解なほどの存在感のことを思うのだった。この優美な騎手が——その頑丈さがどうであれ——あれほど重く場所ふさぎの重荷とともに移動していたということは、じっさいにはまずなかっただろう。ひょっとしてこの重い荷は、だから単に海岸に打ち上げられた漂着物ではないのか、そしてその場合、重い荷は国のものであり、それを見つけた見知らぬ男のものではない。もしこの男があの重い荷を、泳いで海から引き上げてきたのでないとしたら、どうもそれは男の装備から見てあり得ないように思われるのだが、それにしてもどうしてこの男は、そのような企てをうまくやり遂げるにはかくも不向きな衣装を着つづけたのだろうか？　もしそうなら、しかもその上男には、分捕り品の三分の一しか要求する権利がないというのに。さらに、その品を男に認めてやるには、法律で決められた猶予期間のうちに、ひとりの所有者も相続人も現れないことが必要だというのに。

ついに、それでも、さらにいっそう気がかりな可能性が残った。つまり、この三つの要素——馬と鏡と騎手——がまったくの偶然から、つまりたがいの間にこれっぽっちの繋がりも、因果関係も、所有関係も存在しないのに、海岸のまさにこの同じ地点に集まったということだ。絡みつき合った二人の男が、ところどころでとてもおぼつかない状態の巡視路をたどり、荒れ地を横切るようにふらつきながら進み、三メートル後から、もの思いにふけっているように馬がついてくるあいだに、あまりに規則にうるさい秩序の番人は、船舶法と不確かな憶測との相乗的な錯綜のうちにますます自分を見失ってゆく……。

呪われた砂浜へもどるコラントについての矛盾／マリ＝アンジュの血の染みた下着

そのときから、物語のつづきが一段とわかりにくくなる。とにかく、アンリ・ド・コラントは明らかにより元気になって、小集落に着いたらしい。おそらく、助けてくれた人の腕に抱えられての難儀な歩きによって、ついに生気をとりもどしたのか？　たぶん男は、ふだんは宿の主人が船乗りたちに出しているアルコールをたらしたコーヒーを飲んで、朦朧とした状態をしのぎおおせたので、常に不確かな医者の往診を待とうとさえ思わなかったのだろう。しかしまた語られるところでは、男のために宿に部屋を用意する必要が生じたのであり、そこでは逆に、男は到着したときから、とても高い熱に打ちのめされていて、何日にもわたり、男が正気にもどるか気づかわれてさえいたのだ。

錯乱のなかで、コラントは、一貫性のない、細切れの、ところどころ聞き取れない文を発し、それは絶えずひとりの死んだ女のことだったが、あるとき理解できるように思われたのは、男が自らその女を偶発的に殺してしまったらしい、というか、別の折には、その女は、潜水漁猟の装備のあるボートが難破した際に消えてしまったらしいということである。男の物語はほとんど展開を追いづらいのだが、その特徴のひとつは、過度に断片的であることを除けば、矛盾だらけで、欠落があり、繰り返しばかりで、事実、コラントは常に物語のなかで、過去のさまざまな時間に現在への不意の移行を混ぜ、しかしながらそれらは、男の人生の同じ時期に、同じ出来事にかかわっているようにも思われた。

だが確実なことがひとつあって、それはケ＝ラン＝デュの小売店の狭くて暗い部屋に、悲劇のようにコラントが運ばれたまさにその日、そこで沈黙がとつぜんテーブルに着いていた何人かの漁師仲間に襲いかかったかと思うと、漁師たちは次々に顔をまだ開かれたままのドア（それは制服姿の監視人の力強いこぶしに握られていた）の方に向け、ドアは彼をいま通したところだった。コラントは、しっかり見張られていたので、どのように抜け出したか分からないものの、夜の出来事が起こった現場へと馬に乗って舞いもどったのだろうが、明らかにそこであの恐ろしい発見物を取り戻すつもりなのだ。すばやく回復したのか、病床が長引いたのか、少なくとも見たところ相容れない二つの解釈を両立させようとして想像され得るのは、病人が、すでに明らかになった高熱になんとか打ち勝って、しかし心配を口にしていた宿の主人たちに現実の身体の状態をなんとかごまかして、じっさい何らかの口実を使い、とても早くにそっと姿をくらまし、それに本隊に強く繋がれている騎兵の反射神経のおかげで、不吉な砂浜（一連の古くからの伝説や地域の迷信のどれを見ても、子供のころの私が何度も耳にしたところによれば、少なくとも浜辺はそのように見なされていた）までどうにか跑足《だくあし》で行ったのだろうということだった。

この挿話（いわゆるもどってきた鏡）の最後のシークエンスがいつまでもひどく混乱したままなのに、そしてそれほど関係が相互に違い、民間伝承の無意識の借用と混ざり合っているのに、いくつかの異論の余地のない点が、それでもやはり基準として固定され得たように思われる。コラントが入り江の見えるところに到着し――彼は入り江の鮮明な記憶をとどめていた――ピンクのヒースと叢生するハマカンザシがしっかり刈り込まれた羊毛のように見える砂丘の高みから、不安そうな目で緩やかな湾曲《カーブ》全体を見渡すと、たちどころに理解するのは、鏡が消えていることだった。潮が引き、ごくわずかに坂になっている幅広い絹のような帯状の浜が、すでに顕わになっていて、そこには窪みが待ち受け、見事に平坦ですすべしたまっさらなブロンド色の広がりを形づくり、今朝、引き潮がもどりながら例外的にひとつも海藻の残骸を残さず、他の小さな廃物も残しておらず、だから最初に一目見たときから、そこにはなにひとつ漂流物が姿をとどめていなかったのだ。

砂丘のふもとにも、騎乗の男が探しているものの痕跡はなく、砂は、満ち潮がとどいておらず、乾いてでこぼこしている。湾の水も湖水のように穏やかで、つまりまだ嵐がすぐ近くにあるなんて推測ができないほどで、嵐のつづくあいだ、荒れ狂った海が以前に海岸に打ち上げておいたさまざまなものを持ち去ったのだろう。その現場の雰囲気全体が反対にとても静かなので、コラントは、あたかも悪夢を忘れているかのように、白馬にまたがり楽な行軍の歩調でいまや前に進み、馬じたいも決定的に落ち着いていていて、浜辺の急斜面にある小川が削ったくぼみに来ていて、そのときとつぜん、あらためてコラントが気づくのは、洗濯女の使う木箱で、それは透明な水たまりの端に昨夜の洗濯女が打ち捨てていったものだろう。

　木でできたその道具は、疑わしい月明かりのもとでそのように思ったときほど悪い状態ではない。そのコナラ材は作業によって摩滅して、単に白くなっているだけだ。しかも、だれかがぎりぎりに使ったばかりのように思われるかもしれない。さらに三歩ほど進むと、コラントが（気づかなかったのだが、ほとんどまるでこのものを見るためだけに、この地点にまで自分は来たみたいで、それほどいまとなっては、予期していたような気がして）発見するのは、わずかな水の流れがそそぐ小さな窪地の裏側を埋める少しだけ高いヒースの小枝にかけられた、洗いたての三着の女性下着で、それらはとつぜんの太陽の陽射しのなかで、つまり細い不確かな黄ばんだ光線が斜めに灰色の空から降り注ぐ陽射しのなかで乾いている。

　この刺繍を施したシルクの下着類は慎み深く洗練されていて、その魅力も、もはや使われなくなったことに由来しているのだが、だからその下着類は単なる百姓女の身につける下着ではない。ひょっとしてそうじゃないかと思うのは、むしろまさしく……。後生だから！　ああ、許してくれ！　このちぎれた薄手の半袖ブラウスこそ、このあまりに小さな三角形こそ、このギピュール〔模様をつなぎ合わせた厚手のレース〕こそ、まさに白馬にまたがる男は思い出したのだが、それらの下着をすでに……。許してくれ！　許してくれ！　レースで飾られた狭いパンティーにも、お揃いのガーターベルトの表側にも、まだ凝固していない流したばかりの血の大きな染みが付いていて、その血はいまも流れ出ている最中のようにさえ思われ、その鮮紅色は耐え難い輝きにきらめく。

魔法にかかった白馬／挿話の日付に関する不確かさ

そのときアンリ・ド・コラントは、すばやく手足や胸や身体じゅうにすごい悪寒が広がるのを感じたことだろう。そして、前夜に長く海水に浸かって以来、衣服を代えてさえいない――ように見える――ことを思えば、そうだとしても何ら不思議ではない。間違いなく、あの恐ろしい寒気が肺の重大な疾患か何かを引き起こし、宿屋への逗留を必要にし、高熱と錯乱を引き起こしたのだが、同時にそれらの説明はとても自然につく。

しかしまた人の語るところによれば、ブロンドのたてがみをした忠実な駿馬は、あのとき以来、ずっと奇妙で、自分の影におびえ、気むずかしくなっていた。ブリニョガンの人びとの噂によれば、鏡に映る自分たちの影を馬は識別しないのだが、その白馬が水に浸かった鏡の陰鬱な深みを通してはじめて見たのは、自分の主人を追いかけてくる殺害された婚約者マリ＝アンジュの顔ではなく、自分自身の姿であり、つまりは自分自身の死なのだ。あの夜、馬が一種の悪魔というか幽霊に変えられてしまったのではないか、という確固たる信念は、信じやすい百姓たちにとって、あの馬が堅い地面の上を疾駆するときでさえ一度も蹄の音を聞かないという事実によって、補強され（しかも堅固にされ）ていた。

馬の魔法にかかった特徴がだれの目にも明らかなのは、その踊るような優美さとその例外的な美しさのせいでしかないのだが、この鏡の出来事の年代は——たとえだいたいだとしても——それとは反対に謎のままである。この光景は、原則的に見て、一九四〇年の敗北〔ドイツに侵攻される〕よりもずっと前であるはずだろうし、私の記憶では、多くの細部がそう証言している。あれから大いに薄らいでしまったが、ノール＝フィニステールのこの海岸のまだ大いに荒涼としていた眺めにしても、断崖のぎりぎり近くを通る小道を税関吏が習慣として毎日おこなう巡回にしても、班長の制服そのものにしても、ケ＝ラン＝デュのカフェの古風な暗い部屋、等々にしてもそうである。

それに、忘れないようにしようと思うが、コラントが戦線から持ち帰った負傷のせいで、その後、そして決定的に、彼は乗馬できなくなった。だれもが思い出すのは、その硬直した脚であり、銀の丸い握りの付いた杖であり、それでコラントは平衡をとるばかりか跛行を軽減し、だて男の歩き方まで手に入れ、巧みにその歩き方を用い、さらにそれがこの人物の優雅さと威光に加えられた。ところで、若くして死んだ愛しの女マリ＝アンジュ・ファン・デ・リーヴス〔ロブ＝グリエの映画『囚われの美女』の挑発的な美女の名前であり、主人公がメッセージをとどける政治家の名がアンリ・ド・コラントで、二人は婚約している〕は、優美だが非難をふくんだ目鼻立ちをしていて、幽霊鏡のなかに、不意に姿をふたたび現したが、アンリ・ド・コラントとともにウルグアイに滞在しているあいだに命を落としたのであり——われわれが確実に知っていることだが——南アメリカで暮らしたのは、戦争行為が終焉してからでしかない。以前、コラントはその地に、何か色恋沙汰のせいで逃亡したことがあったのだろうか？　ありそうもない。コラントは、一九三〇年代に激しい政治活動をしたせいで、支持者を考慮して、いかなる新婚旅行も禁じられていたのではないか？　たとえ大西洋の反対側に行ったとしても、ラプラタ川の遥かなる岸辺の方に行ったとしも、破廉恥になるし、犯罪や事故を伴うかも知れない。しかし私は時どき、ブロンドのマリ＝アンジュと、別の素敵な娘アンジェリカ・フォン・サロモンとを混同してしまう気がするのだが、アンジェリカもまた若き伯爵ととても密接な関係にあった。結局のところ、私が思わずコラントに、彼のものではない、当時多少なりとも名の知られた別の名士からおそらく借りた、もっと当たり障りのない伝記的な特徴とか武勲とか風格ある特色を与えているのかもしれない。たとえば、アンリ・ド・ケリリス〔一八八九―一九五八。ジャーナリスト、政治家。両大戦間のナショナリスト〕とか、フランソワ・ド・ラ・ロック〔一八八五―一九四六。軍人、右翼団体の指導者〕とか、あるいはパリ伯〔カロリング朝フランク王国でパリ周辺を統治していた支配者の称号。オルレアン家の当主がこの称号を名乗る〕とかでさえあって、パリ伯は同じくアンリ〔パリ伯アンリのこと。ルイ・フィリップの玄孫で、名目上、アンリ六世を自称〕という名前で、フランスの王位を熱望していた。

戦前の扇動的な反議会主義極右団体／コラントの政治的役割／俳優

あまりに高い犠牲を払って獲得した勝利に失望した多くの退役軍人の例にもれず、気をもむ愛国者である私の父は、議会制にますますうんざりし、一九三〇年代のはじめには「火の十字団」〔フランスの右翼団体。ラ・ロック大佐を中心に退役した在郷軍人によって一九二七年につくられる〕に所属していた。しかしその創設者であるラ・ロック大佐はやがて、一九三四年二月六日、ダラディエ〔政治家。スタヴィスキー事件の後、首相になるが、大規模な反政府デモ（一九三四年二月六日危機）の責任を取り、十日で辞任〕の仕切る警察と秘かに結託し、フランスの国会議事堂《パレ・ブルボン》を守るため、自らの一団を利用したと嫌疑をかけられた。思うに、誹謗は「アクシオン・フランセーズ」〔ドレフュス事件を契機に生まれたフランス王党派のナショナリズム団体〕側から発せられたのだが、もちろんこれは真偽が確かめられないままである。それでもこの誹謗が端的に示しているのは、極右の同盟のあいだに存在していた党派的な怨恨と多種多様な不和にほかならない。

おまけにコラントは、一九三六年だったか翌年のはじめごろになってようやく、最も信頼のおける友人たちの忠告を無視して、正式に自分の団体「国民社会主義者復興同盟《ルネッサンス・ソシアリスト・ナシオナル》」を立ち上げた（なのに、若いときのコラントは、完全比例代表制の短い試行を利用して王政主義派のリストにある代議士として選出されていた）。その運動はほとんど成功しなかっただろうし、ほぼたちまち忘れ去られてしまっただろう。とても似たような要求をかかげたあまりに多くの小政党が、結局のところわずかな有望な党員を奪い合い、政策綱領の内容空疎で過激で宣言的な特徴を前にしてしばしばかなり尻込みした。今日、そうした市民の――多少なりともファッショ的な――熱狂と幻滅の、さらには苦渋の反響を、自分の最初の小説『弑逆者』の端から端までを突き抜けるローラという「登場人物」のうちに私はふたたび見出して、残念というより厄介な思いをし、と同時に驚いてしまうのだ。

　コラントの政治的に異なる顔については（彼はちょっとの間、共産党ともまた接近関係になかっただろうか、それも、その経歴のなかで最もスターリンに傾倒した時期のあいだそうだったのではないか）、おそらく、彼自身の不確かさを伝えるものでしかなく、さまざまな脅威の台頭を前に増大する彼の不安を伝えるものでしかなかっただろう。敵の――それは運命の皮肉ともいうべきだが、彼がその目覚しい復興に感心し、少なくとも部分的にはそのイデオロギーに感心したまさしくドイツの――機甲師団〔戦車を主体とした師団〕に対する無益な戦闘で勇敢に死ぬことは、おそらく、彼が沈着冷静に検討した解決方法だった。コラントは戦争から、足を引きずりながら、それでも優雅に帰ってきた。そして、最も疑わしい大義にさえ情熱をもって身を投ずる用意がいつでもできていた。

「テアトル・フランセ」の支配人としての記憶から語るダヴィッド・サミュエルソンによれば、コラントは青年期を終えるころ、名優になるのを夢見ていて、パリの小さな舞台の観客の前で、ときには重要な役柄さえ演じたことがあるという。そのとき彼は歴史的な芝居に好みを示し、崇高で悲しい宿命を持つ孤高の英雄を演じていた。ナポレオンとか、ベルリオーズとか、クロムウエルとか……。そのことに関して、いかなる政治家の背後にも俳優になりそこねたキャリアがある、とサミュエルソンは指摘している。その逆もまた同じように頷《うなず》けるかもしれない。

リュセでのスキー／アルボワ／アルナンのモーリス伯父／私の結婚指輪

一九三〇年代の終わりごろから、父の厚紙製造所の財政状態が少しずつ改善された。夏のヴァカンスといった長期の休暇には、私たちはいつもケランゴフの母方の祖母の家で過ごしたものだ（やがてこれに加えて、もっと短い合間だが、キブロン〔ブルターニュ半島南岸の海水浴場のある町〕近くに母の姉がこしらえた田舎家での、海辺の滞在がはじまる）が、これに加えて、私たちはジュラ山脈〔フランス中東部、スイスとの国境をなす山脈〕で冬の短い休暇を過ごしはじめ、今度は本物のスキー板と必要な用具一式を持って行ったが、何週間も前から入念にこれを準備するのだった。（それは、靴にグリースを塗った時代であり、その靴を調整バンドで固定した時代であり、ノルウェー・タールといわれる木《もく》タール〔木材の乾留で生じる黒褐色の油状物質〕をワックスとした時代で、その強烈な松脂《まつやに》のような臭いがアパルトマンじゅうに浸透した。）

ロブ爺さんが死んでしまうと、私たちはもうアルボワ〔ジュラ地方の村〕には行かなかった。祖父が生きていたころには、そこで私たちは色づく野面を横切りながら、秋のうっとりした気分を味わい、道づたいに落ちている新鮮なクルミの味に触れた。（セピア色になった、いくぶんピントのぼけた引き延ばされた写真には、その後景に、すでに葉叢《はむら》の落ちたあいだから城館《シャトー》が認められ、ペルカル地〔目の詰んだ平織り綿布〕のエプロンをまるで小さなドレスのように着ている七、八歳の私が写っている、姿勢を丸め、エプロンから腕を片方だけ持ち上げ、花をつけたタチアオイ〔アオイ科の越年草〕の何本もの長い茎に回し、そっちに斜めに肩の上の頭を傾けていて、茶色の巻き毛をした私は、カメラのレンズに向かって甘ったれて微笑みを浮かべ、まるで女の子のようなしとやかさである。）

それでも父の兄——見るからに年が上だった——は、ドゥー県のモルトー〔ジュラ山脈西麓スイス国境近くの町〕の北方のル・リュセで郵便局長をしていた。だから私たちはそこの、モミ林の空き地のあまり雪の積もっていないなだらかな斜面でスキーを学んだのだ。外交販売員《セールスマン》用のつましい旅館兼喫茶店に宿をとるのだった。そこに伯父はよく通っていた。伯父はお人よしで、しょっちゅういくらか酔っていて、日曜日になると、冬景色——雪の積もった森やわらぶきの家——を油彩で絵に描くのだが、なにしろ町を出るのが伯父はあまり好きではなかったので、写生するのではなく、絵葉書をもとに模写するのだった。彼の作品は、角にある食料品店で果物や野菜の籠《かご》と並んで陳列され、売られていた。絵のなかのモミの木々は燻製《くんせい》ニシンの骨に似ていた。本人も笑いながら認めていた。それから伯父は、たくさんの冗談やいい加減なダジャレを駆使して、理解できない芸術家への失望を語るのだった。

　私たちの記憶に最もくっきり残っている光景は、きわめて取るに足らない、何よりも役に立たない光景でもある。それが頭に焼き付いている。永久に。だがそれをどうしてよいか分からない。理由もなく、執拗に、私の物語に出してくれと要求してくる光景も一つある。このモーリス伯父に、私は十年後に再会しているのだ。伯父はオルナン〔フランス東部ブザンソンの南東の、スイス国境に近い町〕で退職していた。そして、感じのよいこの伯父のことを思い出すと、私は、ドイツの作業キャンプで知り合って間もないクロード・オリエといっしょに、ヴォージュ山脈からアルプス山脈へ自転車で小旅行している途中だったが、出し抜けにこの伯父を訪問したくなったのだった。

　この元郵便局長の住まいを見つけるのに、私はじつに苦労した。というのも伯父は、それでも少なくとも十世代ほど前から名字である複雑すぎる名前の半分を取り去ってしまい、自分をロブと呼ばせていたからだった。厳密にはおそらく、住んでいた場所はあばら屋ではなかったが、しかしあれはあばら屋にものすごく近かったにちがいない。それくらい、今日も当時も、その全体は暗く、汚く、荒廃しているように思われた。退化したような階段を私はあがらねばならず、そのいくつもの段が欠けこぼれ、あるいはぐらぐらした。そして、ちょうど上にあがると、床には穴があいていて、野地板《のじいた》の端が見えていた。私の伯父も伯母もいつものように大酒を飲んだ。一リットル瓶の赤ワインが、見分けもつきにくいほど山積みになった道具類に混じって、そこのテーブルの上にある。その上、部屋じゅうが種々雑多なものでいっぱいで、私は身の置き所も分からない。モーリス伯父は最後にようやく私のことが分かり、いずれにしても私が自分の弟の息子だと理解した。ルイーズ伯母は完全に呆然として、隅のとても低い椅子の上にくずおれているので、私は当初、伯母がじかに床に横になっていると思ったのだった。赤くむくんだ顔が醜い大きな堆積物のように上に乗っていた。三十秒ごとに、叔母は一度も変化をつけずに、同じ愚痴っぽい怯えた口調で繰り返し、「モーリス、だれ、この人？」と言っていた。

それからわずかして、伯父と伯母はふたりとも亡くなった。父は葬式に行った（オルナンとクールベに！）。そして記念《かたみ》にものを二つ、三つ持ち帰ってきた。オウトウ材の小さなソファーで、背もたれが珍しく、折りたためる。アルボワから到来したものだ（現在は、ここメニルにある）。そして、小物入れに放置されていた金の結婚指輪が二つ。私は自分の結婚式の日に、その二つの指輪を用いることにした。それが、だれのために作られたか決して分からなかったからだ。大きいほうが、私の右の薬指だけにぴったりだった。しかし、教会もなければ司祭もなしで済ませたので、私はそのことをとがめられなかった。だから四分の一世紀以上前から、私がその指輪をはめているのはこの指である。この指輪が、極端に磨滅したアルミニウムの四つのリングに取って代わるのだが、それらはひどく薄くもろくなっていて、前に話題にした座金《リング》にほかならなかった。カトリーヌ用の小さいほうの指輪はさらにすり減っていて、磨き直されたみたいだった。ルイーズ伯母の不安な問いかけについては、私は絶対に確信しているが、伯母は「モーリス、撃たないで！」という言葉を発する際にフォルマント〔声帯の振動音が口腔や咽頭などの共鳴腔で強化されたもの〕を用いていた。このセリフは、ダニエル・デュポンの殺人に対して私服警部が卑俗な解釈を想い描く際に、『消しゴム』に姿を見せている。

ラ・キュールでのスキー／ウィンター・スポーツの臭い

二年後、私たちはル・リュセを断念して、オー＝ジュラの小さな村にした。そこに、戦争がはじまるまでは定期的に行っていたが、そこはほかより趣があり、スキーに好都合な高地地帯にあった。雪はいつもふんだんにあり、ときにはありすぎた。われわれは感嘆に浸りきっていた。「宿の前でスキーを履く」のが、われわれには夢にものぼる至福に思われた。常に整備されたゲレンデなどなかった。スキー板の裏にシール〔登高やツアーなどに使うアザラシの毛皮帯〕を定着させると、高みへの登りがはじまる。しかし行程は変化に富み、快適で、滑降は容易だった。私たちは四人そろって幸せだった。あるいはよく、母は勇気に欠けていたので、残りの三人だけで一面真っ白な山のなかに入った。夕暮れになると、それがとつぜんピンクと青に染まり、私たちはモミの木々に縁どられた足跡のない雪の面を、縦一列になって突っ切って帰ってくるのだ。そのモミの木は、積もりたての毛皮のような雪の重みで倒れることもあって、夜になればその雪も凍結してしまうだろう。

われわれは黒く細い影法師《シルエット》となりながら、ゆっくりとゆるい傾斜地を進み、それは遠くからだと動いているようには見えないだろう。山の猟師のような身なりをした父が、スキーの轍《わだち》をつけ、二人の子どもが順番にその後につづき、母の姿を見つけてはまたしても嬉しくなり、自分たちの手柄話を聞かせ、暖かい明かりと小さな宿に迎えられると——すでにもうずっと心が安らいでしまうのだが——その宿は、まさに国境の上に位置していて、前方のドアはフランス側にあるのに、後方のドアはスイス側にあって、それがわれわれにはひどく面白く感じられた。（われわれはある種の部屋をことのほか気に入っていて、それは、二つの国を隔てる理論上の国境がど真ん中を横切る部屋だった。）外の冷たい大気のなかから帰りもどってくると、ウィンター・スポーツの宿にはじつに特有の臭いがあって、それはとても独特なので、私にはその臭いが何によって構成されているのか記述を試みる気にさえならないものの、私はその手もつけられなかった情動に、何年もしてから、ダヴォス〔スイス東部の保養地〕やツェルマット〔スイス南西部の村〕で再会した。

母の病気／スイス女性、わが家の猛烈な「支配者」／紳士《ムッシュー》を気取る父

この時期ずっと、母はしょっちゅう具合が悪く（ヴァカンスのときもそうでないときも、絶え

ずそのことを考慮にいれなければならず)、事実、古典的な線維腫〔膠原線維の異常によって起こる良性腫瘍。フィブローマ〕に冒されていて、本人の説明によれば、自然を尊重して手術してもらうのを拒み、一日じゅう新聞を読みながらじっと横になっているほうを好んでいた。父は決して少しも嫌気を見せずに、日々の買い物や食器洗いやほかの家事を果たしていた。家庭生活に比較的ゆとりができてから、有能で献身的な家政婦――飾り気なく面白い口調の恐るべきスイス女性――が来て、いずれにしても料理や維持管理を引き受け、とても大きなリンゴのタルトをこしらえてくれたのだった。その折り込まれたパイ生地はこの上なく薄くて、重大な秘密となっていた(これを作るときには、家政婦は狭い台所に閉じこもり、そこからこちらに届くのは彼女が大声であげる叫び声であり、打ちつける道具として思いっきり用いているのか、めん棒の繰り返す打撃音で、だから彼女がなにもかもぶっ壊している最中だとだれもが思い込んだことだろう)。そして彼女は本当になにもかも切り盛りをし、ガッサンディ通りの小さなアパルトマンをできるかぎりぴかぴかにした。そこにはいまでもモロッコの絨毯《じゅうたん》があり、金メッキした銅を使ったつや消しガラスの天井灯が付いていて、その一九三五年様式はすでにふたたび流行している。

この善良な女性は長いことわが家にとどまってくれた。戦前から、戦中、戦後まで。しかし彼女が来ると、いつも嵐のような印象を私たちにまき散らした。朝早く家《うち》に着くと(ときにはまだ私たちはベッドで横になっていたが)、彼女は窓という窓を「開け放ち《エカラブレ》」、つまりいっぺんにどの方角の窓をも、真冬でさえ大きく開け、家じゅうにできるかぎり強力に空気の流れをもたらそうとするのだった。そこで彼女は「むさくるしい住まいを整頓し」はじめる（このむさくるしい住まい《シュニル》を、彼女はシュニと発音した）のだが、それはまさに無秩序と格闘することを意味していた。ドアというドアをがたがた言わせ、カーテンというカーテンをなびかせる嵐の真っ直中に立つと、彼女はまず散乱するものを片っ端からしまい込み、そしてしばしば、身の回りのものはこうやって片付けるのだとこちらに教え込むという口実のもとに、それはまるで思ってもいない場所にまでおよぶのだった。それから彼女は猛烈な熱意で掃除をするので、箒《ほうき》の木の部分が掃くたびに壁や家具にぶつかった。その多くが傷痕になっていつまでも残っている。一度、食堂のテーブルに乗っている彼女の姿を見かけたことがある。彼女はその表面をきれいにしようと試みていたのだが、使っていたのは、ふつうならカシワ材の床に用いる、それも最も弱い部分でもしっかり確かな床に用いる金たわしだった。

私たちが昼に帰ってくると、彼女が昼食に何を料理したか訊く必要はなかった。というのも、そこで彼女はいつも決まって「ノ〔nauds〕」（せめてその正しい綴りをこちらとしては想像してみたのだが）をこしらえたと言うのだった。そして、最初のころ、それはいったい何なのかと私たちが訊ねると、彼女は心をかき乱すような大笑いをしながら、「クエッチ〔スモモの一種〕を使ったろくでもない代物《しろもの》さ！」と答えるのだった。それから、おそらく自分の情熱をこちらに共有させるのを期待して、あるいはその言葉によって自分がきりなくはまり込んだ奇妙な歓びをひたすら長引かすように、彼女はすぐまた二、三度その言葉を繰り返すのだった。

宣戦が布告されたときには、厚紙製造所の負債はようやくすべて返しきり、父はこの共同事業をただ一人の義理の兄に譲ることに決め、自分としては色々な事務職に就こうとした。最初は軍備省〔一九一六年十二月にアリスティッド・ブリアンにより作られる〕に勤め、次いで休戦協定が結ばれると、同じような種類の別の組織に勤めた。それから少し経つと、人形を扱う商人たちの世界に持ち続けていた人間関係のおかげで、父は玩具製造の経営者団体に入り、ほとんど私が書きはじめた時期に、そこの事務局長になった。押し出しがいいこの役柄を父は楽しんだようで、自分自身を茶化しながら要職にある人物として振る舞っていた。職業上の上層部の会合に参加し、国外に旅行し、大臣たちに会っていた。そして、父は新調した服をこれ見よがしに身に着けると、いくぶん見せびらかした。かつて軍服を着て颯爽としたロブ＝グリエ中尉が、アゴンダンジュ〔ロレーヌ地方の北部の町〕の製鋼所でそうしていただろうように。そこで、われわれの未来の母イヴォンヌ・カニュは速記タイピストをしていたのだ。

ペタン派の私の両親／カラス麦の粥と元帥の肖像写真

私の両親は明白にペタン派だった。しかし一般の人間とは反対に、両親はドイツ軍占領地域の解放〔第二次大戦中に行なわれた〕以降、いつでも――おそらくもっと熱烈に――ペタン派だった。一九五五年ごろ、私は物書きの新しい友人を何人かわが家にむかえた。筋金入りの左翼の連中で、そのうちの何人かは活発にレジスタンス運動をしたことがあった。そのころ、父はカラスムギの粥《かゆ》に目がなく、毎晩、夕食の代わりに味気ない一日分の粉を用意し――ブルターニュでよく言うように、とても美味で《グチュ》――新鮮なミルクに入れて焼くのだが、そのミルクを木の杓子でゆっくりとかき回すようにする。そして父はすすんですべての客たちにたっぷりと一人前を出した。そんなわけで、ミシェル・ゼラッファが、ジャン・デュヴィニョーが、あるいはリュシアン・ゴールドマンが父の食い物を分かち合い、ペタン〔一八五六―一九五一。元帥、政治家。第二次大戦下、対独強力で終身禁錮刑〕の大きな写真に控え目に驚くのだった。ペタンはカーキ色の制服を着て、天然のラフィア〔ラフィアヤシの繊維で織った布〕地のタピスリーという最も目につく場所で、微笑みながらテーブル（金たわしで、小さな汚れを苦労して取るために大きな窪みができた例のテーブルである）を見下ろしていた。そのタピスリーの幅は、黒いラフィアヤシ材の横木と横木のあいだにはさまれていた。彼らは礼儀上、目を背け、不愉快な時代錯誤を目の当たりにしないように努めた。しかし、じつに社交の人であるデュヴィニョーはあるとき、スプーンで粥を一口すすり、次の一口までのあいだに、まるでそれがさして重要でもない単なる忘却にすぎないかのように言ったのだった。「おや、元帥の写真を残しておいでですか？」じっさい、その写真は四年ほどのあいだ、十分の九のフランス家庭で飾られていたのだ。「いいえ、ちがいますよ」と私の父は答えた。「残したままではなく、アメリカ軍の部隊がパリに入ってきた日にわざと掛けたのですよ」。

その通りだった。ドイツ軍による占領下、かくも体制順応的で、かくも公式に認められている崇拝の的を家の壁に張る理由など、父には一つも見出せなかった。それでも父はすでに正当な国家元首に対したためらいなど感じておらず、心情的な愛着と同時に尊敬の念を感じていた。ペタン元帥とは、父にとって一九一四年の闘士だった。それは塹壕であり、ヴェルダン〔ロレーヌ地方、ムーズ川沿いにあって、ドイツ軍とのあいだで戦いが繰り広げられた〕そのものであり、わが軍が最大の絶望の時にありながら成し遂げた遅々とした再興であり、ついに待っていた勝利そのものだった。一九四〇年になされた休戦協定の署名もまた、ペタンの知恵と勇気の功績と見なされていて、一方、敗戦には一切かかわっていないというのだった。モントワール〔オルレアン西方のロワール川沿いの町。一九四〇年ペタン元帥とヒトラーがここで会談した〕での歴史的な握手は、何よりも軍人の正直さを示すものだった。奇妙だが、この本職の軍人は、家族の都合から見ると、極端な反軍国主義への功績が認められてさえいた。だからわれわれは、政党がすべてお払い箱になっても、議会での議論が葬り去られても、嘆こうとはしなかった！　反抗的なひねくれ息子だった私の父は、ペタンを支持し続け、ド・ゴールには反対で……努めて共産党に投票した。それが何年も続き——父の言うところによれば——老元帥の遺骨がドゥオモン〔ヴェルダン北東の古戦場。第一次大戦犠牲者の納骨堂がある〕の彼の歩兵たちのそばに移されるまでは、断固そうしたという。

家族のイギリスぎらい／マダム・オルジアッティ／一九四〇年の「不実なアルビオン」／ドイツ人たちとヨーロッパを作る

私の両親はイギリス嫌いで、その立場をはっきり示していた。それはおそらく、私がイギリス文学について言ったことと矛盾している——子どもにとってそうかどうか——ように見えるかもしれないが、私たちはごく幼いときからこれにたっぷり浸かってきた。しかしその大部分は、母の青春時代のひとりの女友だちから影響を受けていた。彼女はパリで技術を要する製本《ルリユール》を生業にしていて、自由奔放と貧困のあいだという不確かな水準で暮らしていた。このアンリエット・オルジアッティの祖父（について、彼女はあざけるように熱っぽく笑いながら語ったが、それは必ずきりのない咳の発作に変わってしまうのだった）はマニュスといい、シャルルマーニュ大帝の直系の血を引くと言い張っていたが、ユダヤ人の生まれで、イギリス的な気質をひどくとどめていたという。彼女は、利発できらめく知性の持ち主で、教養があり、じつに文学的な言葉をよどみなく面白おかしく話せるので、おそらくわれわれの感性を養うのに、とりわけ広範で曖昧なユーモアの領域に関して、重要な役割を演じたと思われる。彼女は時間の大半を、なんだかんだ口実を見つけては家《うち》で過ごし、日にキャメル〔タバコの銘柄〕を二箱吸い、私たちに読み聞かせ（「こんな話」とか「エレーヌの赤ん坊」とか「コルコラン船長」）をしないときには、裏話——たとえ自身の不幸でしかないとしても——をあふれるように語り、そして父はしばしば、夜も更けると、家族みんながやっと眠れるように彼女を追い出さなければならなかった。

わが家でのイギリスに対する反感は、だから厳密に政治的なものだった。しかし確かにそれは、この前の戦争にはじまったことではなかった。このわれわれに共有された軍事的敗北は、反対に、古くからの怨恨を活気づけることにしかならなかった。私の子ども時代はずっと、帆船を歌った古い歌であやされたものだ。「プリモゲ」〔潜水艦を攻撃する近代的なフリゲート艦の名前〕から「八月三十一日」まで、そうした歌には、イギリス海峡の向こうの隣人たちに対し好感を抱けるものはほとんどなかった。そして、われわれに哀れみをともなって伝えられているのは、ブルターニュの突端にある小さな島で忘れ去られたように暮らしている漁師たちのことだ。一九一四年の夏の終わりごろ、憲兵たちが探しに来て、いくらか遅れて漁師たちに総動員令を知らせると、代々にわたる敵に対し束の間もためらわずに、こう叫んだという。「今度こそ、イギリス人のげす野郎に、あいつらの喉もとに、死体置場を返してやらぁ！」やがて、自分たちの思い違いに気がつくと、漁師たちはひどくがっかりしたという。

一九四〇年の北部戦線での戦闘の展開模様といい、ダンケルク再乗船（「イギリス兵のみなさん、お先にどうぞ！」と皮肉が言われたものだ）〔北海に臨むこの港で、一九四〇年、ドイツ軍に追い詰められた英仏軍が大撤退を行なう〕といい、やがてメルサ・エル＝ケビール〔このアルジェリア北西部の漁港で、一九四〇年七月、イギリス海軍とのあいだで海戦が勃発〕での戦闘装備を解いたわが艦隊の損害で、何百人ものブルターニュの水兵が命を落としたこと（ケランゴフのわれらが平原の一画にあるルクヴランス墓地のいくつもの墓石が、そのことを正確に証言している）といい、なにもかもがいきなり「不実なアルビオン」〔ブリテン島の古名。イギリスを揶揄するのに用いた表現〕に対する古い不信感を煽り立ててくる。この表現は、われわれに不信感をしっかり返してくれ、それはいつでも激しい憎悪に変わる状態にある。

今日になってもなお、そのことはごくささいな機会に確かめられる。わが国で作られたミサイルがイギリスの軍艦を、マルイーヌ島〔英語名フォークランド諸島。領有問題で、アルゼンチン空軍は保有するフランス製ミサイルを五基発射し、三基命中させた〕という唯一の名でわれわれがあくまで呼ぼうとしている諸島の前で沈めると、フランス国民はひそかに大喜びする。そして、わが国の選挙制度に国民投票が提案されていれば、この偽の同盟国を欧州共同市場〔一九五八年に結成された欧州経済共同体のこと。イギリスは不参加〕から払いのけただろうが、それでも満足だったろう。というのも、この同盟国がそこにきちんと入ったとしても、まさにもっと好き勝手にこれを妨害するためでしかないように思われるからだ（私はこの何行かを一九八四年三月末に書いている）。

ドイツのプロパガンダは、厚かましくもフランス国民のうちにイギリス嫌いの豊かな鉱脈を見つけると、だからとても確実な地層に働きかけ、ごちゃまぜにジャンヌ・ダルク〔百年戦争下でオルレアンの英国軍を破る〕や大カトー〔カルタゴ殲滅を主張した古代ローマの政治家〕にまで助けを求め（「イギリスよ、カルタゴと同じく……」という具合で）、ヴィレット〔一八五七―一九二六。フランスの風刺画家〕の仮借ない素描やボーア戦争〔イギリスとオランダ系ボーア人が南アフリカの植民地化を争った戦争〕のときの中傷的なパンフレットを再版さえさせたが、たちまち私の家族はみんな、怒りをこらえながらそれらを大いに楽しんだのだった。われらがかつての相手国が爆撃に対し果断に抵抗しても、われわれから見れば、それはまったく取るに足らない。イギリス人は、いつものことだが、自分たちの利益は守るのに、われわれの利益は守ってくれない。そして彼らが、ある種の状況にあるアメリカ問題というかほぼ親ドイツの問題から陰に陽にかかる圧力をあれほどのエネルギーを費やして押し返したのも、自分たちのいつもの強迫観念であるヨーロッパ連邦の実現を目にするなど受け入れられないからだ。その組織者がヒトラーという名前の狂人であることなど、彼らにとっては結局、二次的な事情《もんだい》でしかない。

それは、ある見方からすれば、おそらく私の両親の意見でもある。というのも、二人のナショナリズムはずっと以前から、両親が統一されたヨーロッパ、さらには統合されたヨーロッパ（しかしイギリス人抜きで、神のご加護を願います！）の断固とした支持者であることを妨げはしなかったから。したがって、両親がまったくの自信をもって、イギリスの政治家（ディズレーリ〔一八〇四―一八八一。ヴィクトリア朝でイギリスの首相になったユダヤ人〕だったか？）の口にしたこの言葉「私は二つの解決方法のあいだで迷うと、どっちがフランスをより苦しめるかと自問をすればよい」を引き合いに出していたのに、戦勝したドイツに対する両親の立場は、ずっと曖昧でしかありえなかった。プロイセンの軍国主義とその征服欲はもちろん危険なままだった。しかし別の側面からすれば、遅かれ早かれヨーロッパは形成されなければならない、ヨーロッパはドイツ（ナチスであろうがなかろうが）とともに作られねばならない。ライン川での、あるいはモーゼル川での定期的な戦争は、悲劇的な誤りをいつまでも続けること以外に何ら意味がない。二つの国のあいだの国境をめぐる論争など忘れよう。そのすべての利害はこの一点に集中している。この論争は、中世の国境論争と同じくらい失効しているのだ。その分割の結果、現在のフランスが……。

互いに戦うつもりさえなかった一九四〇年の兵隊たち（多数だったのか？）の栄誉に対し、父は——常にじつにしっかりと栄誉への感覚を身につけていたにもかかわらず——遺憾の意を見出すとしても、そのために、その父をけしかける必要などなかっただろう。ドイツ軍への戦争で父が思い出したのは、四年間におよぶあまりの悪夢だった。泥、寒さ、榴散弾《りゅうさんだん》、窒息性毒ガス、銃剣で一掃する敵の塹壕、有刺鉄線に囲まれて夜中じゅうわめき続けるはらわたのない瀕死の兵隊たち。そしてそれらはどれも何にもならずムダなのだった。なにしろわれわれには、協力の絆など築きようがなかったからだし、やがて、われわれが勝者となると、ドイツとの友情の絆など築きようがないからだが、いまわれわれは敗者として、思い切ってその絆を築こうとしなければならない。

そのような賭けは、間違いなく、フランスの未来において損なわれることのない信頼とセットになっている。フランスは、共和主義のデマゴギーの悪習から解放されれば、すぐさまその精神を回復するだろうし、自らの特質と並んでゲルマンの友たちの特質を補完物としてしまいには要求するだろう。つまるところ、われわれはすでにローマから見ればいたずらっ子なのだ。この二つの国民はしばしば、その対立する長所どうしを融合して前進しなければならない。

私の父と母は深くフランス＝ドイツというペアの価値を、もっと広範な将来の連合の中核として信じていた。その一方で、二人は良きモーラス〔王党派右翼のシャルル・モーラス〕信奉者として、むしろわれらが「ラテンの姉妹」に期待していただろう。両親は私たちに、リセですでにドイツ語を第一外国語として学ばせていて、じつにまったく英語ではなかった。なにしろ勉強のできる生徒だった私たちは、古代ラテン語＝ギリシャ語クラスにいたからだ。やがて選抜試験の規則により、私たち、つまり姉と私は、生きた二番目の外国語を学ばなければいけなくなると、スペイン語を選択した。

　敗戦以降、それでもこうした「対独協力的な」精神は決して行為としては具体化されることはなく、固く結ばれた集団への志願という形でも、占領兵とのどんな個人的な和合においても具体化されることはなかった。私たちの家でも、やはり「海の沈黙」〔ヴェルコールの同名の作品にちなむ〕がずっと決まりだった。それは誇りの問題だった。勝者への和解の申し出と熱心に勝者にへいこらするのとを混同してはいけない。しかし父は、象徴的な仕草によって、いわば矛《ほこ》をおさめたのだ。ドイツ軍司令部が民間人に個人の持つ武器を引き渡すよう要求したとき、父は——私が想像するに、不承不承——自分が戦線から持って帰ってきた役に立たないロケット砲を、下水の溝に投げ捨てに行ったのだった。

料金受取人払郵便

綱島郵便局
承　認
2960

差出有効期間
平成32年 3月
31日まで
(切手不要)

郵便はがき

223-8790

神奈川県横浜市港北区新吉田東
1-77-17

水声社 行

御氏名(ふりがな)	性別 男・女	年齢 歳
御住所(郵便番号)		
御職業	(御専攻)	
御購読の新聞・雑誌等		
御買上書店名	書店	県市区 町

読　者　カ　ー　ド

この度は小社刊行書籍をお買い求めいただきありがとうございました。この読者カードは、小社刊行の関係書籍のご案内等の資料として活用させていただきますので、よろしくお願い致します。

お求めの本のタイトル

お求めの動機

1. 新聞・雑誌等の広告をみて（掲載紙誌名　　　　　　　　　　　　　　　）
2. 書評を読んで（掲載紙誌名　　　　　　　　　　　　　　　　　　　　）
3. 書店で実物をみて　　　　　　　　4. 人にすすめられて
5. ダイレクトメールを読んで　　　　6. その他（　　　　　　　　　　　）

本書についてのご感想（内容、造本等）、今後の小社刊行物についての
ご希望、編集部へのご意見、その他

小社の本はお近くの書店でご注文下さい。お近くに書店がない場合は、以下の要領で直接小社にお申し込み下さい。

◎

直接購入は前金制です。電話かFaxで在庫の有無と荷造送料をご確認の上、本の定価と送料の合計額を郵便振替で小社にお送り下さい。また、代金引換郵便でのご注文も、承っております（代引き手数料は小社負担）。

TEL：03（3818）6040　FAX：03（3818）2437

反ユダヤ主義だった私の両親／ユダヤ人に対するさまざまな誹謗／精神の自由／不安と退廃

私の両親は反ユダヤ主義者だった。そして、聞こうとしてくれる人には（その機会さえあれば、私たちのユダヤ人の友人にさえ）、進んで反ユダヤ主義であることを告げていた。これほどにも厄介な問題点に、私は慎みをもって、深入りしたくない。反ユダヤ主義はいまでもあちこちに、多かれ少なかれ控え目にさまざまな形で存在している。そしてそれは絶えずあちこちで被害を与えかねない。じゅうぶん気をつけていないと、灰の山から火がくすぶり出すみたいに、である。これほど頑固で拡散しやすいイデオロギーと有効に闘うためには、なによりもまず、これを触れてはならない話題にしないことが重要である。

私の家族の場合、かなり普通の反ユダヤ主義だったように思われる。戦闘的（ユダヤ人がいるとして、これをドイツ軍やヴィシー政府の迫害に密告するなんて、もちろんぞっとして嫌悪を覚えるだろう）でもなく、信仰から（彼らが十字架にかけた神は明らかにわれわれの神ではなかった）でもなく、侮蔑的（ロシア人たちの神のように）でもなく、気違いじみて（セリーヌの場合のように）でもなく、アレルギーから（ユダヤ人たちはみな同じように、聖書を熱中して読み、あるいは楽しく教会に通う）でもない。それでも、私の両親の反ユダヤ主義は、もっと敵意に満ちたさまざまな連中と同じく、ひどく非理性的で、まさしくかなり「右派がかって」いるように私には見えた。というのも、その最も疑う余地のない理由は、道徳の領域の維持という根本的な気がかりにあったからで、それは、いかなる国際主義に対しても覚える深い不信の念に結びついていた。

共産主義者が常にソヴィエト連邦に奉仕しているのと疑われているのと同様に、そして彼らがソヴィエト連邦を自分たちの真の祖国として深く愛していると思われるように、ユダヤ人たちは何よりもまず、国の枠を超えたきわめて強力な共同体に属しているからととがめられた。その共同体が、自分たちにとってフランスのパスポートよりもはるかに重要なのだ。このフランス本土に現実の「根」をもたない彼らは、出身的にも精神的にもわれわれとは別の「大地」に結びついていると思われる。そして彼ら自身、自分を常に多かれ少なかれ無国籍者だと感じているようだ。国家の枠を超える資本主義が、これと近いしばしば混同されるカテゴリーを、ユダヤ＝金権的として知られているカテゴリーを形成している。まるで、世界じゅうには貧乏なユダヤ人より大富豪のユダヤ人が多くいるかのようであり、まるで、すべての武器商人がユダヤ教徒であるかのようだ。

さらにもっといかがわしいのは、彼らがその萌芽を伝播していると思われたモラルの潮解性の概念である。というのも祖国から追放されたヘブライの民は、われわれの国民的な本質に対し異邦人であることに満足せず、その上、かつてのヨーロッパの端から端まで、一般化した懐疑や意識の内的分裂をはじめ家族の混乱や政治の混乱をまき散らす、特別に危険な種類の移民とみなされていた。要するに、いかなる組織された社会をも崩壊にたちまち巻き込み、いかなる健全な国家にも死をもたらす、とみなされていたのだ。

たしかにこの時代のわれわれのものではない語彙を用いて、私が今日言おうとしているのは、ユダヤ人は結局、世界の名において、かけがえのない自由の酵素だということだ。もちろん、それは依然として陳腐な意見にしかすぎない。それをなくしたら、多くの一般的イスラエル人は、狂信的な指導者たちとは異なり、もはやユダヤ人の名を受ける権利を持たないだろう。しかしながら、われわれもそうしたイメージに固執したがるのだが、不運や破局《カタストロフ》や絶望に対する異常な嗜好までをも、人は進んでユダヤ人に付与している（と同時に、彼らが寄生する社会を犠牲にして築き上げていると思われている富のことで、彼らを非難する可能性があるとしても）。このことで私がまさに思い出すのは、ハイデッガーが不安について言った言葉であって、つまりそれは、最後に精神の自由に到達しうるために支払わなければならない代価なのだ。

私にとって、まさにこの点に、秩序と自由という二つの概念の還元不能な対立がとてもくっきりと見えてくる。それは、大ざっぱに言えば、ドイツ民族とユダヤ民族という紋切り型の二つの姿を具えている。というのもこれで、特に流動的な規模での外国人嫌いの説明がつくのであり、この外国人嫌いが共同体からユダヤ人たちを切り離させるのだ。その一方で、彼らはしばしば何世代も前からフランス人であり、ドイツ人との一致協力も試みている。ドイツ人は、いずれにしても、まだそのようになっていない。しかしドイツ人のほうは、正しい側に身を置いている。秩序の側である。

伝染性の否定や形而上学的な不安（それはつまり自由ということだ）の恐ろしいウィルスと闘うために、たしかに、私の両親は何らかの「最終的な解決策」を考えていたとはとても言えない。モーラスによって奨励されていた人種による差別的制限《ニュメリュス・クロジュス》〔入学者や就職に対して行なわれた〕を「もっともだ」として満足していた。多くの誠実な人びとと同じように、ドイツ軍の占領下で、われわれも明らかに知らずにいたのは、ナチスがもっと別のことを実行しつつあったということだった。強制収容所に送られたほとんどのユダヤ人たち自身も、そのことを知らなかった。私の母について言えば、ドイツ人によって企てられた民族大虐殺を想像もつかないと常にみなしていたので、一九七五年に死ぬまで、あの集団大虐殺《ジェノサイド》の現実を否定し続けていた。もっとも母はそこに、シオニズムのプロパガンダと捏造された資料しか認めなかった。同じく、カティンの森の死体置場で発見されたポーランド人将校たちへの徹底的な大量虐殺〔カティンの森事件。一九三九年、ナチス・ドイツとソ連軍に攻撃され、ソ連軍側に降伏した将兵はラーゲリに送られ、大量虐殺されるが、やがてドイツ軍に発見される〕の責任はドイツ軍にある、と連中はわれわれに信じ込ませようとしている、というのだ。

「ユダヤ文学」／ナチス強制収容所の発見がもたらした衝撃

そうした不幸（不可避と受け止められた）や日々の絶望に対する恥ずべき好意を、私たちはあらゆる小説の散文作品のうちに見出したが、実を言えば、それは私たち（たぶん、とりわけ母と私）のとても好きな作品のなかにあった。もっともそうした作品を指して、家では「ユダヤ文学」という言葉が使われていたが。そうしたラベルを貼られて無造作に分類されている本のいくつかを、無作為にここに挙げてみる。もっとも、その著者はときにおそらくユダヤ人出身ではいささかもないが。ロザモンド・レーマン〔一九〇三―一九九〇〕の『別れの曲』、マーガレット・ケネディー〔一八九六―一九六七〕の『テッサ』〔邦訳タイトルは『永遠の処女』〕、ジョゼフ・ケッセル〔一八九八―一九七九〕の『四角い帆』、トーマス・ハーディ〔一八四〇―一九二八〕の『日陰者ジュード』、そしてまたヤーコプ・ワッサーマン〔一八七三―一九三四〕の膨大な三部作（『埋れた青春』、『エッツェル・アンデルガスト』、『ヨゼフ・カークホーヴェン』）、さらにはダフネ・デュ・モーリア〔一九〇七―一九八九〕の『レベッカ』である。ルイ＝フェルディナン・セリーヌは、思うに、幸いにして右翼で反ユダヤ主義者と公認されていて、そうでなかったら、私にとって彼の偉大な二冊の本である『夜の果てへの旅』も『なしくずしの死』も、ためらうことなく十把一絡《じゅっぱひとから》げにされていて、おまけにそうなっていれば、堪能しながら再読する妨げにも見えなかっただろう。それどころか、じつに正反対なのだが……。

しかし、私の物語のこの地点に至って、家族のイデオロギーのことを語るのに「私たち」と言い続けることが、私にはますます困難になっている。私はここでカフカの小説を引用したくなっていて、それですぐに気づいたのだが、私がカフカの小説をようやく読んだのは戦後になってからで、そのときにはもはやそれまでの自分と同じではなくなっていた。もちろん、一年また一年と経ち時間が過ぎて次の時間になれば、人は決して同じままではいない。しかし私の生涯で一九四五年という年が表しているのは、真の切断である。というのも、秩序との私の個人的な関係は、ドイツ軍占領地域の解放から、とりわけ連合軍のドイツ入場以降は根底から変わってしまったからだ。連合軍の入場に伴って、毎日、収容所の具体的状況についても、国家社会主義《ナチズム》の隠れた一面であるどうしようもない恐怖の全容についても、怪物染みた新事実が明らかにされた。（ガス室であろうが、なかろうが、私としては、その違いがいっこうによく分からない。なにしろ、男たちも、女たちも、子どもたちも、ユダヤ人であったり、ジプシーであったり、同性愛者であるという以外いかなる罪も犯していないのに、数え切れないほどそこで死んでいるのだから。）

対独協力強制労働／「良き」ドイツでの労働と余暇／爆撃と混沌

私自身はドイツから一九四四年七月末に帰ってきた（あるいは、八月初めかもしれないが、正確にはもう分からない）。対独協力強制労働を一年した後、傷病者として送還されたのだった。そして一カ月、病院に入った。しかし私はニュルンベルク〔ドイツ南部の都市〕に滞在していたのに、ナチス体制の本当の性質について、大したことは分からなかった。じっさい、それはごく普通の作業キャンプだった。このフィッシュバッハのキャンプでは、大量にかっさらわれてきたセルビア人の農民たちや、いくらかは自分で志願したフランス人労働者たちや、シャラント県出身の若者たちや、間違って一九二二年に生まれたパリの学生たち（パリの国立農学院《アグロ》とグリニョン国立農学院の三十人の生徒たちがそこでグループにまとめられ、むしろ徒《いたずら》に農作業をやった後で、軍需工場でみんなと同じように一般工員となった）が、他の多くの国籍や階層の者たちと同じく、ごちゃごちゃに閉じ込められていた。しかしそのキャンプは広大で、われわれが知り合うといっても、こちらと同じ並びの三つ四つ隣のバラックの住人たちだけだった。彼らとは同じ食堂に所属し、同じ共同便所を使っていたのだ。

一週間に七十二時間、自動旋盤器の前に立ちっぱなしでいるのは、明らかにきつい。とりわけ

——二週に一週——夜勤シフトに回ると、当然のことながら、どろどろしたソースにつかっている傷んだジャガイモを主に食べさせられていては、じつに快適とは言えず、じつに健やかとも言えない。もちろん、冬は寒く、ベッドの枠木の足もとに置いてあるビンの水もよく凍った。そのベッドでは、藁《わら》をつめた袋がマットレス代わりで、巨大な床虱《トコジラミ》がうようよいた。度重なる夜間の爆撃に対し、日曜日に雪をかぶった凍った土をどうにかこうにか自分たちで掘った穴しか、明らかに、防空壕と言えるようなものはなかった。しかし、ロシアとの前線で戦っているドイツ兵については言うに及ばず、多くのドイツ人もまた多かれ少なかれ同じ困難に直面していたのだ。

だからわれわれは強制収容所の有刺鉄線の後ろに閉じ込められていたわけでも、虐待されていたわけでもない。周囲に撒き散らされたように監視塔はいっぱいあったが、しかしそれは、眺めのほとんどの部分へ広がっているマツの森で起こるかもしれない火災を見張るためのものだった。とても短い研修期間のあいだは、われわれは自由時間をいくらか勝手に使えて、作業でまだへとへとになっていなかったので、町にコンサートを聞きに行くことさえできたし、あるいは村の料理屋兼旅館に、夜になると夕食に出かけ、また周辺の小さな町を訪れたり田園地帯を散歩することもできた（われわれ外国人勤労者の通行許可証のおかげで、工場の周囲百キロの範囲で移動できた。しかも、すでに電車で四十五分ほどのところに位置しているわれわれの居住地にもどるためでしかないとしても、である）。あのときは一九四三年の夏のはじめで、暑かった。人びとは親切で、空襲もごくわずかしかなく、マツ林は「ここでタバコを吸っているものはみな放火犯です！」という立札に守られて、マツヤニのいい香りがした。そして野生のメス鹿たちは、近づいても、優しい大きな目でこちらを見ているだけで、まるで――いわゆる――天国にいるように思われた。

だがやがて、冬がやって来て、われわれの勤労者としての状況は悪化したが、良きドイツを支配する秩序のイメージは、結局、もとのまま変わらなかった。金髪の小さな子どもたちはいつも道ばたで微笑んでいて、都会の歩道はいつも同じようにきれいで、自然も、緑であるか白であるとしても、同じように清潔で、ドイツ国防軍の非の打ちどころのない兵隊たちはいつも低い声を合わせて歌いながら確固とした重い足どりで列をつくって練り歩き、列車は時間通りに到着し、現場監督は過酷な仕事をこなす。しかし、中央駅のタバコの煙だらけの待合室で、われわれが鉄道の故障か何かで遅れた列車を待たねばならなかったとき、列車は間もなく修理されたのだが、休暇中の何人かの将校（堅く平たい略帽をかぶった彼らの顔もまた疲れていた）は、リンゴをフランス人の学生たちに分けてくれながら、自分たちはどれほどパリが好きか、ノートル＝ダム寺院が好きか、「ペレアスとメザリンド」が好きかを学生たちに語っていた。

じっさい、唯一の混乱はイギリス軍やアメリカ軍の飛行によって引き起こされた。それは、軍需工場には目だった影響をもたらさず（リンを使った焼夷弾は、ＭＡＮの堂々とした工場よりもわれわれのつましいバラックを好むように思われたが）、優雅な中世の都市を整然と破壊しつくし、われわれの徒刑囚のような新たな生活に残された眠りをものすごくかき乱してくれ、その生活をさらにいっそう疲れるものに変えてくれた。そして、力も尽きてしまい、激しい関節リウマチにかかった私は、手足が麻痺してわら布団に寝たきりになり、倹約を強いられた地域（アンスバッハ）の地下病院に移された。そこでは、医者も看護の女性も私を普通に面倒見てくれ、しばしば親切でさえあった。

ニュルンベルクの駅前には、暗い色で描かれた巨大な立札が立てられていて、犯罪や狂気にあたる場面（火災、強姦、殺人、大量殺戮、等々）を示していたが、そこに黙示録的な光が当てられ、その説明文にゴチック体の文字が使われていた。「勝利か、さもなくばボルシェビズム〔一九一七年十月革命で実権を握ったロシアの革命的社会民主主義者の政治理論〕の混沌か！」今日ならこれまでになく、それはじっさいまったく別のことだとこちらには分かっている。ソヴィエト社会主義共和国連邦を支配しているのは混沌ではなく、まさにその反対である。ソ連の体制においても、絶対的な秩序が恐怖を生み出すのだ。

ショーウィンドーのなかの三つの亀裂——選別する菓子、不治の病人の排除、くくり罠で捕らえたメス鹿

というのも、とつぜんすべてが崩れ落ちる。まっすぐで寛大な軍人も、とても小ざっぱりしたきれいな看護の女性も、友情のリンゴも、人を信用しているメス鹿も、子どもたちの金髪の微笑

みも、そのすべてがでたらめでしかなかったのだ。というか、それは体制の半分しか示してはいない。外から見える半分である。いってみれば、ショーウィンドーに並ぶ展示品だ。そしていまや唖然とするが、店の奥の部屋をさらけ出すことになるだろう。そこでは、常軌を逸した兵士たちが黙ったまま（それは、声のかれた叫びであり、悪夢のあまり声にもならない笑いにほかならないが）子どもたちの、看護の女性たちの、メス鹿たちの喉をかき切っていたのだ。

　そこで、付随的に、われわれに強い衝撃を与えたいくつかの兆候を、つかの間の崩壊の兆しを、ショーウィンドーのすべすべして磨き上げられた表面のうちに思い出すことができる。その兆しはたちまち、人を安心させる「結局は、戦争なのだから！」という言葉で覆われてしまう。それじたい、本当のところ、何も説明していない……。ニュルンベルクのパン屋にも、他の掲示ときわめて類似した張り紙（そこには「店は月曜定休です」とか「顧客のみなさま、どうぞパンには手を触れませんように」といった類の忠告が見事な書体で書かれている）が、「ユダヤ人とポーランド人にはお売りいたしません」と静かに知らせているのだった。人間が、じっさい、同じ権利を享受できない種類《カテゴリー》に振り分けられていたのだ。

　われわれ自身は、自分の服にバッジも特別の目印もつけてはいなかった（政府は「外国人労働者のための特別税」という項目のもとに、われわれの給与から注目に値する割合を徴収するにとどめていた。つまり、ここに来ている外国人労働者は、われわれに食べさせてもらっていることになる……）。しかし、ドイツで暮らすユダヤ人は、フランスでも同様だったが、黄色い星〔ナチスが

〔ユダヤ人をマークするためにつけさせた〕を胸につけていた（もっとも、一九四四年当時、じつにわずかしか出回らなかったが、なぜだか分かる）。ウクライナ人は、青い正方形に白く記された「Ｏｓｔ」（東方労働者Ostarbeiter の略である〔ナチスはウクライナ人を劣等人種とみなし、東方労働者として本国に送った〕という言葉の標識をつけられ、そしてポーランド人は、フランスの心を常にたずさえ一度だけ意見を同じくしてこれを推し進めた親愛なるポーランド人〔一九四四年八月に、パリ解放と同時に行なわれたワルシャワ蜂起を指すとみられる〕は、衣服の上に縫い付けられたPの文字でそれと分かるのだった。だから彼らには、シュトルーデル〔リンゴ、干しブドウなどの入ったシナモン味の焼き菓子〕や三角に切り分けた代用クリームをはさんだ焼き色のついたパイを口にする権利もなかった……。人は秩序を愛すると、区分けする。そして区分けしてしまうと、レッテルを貼る。何がこれよりも普通だというのか。

　そして次にアンスバッハの病院の映像が……。もうよく覚えていないが、地下の小さな部屋には、瀕死の者たちや身体障害者たちが詰め込まれていた。彼らはあまりに具合が悪いので、警報発令の際に待避壕に下りて行けない。そこは礼拝堂のような静けさが支配していて、毎朝、夜のうちに亡くなった者のまわりのカーテンを、慎み深く引くのだった（そのために用意されたカーテンロッドが、床から二メートルの高さにあるベッドというベッドをぐるりと取り囲んでいた）。明るい長い部屋には五十ほどの鉄製のベッドが二列に並んでいて、窓側に一列、開口部のない壁側にもう一列とあって、私の真正面に、驚くほど大きく横幅のある男がいて、顔は穏やかな獣のようで、まるでクマみたいに強そうな印象を与えていた。だが彼は、そのひっきりなしの咳《せき》とひどい痰《たん》から判断して、おそらく最終段階の結核患者であろう。

ある日、その男を迎えに人が来た。見るからに看護師でも医者でもなく、四人の軍人のようだった。男は動くのを拒んだ。やがて、洞窟に響く低くこもったような声で、力強いわめき声を発しはじめた。ロシア語の言葉がとぎれとぎれに口を衝いた。あるいは、それに似た言語かもしれない。優しい看護の女性たちは、ばつが悪そうに顔を背けた。この患者は治らないので、ほかの病院に移さねばならない、と彼女たちはわれわれに説明してくれた。この男は、いまや立ち上がり、力なくもがき、しかし蓄殺場に連れて行かれる動物のように常にわめいていて、それがどんな種類の病院かとてもよく承知しているように思われた。執行者たちは男に服を着せ、しまいにはどうにかこうにか男を引きずり出した。男たちは彼の肩にもとどかなかった。彼は守衛たちとは異なる種類に属しているようだった。軍用コートに、縫い付けられた「Ｏｓｔ」の印があった……。人間の生をすべて決めようとするならば、同様にしっかり取り組んでその死を決める必要がある。

フィッシュバッハのキャンプの看護室で、私がまだアスピリンで治療をしてもらっていたとき、シャラント地方出身の農民たちが、雪のなか、くくり罠《わな》〔鳥獣を捕らえるための輪状に結んだ紐〕でメス鹿を捕まえてきたことがあった。あまりに簡単だったという。それもとりたてて難しいことなどない。鹿の群れは、冬のあいだ、森林監視官たちによって愛情を込めて監視され、数も把握されていた。監視官たちは鹿の群れに、干し草や藁《わら》の束をいくつも持って行ってやっていた。降り積もったばかりの雪に残る足跡は――動物《いけにえ》のものも、密猟者のものも――犯人捜査をひどく簡単にしたのだ。密漁をした男は――自分の腕を誇るすべての狩猟者と同じく――私事における記念《てがら》として、足を一本だけ確保しておいたのだから、なおさら捜査は簡単だった。その密漁者がどうなったか、私は知らない。いずれにしても、もう二度とフィッシュバッハではその男の姿を見かけなかった。

しかしわれわれの看護をした男は、パリ出身で、医学をやっているまじめで才能のある学生だったが、偽の病人を収容したかどで告発され（なにしろその病人たちはじゅうぶん元気で、隣の森に狩りに行ったので）、さらに彼らの犯罪行為を覆い隠そうとしたかどで告発され（なにしろ彼は罪を犯したものたちを告発しなかったので）、看護をしてくれた男もまた連れて行かれた。数カ月して、ちょうど私がフランスにもどる直前、この男はふたたび姿を見せた。彼はひどく変わっていて、私は容易に見分けられなかった。やせ細り、両手は微かに震え、両の目は、ひときわ大きく見える眼窩《がんか》の奥で絶えず不安でいっぱいのようで、もはやたまにしか言葉を発さず、話してもためらいがちで、そのあいだに彼の身に起きたことが話題になると、とたんにまったく口を利かなくなった。彼は、キップリングの物語に出てくる例のイギリス人の将校に似ていた。この将校は、ロシア軍の捕虜となってから、シュリーナガル〔スリナガルとも表記される。インド、ジャンムー・カシミール州の夏の州都〕にもどってきたのだ……。急いて質問攻めにする友人たちに向かって、かつて看護をしていたその男はとうとう、このたった一言を口にしたのだった。「ぼくはまったく別種の収容所《キャンプ》を知ったのだよ」。

収容所の分類／国土解放時《リベラシオン》のさまざまな反応／私の父とアメリカ人

それでも、そこはまだもどってくることができる収容所《キャンプ》だった。一九四五年というこの年のあいだに、だからわれわれが知るところとなったのは、別の収容所《キャンプ》もまた存在するということだった。それは、政府が永久の入所を想定した収容所である。それでも、フィッシュバッハのキャンプと「夜と霧」の収容所《キャンプ》のあいだに、体系的に分類され一覧表にされたあらゆる中間のキャンプがおそらくあるのだろう。すぐに、じつに取るに足らない細部が私にショックを与えた。おそらく度を超えていたのだろう。どのキャンプも、同じ骨組みのベッドから成る同じバラックで構成されていたのだ……。さらにいっそう厄介なのは、私自身が暮らしたキャンプが、以前、「ナチ党大会」の際には、この体制の壮大な催しで列を作って行進した出席者たちに宿を提供するのに使用されていたことだ〔ちなみに一九三三年の第五回党大会は、このニュルンベルクで盛大に開催され、リーフェンシュタールが『意志の勝利』という記録映画にした〕。そのときの圧倒的で仰々しい建造物は（典型的なヒトラー＝スターリン様式で）、そこから数キロはなれたところでも常にそびえ立って見えた。

家族の塊《まとまり》は、一つの細部を別にすれば、昔と変わりなく結束が固いままだったが、その一つとは、グリニョン国立農学院を修了したばかりの私の姉が、いまではセーヌ＝エ＝マルヌ県〔パリ東方にあり、パリ首都圏を構成〕の大きな農場で飼育主任として働いていることだった。ドイツの敗北によって衝撃が引き起こされ、国家管理の秩序を標榜する諸々の制度の上に、とつぜん逆の光が射し込んできて、そうしたことはたしかに、一家のすべてのメンバーによって同じようには受け取られていなかった。父と母にとっては、状況は相変わらず以前と同じように明快で、政治的選択を変える理由などなかった。母はごく単純に確信を持つことを拒否していた。父については、もしもドイツが勝っていたら、ドイツは望みうるすべての戦争犯罪を負けた敵国に見つけ出していたかもしれない、と冷静に明言していた。国際法は、しょせん強者の法である。負けたほうが間違っていることにされる。ロシア・ソビエト連邦にはすでに疑惑以上のものがのしかかっていたが、そのロシアが美徳の点では愛想よく振る舞っているという事実そのものが、はっきりとそうした警句の正しさを裏づけていたのかもしれない。だから、最後になって広島と長崎に二つの原爆を投下したことの人道主義的な有用性について、いくつかの問いを提起することも同様にもっともなことなのだ。

パリが解放されてから、父が嫌悪感をもって見ていたのは、事が終わるころに手伝いに来たフランス国内兵たちのグロテスクな大騒ぎぶりであり、かつてはペタンや休戦協定にやんやの喝采を送っていたのに、とつぜん自分はドゴール派だとか好戦的だと同じように熱狂して感じている善良な国民のだらしなさであり、同種の娘たちが——プロレタリアの娘にしても、あるいはブルジョワジーの娘にしても——まだ前のシーツも乾き切っていないのに、新しく来た勝利者の兵隊たちにあんなにもすぐにベッドを許したことである。チューインガムをかんでいる米軍兵士《ジー・アイ》たちのこっけいな姿も目に付き、それと強烈なコントラストを際立てていたのは——少なくとも父の目には——占領軍の兵士たちが、まったくつらそうに敗走するときでさえまとっていた軍隊的な厳格さにほかならない。

そうしたことをすべて父は強く感じていたと私は確信しているが、まるでそれじたい、二度も戦争に負けたことから生じたみたいだった。父の嫌っていることが、すべてまた以前より激しくはじまろうとしていた。いい加減さ、デマゴギー、自分だけの利益、議会の茶番劇、「死んだ犬の政治」（こいつは腹を仰向けにしながら流れのままに流されてゆく）、フランスの転落。しかしながら、父は侮辱を浴びせたり愚痴をまき散らしたりしなかった。それでも私が覚えているのは、こんな単純な予測である。「わが子たちよ、今度こそ、コルシカを手放さなければ、運もめぐってくるさ！」

父はアメリカ人たちに対し、私がすでに話したイギリスについての不満に匹敵する不満をまったく抱いてはいなかった。このはるか遠い国民に対し、父は一種の好感《シンパシー》さえ感じていて、そうした感情は、おそらく、ラ・ファイエット〔一七五七—一八三四。軍人、政治家。アメリカ独立戦争を援助した〕や敵国イギリスに対する共同の勝利〔アメリカ独立戦争の際に、フランスはアメリカ側に立って戦った〕にはじまったのだろう。しかしアメリカ空軍の細部を無視するやり方は、ブルターニュやノルマンディーのわれわれの町や村を爆弾で粉々にし（ここから五キロほどのところにあるオネ＝シュル＝オドンの小さな町は、ドイツ軍が撤退した翌日「誤って」完全に破壊しつくされてしまったのに、一方、全国民は新たな自由を祝っていた）ので、ドイツ帝国軍はとりわけ巨大な工業機械によって負けた、という認識を父に残したのだが、ドイツ機甲師団とドイツ空軍がその四年前に、これにかなり匹敵するような役割を演じたことが忘れられている。逆説的に聞こえるが、ドイツの機甲部隊が勤勉な国民の熱意ある復興の功績《おかげ》とみなされていたのに対し、アメリカ合衆国の戦車や爆撃機は、ひとえに（忌むべき）金の力を示していた。

秩序と自由というペアをなすねじれが私を小説執筆へと導く／反アンガージュマン

私は二十三歳だったが、しかしそのときはじめて幼年期を脱したという奇妙な印象を、今日の私は抱いている。ブルターニュ地方の人間は早熟ではないとの噂である。バイエルン〔ニュルンベルクはバイエルン州にある〕に行っていた時期の中断をはさんで、以降ふたたび私は家で暮らしていたが、口論も衝突もなかった。それでも、必ずしも明確に理解しているわけでさえないが、それ以降、私はものごとをこれまでとは違ったふうに見るようになった。父や母の反応はとてもよく分かっているのに、いくつかの本質的なポイントに関して、両親の考えを共有するのはいまや私には不可能になっていた。

　なんとしてでもとりわけ秩序を尊重するということじたい、もはや私には強い猜疑心《さいぎしん》しか抱かせなかったが、それ以上は言わない。それがどこに行き着くか、この目で見てきたところだった。メダルのこの裏側をも受け入れなければならないとしたら、それは決意してあまりに大きな代償を払うということだった。私としては、ヒトラーやスターリンが歴史上の事故だとは思わない。たとえ彼らが臨床的に狂気に犯されているとしても、それどころか二人は、彼らが体現している体制の論理的帰結を本当に代表＝表象しているのだ。そして、もしこれと無秩序のどちらかを選ばなければならないとすれば、私は何ら疑いなく無秩序を選ぶ。

　しかしながら私は、トラウマを与えられた自分の精神から、秩序や分類のイデオロギー的欲求がそのとき一挙に消えたと言っているのではない。そうした欲求は常に、われわれのだれものうちに、自由に対する希求の隣に——だれもが持っているその対立物として——根強く残っている。それらはわれわれうちにある二つの敵対する力で、われわれの意識においても、無意識の最も深部においても、絶えず互いに働いている。人間たちがそうした領域で相互に違っているのは、ひとえに個人一人ひとりが占めるその個々の配分のせいにほかならない。つまり、このペアをなすねじれが、個人のうちで帯びる個々の組成じたいの配分にほかならない。私の父自身が、決して解決しないこうした内側の矛盾を特徴的に示す好例だったように思われる。怒りっぽい個人主義で、しかし機会があれば魅力的な信条表明をしてみせ、根っからのアナーキストで、しかし限定的ながら神授権〔王権神授説による〕による絶対王政の支持者であり（しかしながら、弑逆《しいぎゃく》罪により王政支持は薄められていて）、心底からのペタン元帥支持者であり――共和政体の「自由・平等・博愛」を新たな秩序の標語「労働・家族・祖国」に取り替えることに嫌な顔をせずに承諾し――しかしそれでも、どんなものであれ、人を組織化することには本能的に反対だった。

だから私のなかで、この配分が変わったのだ。その相容れない二つの力は、私の頭のなかでは以前と同じようにはもはや働かなかった。その結果である新たな緊張は、それほど単純な立場によって表現されるものではもはやありえなかった。国立統計研究所を、テロリズム的な闘争やさらには左翼的な騒乱に取り替えることが問題ではなかった。小説のマチエールとその矛盾を、不確かながら実験してみること。しかしおのずから、それが何より打ってつけの領域として私にとって重きをなしたのだ（私は、今日ではそのように――いま一度ここで明示しておくと――自分自身の実験的試みを感じている）。秩序と自由のこの死闘を、理性による分類と秩序転覆の解きようのないこの衝突を、恒常的な不均衡状態のなかで舞台へ上げてゆくには、それは打ってつけの領域だった。この秩序転覆の別名をいえば、無秩序である。

じつに思考能力のある左翼は、一九五〇年代、六〇年代、私の書くものが「反アンガージュマン」的だといって、さらには「若者への働きかけを削ぐ影響」を残すといって、こちらを大いに非難した。当初、私は九死に一生を得ていた。そして、体制やその可能な変更について（革命的な変更であれ単なる改良主義的変更であれ）、私は、公衆の面前で同国人たちにお説教を垂れるのに自分が必ずしも最もよい場所にいるとは感じていなかったし、その点で、元スターリン主義者の多数の同業者をなぞることはないと感じていたが、その連中ときたら、自分たち自身が誤ったからこそ（しかもそれを、たいてい、しぶしぶ告白するのだったが）、われわれを新たに自分の味方に引き入れようとばかりするのだ。しかし、さらにまだある。そうした連中が二十年もの長きにわたって（長きというのは、そこにはヘビがうようよいて、絶えず更新される罠が仕掛けられていたからで）、確固たる戦闘的態度なしには、つまり何もかも呑み込むことのできる党派的な精神なしには、フランス共産党にとどまってはいられなかったのと同じように、私は自らのうちで、いかなる活動家的な信念についても、ましてやサルトルが定義したようなアンガージュマンについても、じつに昔から拒否していたことをはっきり示しておこうと思う。

一九三九—四〇年のディレッタントな態度／ケランゴフを仕切る母／私は埒外にいると感じる／父の劇的な帰着

モラル上の秩序と政治上の右派という規範に従っていた青年期においてもすでに、私は、自分が多かれ少なかれ素人であり、真剣みにかける人間《ディレッタント》である、と感じて、不安だった。当時の私のナショナリズムでさえ——これが、右派の伝統的な特性のなかで最も人に言えるものだが——私にはむしろ疑わしかったように思われる。思い出すのは、はるかに多くの情熱とともに出来事を体験し、熱っぽくそれを語る母が、戦争がはじまったころ、電撃的なドイツ軍のポーランド侵攻を聞いても打撃をほとんど受けていない様子の私を、非難したことだ。私は反論したが、しかしある意味で、母は正しかったにちがいない。というのも、一九四〇年六月、われわれ自身の軍隊が劇的な敗走をむかえると、私は、たしかに自分が当事者だと感じたからだが、しかしそれでもまだおそらくそれは、ガラス窓の向こうのこととしてだったのだ。

　総動員令が出されてから、私たちはケランゴフで暮らし、十月の新学年がはじまってもパリにはもどらなかった。というのも、バカロレア受験のための初等数学クラス〔高等数学クラス、特別数学クラスと上がってゆく〕がリセ・ビュフォンでは（それに、思うに、パリのほかのいかなる学校でも）授業を開始しないことになっていたからである。幸いなことに、母は「ラジオ放送」を受けてからというもの、また完全に健康になっていたのだ（これは父の表現で、たちまち家族のだれもが採用したもので、閉鎖的な小さな一族だけのこの個人言語は、そのように必然的にもとの意味を曲げたり、新語を新たに作り上げたりして一貫して用いられる〔「ラジオ放送」とは家族内で「放射線治療」を指している〕）。そして母は、相変わらず夜の一部を、父がパリから転送してくる新聞を読んで過ごすのだったが、そのほかのすべての時間、相当な量の活動を繰り広げ、家族全員を指揮し、扶養していたのだ。そこに含まれるのは、祖母に加え、代母（買い物をしてくれていた）、姉と私、避難してきた実のいとこ二人で、いとこたちは私たちと同じようにブレストのリセに通っていた。そしてさらに、私たちと同じ年齢の友が一人、わが家に下宿していた。
（戦争が終わってから、しばしば休止状態にあった母のエネルギーは、新たな活動の場を見つけ、それは見事な開花を母にもたらし、そしてケランゴフでもう一度さらに、母はたったひとりで、連合国の爆撃で完全に破壊された広い家族の家を新たに再建することを思いつき、その指揮をとったのだった。県の係の者たちの査定によれば「百パーセントの罹災」だという。本人が言うところによれば、母は日々の小さな仕事より大きな企てのほうが好きだという。そのほうが、自分がずっとのびのび心地よく感じるという。）

そうじゃない。私は無関心などではなかった。私の記憶にいまもあるのは、まったくそうじゃない。しかしおそらく、この戦いに負けつつあると深いところで感じていたのは私ではなかった。ずっと以前から、わが統治者は操り人形であり、わが現在の将軍たちは無能であり、わが軍隊は人民戦線〔一九三六年、レオン・ブルムを首班に政権を樹立した左翼政党連合〕により解体されたと考えることに慣れていた私は、これほど完全に正当性の認められないフランスに対し、揺るがぬ連帯を急に感じろと言われても、なかなか簡単にはいかなかった。私はただ、ほかの人びとにとってはそうするだけの価値のあることを、ずっと以前から自分のために受け入れるよう強いられているだけだった。もちろん、それがなんであれ、何かを別な方向に試みていると思い込むことは私にはできなかった。だが、十七歳のこの私に、いったい何ができたというのだろう？　愚かにも人を安心させるような情報ばかりが公式機関から流されていて、それがますます例の無力感となげやり感を増大させていたのだ。まるで子供のように、われわれは操られていた。

　集団の全体には絶対になじまない、じつに小さなグループに所属しているという確信が、私のなかに深く根を下ろしていた。それは、一族（私たち、つまりわがロブ＝グリエ家の連中は、ほかの人びとを間抜けの群れとみなしていると非難されたものだ）のイデオロギーによって極端に肥大化された信念でもあるが、そのせいもあって、国への結びつきがとつぜんこちらに要求されたのに、それが助長されることもほとんどなかった。要するに、戦場ははるか遠くにあった。このフィニステールの端からヴィスワ川〔ポーランドの川〕まで遠く遠く離れていた。ライン川やムーズ川やソンム川にしても、わずかにそれより近いだけだった〔いずれも激しい戦場〕。私は別な場所で暮らしていたのだ。私は学校でよく勉強した（成績簿によれば「断トツの首席」で、学ぶことにいつも夢中になれたし、いまなお夢中になれる）。家では意識的に宿題をやり、試験にも合格した……。私は、非武装化の地域にいて、権限のない孤独な傍観者であり、閉鎖もされていない町に埋もれていたのだ……。

　戦争はいきなりわれわれの上に押し寄せてきた。それも、思いがけない形をとって。くたくたの車に乗ってきた軍の運転手によって、真っ昼間に、父は庭の柵の内側に降ろされた。その車体は、敵の飛行機の標的に簡単にはならないようくすんだ灰色に塗りなおされていて、にもかかわらず、シュトゥーカ〔第二次大戦中のドイツの急降下爆撃機〕の機関銃によって斜めに広範囲にわたり被弾していて、何カ所にも穴が開いていた。父の顔は蒼白だった。そして、いつにもまして強く生来の神経症の傾向が見えた。父は、できるだけ手短に、そっけないうつろな言葉で話してくれた。

わが軍の兵器配備のむだになった記録を庁舎の中庭で焼却してから、父は南へ隊列を組んで発ち、やがて、南への避難〔一九四〇年五月、六月のドイツ軍進攻時に北仏市民がこぞって避難した〕の流れにのまれ紛れてしまった。市民も兵隊も自分たちがどこに向けて進んでいるのかさえもう分からなかった。ロワール川に架かる橋はことごとく破壊されていて、ずっと西にある別の橋を見つけねばならなかった。こんな敗走の真っただ中にあっては、自分はもう何の役にも立たないと感じた父は、ひたすら混乱を増大することにしか寄与しなかった。そこで父は、ブレストに帰ることに決め、自分に責任のある人間たちにこそ合流しようと決めた。それは、比較的容易だった。その道は逃げる人たちでそんなに混雑していなかったからだ。職務の放棄なのか？　しかし職務ももはや存在していなかったのだ！　いずれにしても、父は一度だけ、自分はできることならなんでもする、人だって殺す、自分自身の家族を守るためなら、と宣言したのだった。

その日、戦争に負けたのだ、取り返しがつかないくらい、われわれにはもう物資もないし、軍隊もないし、連合国もないし、いかなる種類の有効な手段もない……とも父は言ったのだった。ときどき、父の喉《のど》はひきつって――不安からか、あるいは敗戦による涙を抑えようとしてか、あるいはいずれにしてもわれわれに再会できたという感動からか――言葉をもう出すことはできなかった。母が繰り返し「確かなの？」と言った。母は、もうおしまいで、どんな反応ももう取れないし、期待できる奇跡も望めない、と思いたくはなかったのだ……。母は憤って泣いていた……。軍の運転手はぼろぼろの自動車で、ドイツの兵士の隊列を横切って、自分自身の家族に再会するために去って行った。だからペタン元帥がそのような災厄の真っただ中から、きら星のように現れたとしても、驚かないでもらいたい。

「きちんとした」占領／埒外にいるフランス／ガンガンでの葬列／空っぽのパリ／国立農業学院《アグロ》／グループK

だからそうしてドイツ軍のフランス占領となったのだ。占領は至るところに及んだが、騒ぎも起こらず、順調に作動し、騒々しい音楽による分列行進を除けば、うわべは慎み深く、それじたいむしろいくらかこっけいとも見なされていた。ドイツの兵隊は礼儀正しく、若く、にこやかだった。彼らはまじめで、好意的で、ほとんど親切という印象を与え、まるで、招かれてもいないのにこんなふうにわれわれの平和な国土に入ってきてしまって申し訳ない、とでも言いたいようだった。彼らは規律と清潔さを印象づけた。（まれに、強姦する者や略奪する者もいたが、すぐさま彼らの上官から厳しく罰せられた。）彼らは緑とか黒の服を着ていて、人びとは当初、この金髪の大きな若者たちを奇妙な動物のように見ていた。水を飲んでいるだけで、声を合わせて歌うことができるのだ。プロパガンダ用の大きなポスター（そのポスターの前に貼ってあったのは

「われわれは勝利するだろう、なぜならわれわれが最も強いから」というポール・レノ〔一八七八―一九六六。フランスの政治家。一九四〇年三月から六月まで首相をつとめ、最後までナチスに対し抗戦継続を唱えた〕の言葉だったが）に載ったドイツ兵の一人は、通りを渡る幼い女の子の手を握り手伝ってやっていた。ポスターの説明文は「ドイツ兵を信用して」と告げていた。間違いなく、一九四〇年から一九四一年にかけて、このイメージとこのフレーズは、まったくと言っていいほど破廉恥《スキャンダル》な挑発言動には見えなかった。この時期を知らないとすれば、ミニュイ社から非合法のうちに印刷されたヴェルコールのあの有名な小説〔『海の沈黙』を指す〕がレジスタンスの本だということも、理解しにくいだろう。「いずれにしても、彼らはきちんとしている」と、人びとは繰り返し口にしていた。フランスは深いところから、安堵のため息をついたのである。

そしておそらく、私にとってもまた、この部外者の立場にいることは結局、まあまあだった。われわれはもはやどちらの立場にもいなかった。イギリス人たちから解放され、かといって現実にドイツ側にアンガージュマンしたわけでもなかった。ペタン元帥のおかげで、われわれはとつぜん奇跡的に、スイスのように中立国になっていたのだ……。さらにもっとよかった。武器を持たずに済んだからだ！　さまざまな収容所に対するわれわれの不確定な同意については、カッコに入れておけた。われわれの熱のこもった意見でさえ、もはや友人どうしの、家族間での、あるいは近所のカフェでの議論の話題しか、あるいは口うるさい同じ階の住人どうしの底意地の悪い言葉の応酬しか意味してはいなかった。

私は心静かに利害を離れた素人でありつづけられた。いわば、無給休暇中の目撃者だった。ドイツ軍による占領期は、いくらか「奇妙な戦争」のようなものだった。社会には恐ろしいことがいくつも起こっているのに、そしてそれはわれわれの未来にとってきわめて肝心な重要性を持ちかねないものなのに、しかしとりあえずは、そうしたことからわれわれは締め出されているのだった。そうしたことのすべてを、われわれは遠くからしか知らされていなかった。それは新聞とラジオからだが、新聞については、たいていその行間を読む術が必要であったが、ラジオについては、支持する性格を持ち、みっともなく味方に引き入れようとし、婉曲でさえなかった。ペタンのものとされる日和見主義（本当の対独協力者はペタンの日和見主義を非難していた）は、政治上の知恵であると同時に国家的な使命という様子を帯びていた。

他にどうできたというのだろう？　いつの日かイギリスが海峡を渡り、あるいは地下に潜って勇敢に戦いを再開することで、こちらを解放してくれるのをわれわれが手伝ったらいいとでも？共産主義というヒュドラに対抗して、ヨーロッパ統合を目指す困難な十字軍にわれわれが志願したらいいとでも？　そうしたあれやこれやの大義を抱いて冒険に身を投じた若者を、少ないながら何人も私は知っている。そうした若者は、英雄というより冒険好きと思われていた。これがサミュエル・ベケットの登場人物なら、「なにもするのはよそう、それがより確かだ！」と言うことだろう。

家族はパリにもどってきた。二年間、私はリセ・サン＝ルイで、国立農業学院《アグロ》の選抜試験の準備を姉と同じクラスでした。そして私は一九四二年の秋、良い成績でこの学校《エコール》に入学した。ブレストは禁じられていたので、われわれは以降、ガンガン〔ブルターニュ半島中北部の都市〕の伯母マチルド・カニュの家で夏を過ごしたのだった。彼女はその町の中学校で数学を教えていた。周囲はぐるっと生垣や林で区切られた風景で、コナラやシダ類が育つブルターニュの成熟した土地だった。なかでも忘れられない記憶がある。われらが宿の前の小さな通りは墓地に通じていた。緑青色の軍服を着た分遣隊のドイツ兵士たちが、われらの窓の下を通り過ぎ、そっちの方角に遠ざかってゆく。先頭の六人が肩で棺をかつぎ、ほかの兵士たちは、路面の不揃いでてかてかした敷石の上に重いブーツをずっしりと刻みながら、クマのような足取りで続く。それはもう侵攻してきたときの美しい若者ではなく、予備役軍人で、おそらく東側の戦線で繰り広げられている試練にはほとんど適してはいないのだろう。彼らは声をそろえて「私には仲間がいた……」と歌う。ゆっくりした低い声で、全体に絶望感を漂わせて。町なかのほうに、その通りのずっと先を歩いているわずかばかりのその縦隊の上に、小糠雨《こぬかあめ》が降り、止《や》もうともせず、死んだ仲間の霊にささげるライン川の向こうの古い歌の郷愁に、雨がケルト〔ブルターニュはケルト文化に入る〕の音色を付け加える。

　首都もまたじつに陽気とはいかず、いかなる自動車の影も見えず、静かで、それがパリに新たな美を与えていた。そしてドイツ軍が来ても、パトロール隊や観光客で首都がいっぱいになったとは言えなかった。明らかに、ドイツ軍にはすべきことが別にあったのだ。そんな空っぽ状態で、パリの歩行者は一種の自由を享受していた。何もない広がりの自由、打ち捨てられた状態の自由、あるいは睡眠の自由である。われわれは目的もなく、このゴースト・タウンを横切るように長い散策をした。一度など、私たちは、といっても父と私は、首都の端から端まで借りた車を手で押して、思いがけずも手に入れた石炭の袋をわが家まで持ち帰った。というのも、すべての家では冬になると、寒さの問題に加えて、底をつく食糧という恒常的な問題が生じ、ごくふつうのすべての生活必需品の心配が、じつにしばしば、ほかの何よりも優先されるのだから。父は身も心も捧げて、一家の生活の糧の入手に励んでいた。

長く犠牲を要する勉強をきちんとやり遂げて最後には自信を持ち、国立農業学院《アグロ》に合格してしまうと、私はそれほど真面目には勉強せず、というか、興味のある科目（たとえば、植物生物学、遺伝学、生命化学、地質学……）を選択し、完全にほかの科目（農業機械論、農村構成論、工業工学）をなおざりにした。私は多くのコンサートに行き、オペラにも通った。そこには、たしかに多数のドイツ軍の将校たちの姿があって、いくつかの威光のあるホールでは、一階席の椅子の大半を占めていたが、なんといっても特にパレ・ガルニエがそうだった。といって、彼らは迷惑になったわけではなかった。じつに寡黙な聴衆で、その堅苦しい軍服を着て、ほとんど空気のようだった。そして、われわれは、つまり彼らと私は、同じ音楽を愛してはいなかっただろうか？バッハ、ベートーベン、ワーグナー、ドビュッシー、ラヴェル。いずれにしても、彼らが占める座席は、私のつましい小遣い銭にははるかに高すぎるものだった。逆説的になるが、私のほうが上から彼らを見下ろしていたのである。

国立農業学院には、いくつもの「サークル」があった。同じ楽しみに興味を持つ生徒たちの小さなグループで、ブリッジやチェスやダンスや乗馬のサークルがあった。何人かの友人たちと、そんなわけで「農業学院《アグロ》音楽サークル」を作ったが、そのなかには後の画家ベルナール・デュフールもいた。しかし、そのメンバーの大半は隠れもしないペタン派だったので、同期の仲間たちは、わざとわれわれを恐ろしい対独協力者と見なし――しかも親しみを込めて――「グループK」とわれわれを呼んだ。アメリカ合衆国が参戦し、東部戦線でドイツ軍が苦戦してから、ド・ゴール派の連中がいっそう多くなった。しかしそうしたことはどれも、思弁的な領域に限られていて、対立派どうしのあいだには、いかなる憎悪も障壁《わけへだて》も介入してこなかった。

ところがある日、二人の「イギリスびいき」の生徒が謎めいた様子で階段教室の一番上の席で確認していた一束の文書を、私は子供っぽいいたずら心を働かせ、横取りしたのだった（私はいつも同級生たちを苛立たせて楽しんでいた）。仰天した。それはパリの強化された防衛に関する詳細な地図だったのだ！　二人の顔つきがとっさに不安に転じたのを見て、だから彼らは、こちらが思っていた以上に積極的に――さもなければ、思ったよりも有効に――レジスタンスごっこをしていたと私には分かったのだ。さらにいっそう驚いたのは、こちらから密告されるかもしれないと二人が恐れているのを理解したときだった。私は彼らにすぐに、その厄介を引き起こしかねない書類を返した。その振る舞いは、私からすればごく自然なことだが、おかげで寛大な扱いを受けることができ、一九四四年の秋、このとき二年目の最後の学年をむかえていたが、ヒステリックな粛清《パージ》の真っただ中にあっても、私は学校の座席にレジスタンス派の同級生や単に兵役を逃れた同級生の姿を見ていられたのだ。

ドイツへの出発／交代要員／MANの工場／三カ国語による研修／外国での休暇

一九四三年の春の終わりに、一九二二年生まれのすべての生徒はSTO「ナチスによる強制労働」への召集令状を個々に受け取った。それは兵役に代わるものと見なされていた。この「四二年クラス」は、むりやり兵役を免除されたが、しかし学生に対しては、卒業証書まであと数カ月になっていても、いかなる猶予も認められなかった。この民間人の動員は、口実として、わが兵士たちとの「交替」ということになっていた。われわれがドイツに労働に行き、そこで捕虜たちの代わりをする。そうすることで、捕虜はわれわれのおかげで、一人につき一人の割合で、三年の捕虜生活を終えると、自分の家に帰ることができるという。

われわれがそんなことを信じただろうか？　おそらく、わずかにしか信じなかった。それはいずれにしても、子供だましにほかならなかった。しかし老元帥はわれわれにこれを要求した。新聞をにぎわしたのは、兵士の家族がうれし涙とともに、かくも長い留守の果てに自分の家庭にもどってきた父親や夫をむかえる模範的な写真だった。加えて、われわれには農業での就労が約束されていて、解放される捕虜の大半も、まさにそうしたところから来るということだった。だかられわれはこの強制された滞在を、一種の実践的な研修と見なし、すでに前年、市民による農村奉仕の名のもとに、フランスの農家で実施された研修に匹敵すると考えていたのだ。それは、選抜試験の合格と科目勉強のはじまるあいだのことだった。農業学院の院長本人も大きな階段教室に来て、その場に集められた二学年の同期入学生たちを前にして、われわれに出発するよう勧めた。院長の演説の結びを私は覚えている。「ドイツに行きたまえ、若者たちよ、そうして大国を知るのだ」。ドイツ軍の占領から解放されると、この院長は以前からのレジスタンス活動家になりすまし、したがって自分の地位を問題なく維持したのだった。そして、いかなる遠慮も見せずに、この男は時宜にかなった演説でもってわれわれをふたたび学校にむかえたのだ。

グループKは、もちろん、されるがままになった。とはいえ、ほかの多くの者と同じだった。農民との強いつながりを利用できる者たちは、田舎くさい地方に、半ば隠れるように生き延びるためのずっと有利な環境を見つける見込みがあった。参加に登録したわれわれは、こちらの帰順と引き換えに、バイエルン行きの列車の切符と、一足の新しい木底靴と、オイル・サーディンの缶詰と、もうどこのパリの大きなホールでだったか覚えてないが、エディット・ピアフを聞きに行くためのチケットを受け取ったのだった……。われわれは捕虜と交替するために出発し、ピアフはわれわれのために歌い、ペタンは白い口ひげの下でほほ笑んだ……。私は木底靴を履き、母にサーディンを持って帰り、おとなしくエディット・ピアフを聞いた。ピアフは小柄で、悲壮で、出発間際でも聞こうという強欲な連中が占める座席の何列も、何列も向こうの彼方に、はるか遠く見えた。

このあと、ほかのパリの国立農業学院《アグロ》とグリニョン国立農学院の学生たちとともに、私がふたたび見出した自分は、ハンス・ザックス〔一四九四―一五七六。詩人、劇作家〕とマイスター・ジンガー〔『ニュルンベルクのマイスター・ジンガー』というワーグナーの楽劇もある〕の町でもあるニュルンベルクで、特にあの有名な戦車パンサー〔第二次大戦中にドイツが製造した中戦車〕を製造している重火器工場の旋盤工をしていた。しかし、二カ月の実習期間のあいだ、われわれはそこでほとんど休暇《ヴァカンス》中みたいだった。初心者にとっては、仕事は半日たってからしかはじまらなかった。われわれの午前中は自由で、作業キャンプに隣接する草地やマツの森に行った。どうにかこうにか家族から送られてきた食糧を使って、昼食になると、小屋《バラック》の周囲に急ごしらえした戸外の小さなかまどの上で、料理のまねごとをした。工場では、理論的な授業はわれわれに数学の基礎をたたきこむことにあったが、それは明らかに、ユーゴスラビアから来た級友たちのほうにずっと関係していて、その科目に関する知識水準はまさしくグランドゼコール〔大学とは別個の高等教育機関で、国立農業学院もその一つ〕のエンジニア養成クラスの生徒の水準ではなかった。いずれにしても、われわれのトルコ人教師は（そして、その教室でのドメイン言語は、このクラスを構成する見るからに風変わりな混交状態に原因があったのだろう）、われわれにじつに奇妙な言語――直接的にはドイツ語風の文法構造に似せて作られたもの――で話しかけてくるので――その上、多少ともフランス語みたいにしたドイツ語の単語の割合が勝った語彙を用いるので——この教師がフランス語からセルボ＝クロアチア語にいつ移ったかいつも見分けがつくわけではなかった。幸い、毎日、いくつかの文が同じまま繰り返され、われわれはついにはそれがどんな働きをするのか理解したのだった。

たとえば、自動旋盤の使用に関する説明の口火はいつもきまってこうだった。「最初に、ふっう、あなた、何しますか？　これです、諸君、パタン＝フートルに素材を受け入れなさい……」とは、つまり、あなた方はまず旋盤先端《チャック》の固定装置に部品を固定しなさい、ということだった。この固定装置はドイツ語でパッテン＝フッターと呼ばれる。受けるという動詞はと言えば、ベコメンで、日常語では万能の役割を果たしていて、いくらか米語のチェックに似ている。われわれの教師は、たいそう語彙が足りないので、そうした語を、ますます意味を広げて使うのだった。

それでもかなりすぐさま、教師は、われわれが理解せずににやにやしているのをすでに長すぎるくらいだと判断したのか、聞き手の半数をしめるセルビア人に専心するほうを選ぶのだった。われわれに「フランス語」での授業は終わったと告げる鍵となる文は、こうだった。「これで、諸君、プリヴァな仕事を再開されなさい」と言うのだが、それは、だからこれで心置きなくわれわれの両親へ手紙を書いてもいいということを意味していた。（私の手紙は、詳細をきわめた長いものだったが、ケランゴフの天井の低すぎる梁《はり》の出た屋根裏部屋——そこは、私たち子供の遊びには格好の縄張りだった——に片づけてあるだろうが、それといっしょに、一時的に、一定期間だけ、あるいは思いがけずも二人が別々にいるあいだ、毎日、父が母に送った優しくも読みにくい報告もしまわれていて、また同様に、もっと古い手紙もあり、もっと珍しい手紙——前世紀〔ここでは、十九世紀を指す〕末の、海を越えての手紙はほとんど頻繁ではなく——もあって、それは中国やトンキン〔旧仏領インドシナの保護領名〕やバルパライソ〔チリのサンティアゴに近い港町〕から送られてきた祖父カニュの手紙だった。）

　合図となった「アコトマセルベ」が発せられると、たちまちそのあと、教室のもう一方の側が目覚めるのだった。それでもわれわれには、これもまたひどい発音のわれわれの言語だということが、同様に想像できたのである。「エクテ・モア・セルブ〔私の言うことを聞いてください、セルビアン人の方〕」と言っていたのだ。何が起こっているのか本当に理解している確信は決して持てず、絶えず解釈し、推測や疑惑や曖昧さや断絶を感じても、それを現実の世界との普通の関係だと受け入れること。それがいまではわれわれの生活の不可欠な一部をなし、そしてまたある意味で、われわれの生活の異国的な魅力の一部をなしていた。要するに、それが国外での私の最初の休暇となった。というのも、それ以前に体験したヴォー地方〔スイス西部〕の国境でも、言葉の居心地の悪さはごくわずかにしか引き起こされなかったからだ。

　今度は、金物《かなもの》道具を使ったり、つづいては機械を前にしての実践的な作業になると、作業場の現場主任はとても親切で、覚めきっていたので、われわれ、つまりデュフールと私がコンサートの冒頭を聞き逃がさないようになるべく早く工場を出たいときなど、無力な微笑みを浮かべながら、ちょうど時間になると、自動大時計を見て、われわれのためにこちらの出席カードに記入するのを承知してくれた。「フランス人よ、ひどいろくでなしめ!」と、現場主任は冷静にしめくくるのだった。これで、私は個人的に聖カタリーナ教会——全体が白と金色のバロック様式の小さな教会で、うっとりするような装飾が室内楽のために整えられている——で、ベートーベンの「ピアノとチェロのためのソナタ」全曲を聞くことができた。

私の抱いた本当の印象は、軽さと不在感と未決定感からなりたっていて、一人の旅行者でしかないというものだった。やすりや万力や旋盤やドリルの使い方にしても、私は手仕事が好きなだけに、しかも自分の趣味で鋼《はがね》で一揃いのチェスの駒を作り出したことがあっただけに、なおさら手すさびのように思われるのだった。残念ながら、その企てはほかの多くの場合と同じく、未完のままに終わったのだが。しかしながら、数週間して、いまでは一貫製造工程《ライン》に組み込まれ、強いられたリズムに従うようになり、一瞬たりとも休息も物思いも許されず、自分の研削用旋盤の前に続けて五時間半ずつ二回、毎日、立ち続け、戦車用のクランクの巨大な軸（じつに重いので、少し持ち上げるにも電動ホイスト〔巻き上げ装置〕が必要だった）を、百分の五ミリの誤差で——できるだけずれもなく、創意も加えずに——磨いていると、私の生活はたしかに突然すっかり変わってしまったのだが、にもかかわらず、自分はそこに旅行者としてしかいないという深い感情は相変わらず同じ力で残り続けた。

一人のアマチュア一般工／フィッシュバッハの医務室／爆撃／灰燼に帰す古きヨーロッパ

一般工の生活はどうしようもなかった。それでも、絶望が私の心をかすめるなんてことは、決してあり得なかった。こちらは一時滞在でしかなかったし、記憶に残り将来にもおよぶこの工場との現実的な関係もなかった。目的もなかったし、偶然という以外に理由などなかった。いわば間違ってそこにいたのだ。そして、土曜日の夜になって、逆さ卍《ハーケンクロイツ》〔ナチスの党章。一九三五年から四五年までドイツの国旗〕のある小型のポスターがタイムレコーダーの上に貼られていて、日曜日は休日ではなくなるだろう、祖国ドイツのために、戦争にかかわる努力のために、最終的な勝利のために、等々、とわれわれが知らされたとき、私はどうにかこうにかその本文を、それがどんなことに関係あるかなど一瞬たりとも自覚せずに、太い活字で書かれた「それを君に求めているのは総統である！」という結論部分にいたるまでを翻訳していたのだった。もちろん、翌日から一日じゅう、私は、同じ製造ラインの仲間のバヴァロワやスアーヴやフランコニアンと同様、働かねばならないだろうが、しかし彼らとは反対に——そしてその違いは彼らの憔悴した顔色に読み取れたが——私は少しもこのことに自分が関わり合いがあるとは感じていなかった。なぜなら、この仕事は決して私のほんらいの仕事であるはずがないと思われたからである。私はほんものの労働者ではなかったし、ドイツ人でもなかったし、あれはこの私の総統なんかではなかった。そして、場合によっては起こるかもしれない勝利にしても、いずれにせよ、私の勝利ではないのである。

私の周囲には多くの仲間が認められたが、彼らは明らかに、たちまち役になり切ってしまう素質を私などよりずっとはなはだしく持っているように思われたので、そうやってこの連中に、ときには即興で、このような敵の軍需会社で信念をもって働いているあからさまなドゴール主義者でも演じさせられただろうが、私としては、まったくそうした確信といったものを持ち合わせてはいなかった。そのことが私に、世界に対する自分自身の関係にそなわっている基本的な部外者性の重要性を、いっそうよく認識させてくれたのである。それはおそらく、単なる国外追放という状況よりも深刻かもしれない。サボタージュする思いもなく、いささかも意欲が欠如しているわけではないのに、私は、規範によって求められた部品の数をきちんと正確に加工することなど一度もできなかったが（私は手先が器用だが、機械を使うときは別だった）、そうした連中は、数日たつと、ほんものの研削旋盤工とかフライス工とかほかのどんな職人にもなっていたのだった。

一度、キャンプの医務室にいたとき、そこで私はイリヤ・エレンブルグ〔一八九一―一九六七。ソ連の作家でユダヤ人〕の最初の作品『フリオ・フレニトの遍歴』を心うばわれるようにして読んだ（お払い箱にされた本の山《ストック》がキャンプのフランス語の蔵書を構成していて、その大部分はもともとナチスの焚書《ふんしょ》であったように思われた）。治癒したという理由で、作業にもどされることになったフランス人の農民の若者に、体温計の表示をぴったりにどう調整するのか、私は教えてやりたくなった。ウールの靴下を使って、細心の心配りで水銀のたまっている部分をこするんだよ。それでもその男は私に、「アンドル＝エ＝ロアール県のロッシュにいる妻や子供たちが極貧の生活になる」という理由で、自分の機械の前にもどるほうがいいと答えたのだった。それは二重にばかげた言い訳だった。なにしろ、社会保険の制度がそのときにはとても練り上げられていて、その男にしても、病人として同じ賃金を手にすることができただろうし、さらに一方で――私はそのあとで知ったのだが――彼には妻も子供もいなかったのだ。彼は連合国が上陸してくることを期待して待っていたが、しかしすでに、ドイツの職工という身分にあまりにも密着しすぎていた。彼はいつもの穿孔機《リーマー》〔穴の内面を精密に仕上げるための工具〕にうんざりしただけだった。

　まったく反対に、外在性の感覚――ほとんど治外法権の感覚（ことの外側にとどまり、何かの行き違いの結果たまたまそこにいるだけで、その行き違いにしても、ことを大げさにするのではなく微笑みを誘うもので）――を、私はあれほど執拗に抱き、夜になって、爆撃機の重たい爆音《うなり》にすぐさま続いて空襲警報が鳴って、あの貴重な眠りから引き抜かれ、即座に組み立てられたベッドの上の段から飛び降りて、仮宿舎《バラック》を離れなければならなくなっても、私はそうした外在性の感覚を保ち続けていた。仮宿舎のいくつかは、やがて炎上したのだった。空は、強烈なピンクの閃光を放ってわれわれのほうに向かってゆっくりと降下してくる、赤熱したいくつもの房状の物体によって煌々と照らし出され（それは標的を照らすためだろう）、それに重ねて高射砲の白い閃光が短く大きな音を立て、その一方で、マツの森は、炎に包まれ（「ここでタバコを吸っているものはみな放火犯です！」）、地平線のいくつもの広い場所を、煤だらけのオレンジ色の炎ですでに染めていた。

おそらく、われわれは都市にいなかったという事実がこうした光景の効果をさらに際立たせていた。キャンプにはリン系の棒状の弾薬をまき散らされた。それは、地面すれすれではじけ、まるで失敗した花火のようになった。大きな爆弾のひゅうひゅういう音がすると、われわれはうつぶせのまま短く刈った草地に身を投げ、最後にくる爆発の鈍い大音響を待ちかまえ、それがものすごく近くに落ちたと想像するのだが、それくらい大地が震えている印象をもたらすのだ。危険であるにもかかわらず、そのときにもあらためて、まるで間違いでそこにいるという事実が、自分を守る際にも決定的な役割を演じたかのようだった。あそこを飛んでいるいくつもの飛行機と戦争しているのは、私ではない。彼らの爆弾がねらっているのはこの私ではない。たとえこれで命を落とすことになったとしても、それでもやはり私は被害者名簿には余分なものとして「余計な死者、一名」と記載され続けるだろう。ちょうど私が、不注意から生産統計に記載されてしまった幽霊の冶金工だったように。

おそらく、夜が明けてようやく、傷つけられた都市にもどったとき、私はいっそう何かが失われたように感じたのだった。何世紀も愛されて保たれてきた粋なバロック様式の教会が醜い瓦礫となったのを目の当たりにして、あるいは中世から続く、ペグニッツ川の澄んだ水に沿った花咲くバルコニーのある木造の大きないくつもの家屋が焦げた残骸となったのを目の当たりにして、私の一部分が永久に打ち捨てられたように感じたのだが、あるいはそれは少なくとも、苦痛に充ちた共感――どうしようもできなくて、だから実際的な内容もなく、何の役にも立たないけれど――だったかもしれない。毎晩、古いヨーロッパが少しずつそうやって姿を消してゆき、粉々になり、あるいは灰燼《かいじん》に帰してゆく……。しかし廃墟へのノスタルジー――最近のものでさえ――もまた、われわれの習慣の外への旅が持つ伝統的な要素の不可欠な一部ではないだろうか？

ペルニクのキャンプ／ハンブルグでの飛行機事故の率直な話

そして、私がほんの数年たってから、ブルガリアの緑の丘にあったディヴォティノのキャンプでふたたび見出すのも、またしても自分はガラス窓のこちら側の安全な場所に一人いる旅行者《ヴィジター》でしかないという例の感覚である。トウモロコシ畑と満開の大きなヒマワリ畑のまんなかに、キャンプはあったが、そのとき、ダニエル・ブランジェ（ひと月ほど前に「民主主義的青年の」と呼ばれた見せかけの大きな会議のときにプラハで知り合っていたのだが）とクロード・オリエ（一九四三年の夏のあいだにニュルンベルクで出会っていた）といっしょで、三人とも「復興のための国際義勇軍」の志願者《ボランテイア》だったが、今回、私は、ペルニクとヴォルイエク間の将来の鉄道の路線の上で、鶴嘴《つるはし》と土方用のスコップをふるったのだ。帰るとすぐ、一九五〇年ごろ刊行されたエンジニア向けの定期刊行物の要約欄に寄せた原稿で、私が叙述したのは——それは一九七八年に「オブリック」誌〔フランスの文学系雑誌。一六・一七号はロブ＝グリエ特集〕にふたたび掲載されもしたが——あの工事現場でなされた作業のまったくといっていいほどのばからしさであり、若きブルガリア人の「義勇軍参加者たち」の募集方法に漂うひどい隠し事であり、マルクス＝レーニン主義的なプロパガンダのくどくどとたわごとを繰り返す演説（もちろん、平和ときて、人民の友愛とくる）だったが、その演説たるや、言葉の区切りごとにいっせいにわき起こる声で際立ち、「スターリン〔レーニン後、実権を握るソ連の政治家〕！　トレーズ〔当時のフランス共産党書記長〕！　チトー〔独自の社会主義路線を敷くユーゴスラビアの政治家〕！　ディミトロフ〔当時のブルガリアの首相、コミンテルン書記長〕！」と英雄たちの名を連呼し、高笑いにまで至るのだった。そしてフランス代表団の内部で、本物の共主主義の活動家たちとそうでない連中との溝がますます深く穿たれたのだった。右翼の方だろうが、左翼の方だろうが、私に対するアンガージュマンの試みはまったく効かないのだった。

その同じ「オブリック」誌に、フランソワ・ジョストが、別の伝記的なエピソードに関係するいくつかの証拠物件——写真や新聞雑誌の切り抜きや書物からの引用など——を集めているが、そのまさに自分の体験している出来事——ひどく劇的な出来事——に対し、私はふたたび著しい（異例の？）距離をとる。飛行機事故である。エール・フランスが採用した最初のボーイング七〇七機に、妻といっしょに乗っていた。その七〇七機が、地上でクラッシュしたのだ。パリ発東京行きで、ハンブルクに寄港した直後のまさに離陸時だった。北極経由の飛行のはじまったばかりのころで、一九六一年の夏のことだった。

次の便で旅をつづける意志のある無事だった乗客は、アトランティック・ホテルに泊められていたが、そこにAFP通信の記者が電話で質問してきて、私は、最後部のちょうど円窓に面した座席に座ってまさに目撃したばかりの出来事を、できるかぎり正確に詳述した。飛行機は、滑走路の方向に沿っては離陸せず、左手の草だらけの滑走路の縁《へり》がどんどん速度をあげて接近してくるのに、まだ滑走していて、とつぜんそちら側に機体が傾き、ジェットエンジンの一つが地面にぶつかり、発火し、機体は反対方向に急転しながら、着陸装置を引き出し、そうして二つ目のジェットエンジンも地面に衝突し、しかしそれでも機は腹を地面にこすりつけながら滑走をつづけ、地面はもはやぜんぜん平らではなく、等々。

胴体は水平に三つに切断され、残り部分はZの形になって停止した。ケロシン〔揮発温度の低い灯油〕のつまったタンクから、炎が少なくとも二〇メートルの高さにまで上がっている。ふたりとも機体の後部にいたが、気がついてみれば、カトリーヌと私はかすり傷ひとつ負わずに、半ば地面に埋もれた客室《キャビン》の端にいた。愚かにも私は、座席のあいだに——貴重なものは何も入っていないのに——妻のハンドバッグをぐずぐずと探していて、その一方で、スチュワーデスたちは外に向かって「急いで、爆発するから！」と叫んでいた。それでも日本人たちは靴下姿のまま、さまざまな破片や残骸の散らばるべとつく地面へ慌てて殺到し、それでいて何度も燃えさかる炎のほうを振り返り、写真をとりまくっている。それは議論の余地なく、ヨーロッパ旅行の絶頂《クライマックス》となるだろう。

少しして、かろうじて救急隊員たちが重傷者を運び出し終わっても（死者がいなかったのは、飛行機がほぼがらがらだったからで、どの座席も幸いに空席のまま、異なる破損状況で）、消防士たちはまだいくつもの火元を消したとは確信しておらず（結局、爆発は起こらなかった）、絶えず黒い煙がもうもうと渦を巻きながらわき起こり、その下にはドライアイスがたっぷりとまき散らされていた。一台のエール・フランスの小型トラックが来て、機体に寄ると、白い作業服を着た清掃人が降りてきた。じつに本職《プロ》らしく、伸縮自在ばしごを広げ、それをばらばらになった機内に掛け、用具を持ってはしごの段を登り、ボーイング社のかの有名な怪物《ヒッポカンポス》を掃除具で跡形もなく壊しはじめた。残骸《かけら》になったボーイングは、知識豊富な目利きにも、ほとんど見分けがつかないほどだ。とはいえ七〇七機はどれも互いに似ていて、あらためて飛行機に乗って滑走路を離陸しようとする旅客たちは大きく目を見張って機体の残骸のほうを心配そうに見ていたが、そのだれにとっても、飛行機の所有者のことなど知る必要もない。

清掃人、消防士の連中、何台もの救急車……。さらに車がもう一台到着し、飛行場の縁にある車の通れない荒れ地をかき分けるように進む最初に来た何台もの救急車の列に加わる。それは、生存者にとってはいわゆる慰めとなる車だった。グレー・ブルーのライトバンで、内側は全体に棚で覆われていて、その棚にはびっちりだるま型の容器《ボトル》が並んでいた……。救護隊のバーテンダー役の男は、ひどく衝撃を受けて身震いしているので、コニャックの半分ほどを注ぎそこねる……。さらに映像《イメージ》を一つ。執拗に現れる映像だ。大きく開かれた扉を越え出てから、私たちが身を潜めていた穴から出るには、混乱をきわめる坂を登らなければならないのだが、その穴にカトリーヌのハイヒールがはまり込んだままぬけない……。

事故のジャーナリスティックな続き——フランス通信社、「エクスプレス」誌、ウンベルト・エーコ／カトリーヌの増大する恐怖

電話をかけてきた記者は受話器の向こうで、私にはとりわけセンセーショナルなことに対する才能が欠けている、とおそらく思っていることだろう。当然ながら、こちらの報告はかなり客観的で、どちらかというと平板に聞こえるだろうが、一方で記者の役割は、できるかぎり事故を膨らませることにある。だから記者は、フランス通信社《エー・エフ・ピー》の配信しているすべての日刊紙が翌朝つたえる発表用に、こちらの口にまったく異なる話をためらわずに押し込んでくる。大げさな隠喩と紋切り型の動揺だらけの話だった。私はそれを二日遅れて、日本で読む。そしてむしろ吹きだしてしまう。しかし一週間後に、この事件が「エクスプレス」誌〔一九五三年に創刊された週刊誌〕の一ページにまる

まる載って、いわゆる文学的スキャンダルとなった。記事のふざけた口調にもかかわらず、じつによく感じられるのは、記事の署名者が、そのような機会に遭遇して私が正体を現したと本気で思っていることで、勝手にあたえられた語り口なのに（それが本心からのものだとその署名者は思うふりをし、長年にわたりその当人はとてつもない部数の雑誌の記者をしていて、だから良心のかけらもないこの職業のしきたりを知っているのに）、私の小説家としてのエクリチュールは技巧で虚偽《ウソ》でしかないと立証しようとしたのだ。なにしろ恐怖に脅かされれば、この私だってとつぜんみんなと同じように語りだすのであり、「ただ単に事故の話」をするのだ！

ただ単に語るとは、だからこんなふうにである。「地獄の喧噪のなか、飛行機は滑走路を離れ、まるで鋤《すき》のように大きな溝を掘って畑を耕しはじめた」等々。「エクスプレス」誌の記者のうち、いったいだれが日常生活でこんなふうに自分の感情を表現するのか、私には分からない。たとえ大惨事の飛行機から降りたとしても。しかし最も愉快なことが生じたのは、数カ月して、現代文学についてのとても面白い試論『開かれた作品』が書店に並んだときだった。そのなかでウンベルト・エーコは、そもそもじつに適切な論拠をあげ（エーコの言うには、作家のことばとは、彼が日常のコミュニケーションに用いることばと同じではない）、嫌みな誹謗文書の書き手に対して私をとりわけ支持してくれたのだが、しかしそうやって決定的に、ＡＦＰ通信の常軌を逸した原稿《テクスト》を丸ごと作者のものだと認めてしまっているのだ。同じく、その原因になったであろう私のうちなる深い動揺も認めてしまっている。

ここでこの出来事の相次ぐ段階を私が長々と蒸し返すのは、だから最悪なゾラの後裔が大衆から見てもその公式の代弁者によっても、最も自然な話し方や書き方を体現していると見なされていて、そのことを何よりもう一度指摘するためである。だがそれは同時に、この失敗した離陸の際の、こちらのじっさいの反応について自問するためでもある。一方で、私は間違いなく警戒していたので、席の窓ガラスのうちから事故の異なった局面を一秒ごとに見守っていた。もう一方で私が主張したいのは、それらはすべてとてもすばやく進行したので、恐怖に思う暇もなかったということだ。ところがカトリーヌは、二、三列ほど前に離れて座っていて、丸窓のすぐ近くにおらず、外の眺めよりも書物を選んでいたのに、反対に、あの一連の衝撃は果てしなく続いたと断言していて、この拡張された瞬間のあいだに感じた恐怖に、そのあと何年も長いこと苛《さいな》まれた。

事実、強制的に投与された薬物がおそらく効いているうちに、翌日ただちに東京へむけて飛行機でふたたび出発することを承諾して（そのときは、シベリア横断鉄道で東京に行く時間の余裕がなく、というのも、もどってヴェネツィア国際映画祭に参加しなければならず、そこで『去年マリエンバートで』の運命が決まるだろうし、それが最後のチャンスだったからだが）、それから妻は私とともに、香港（あいにく、シナ海上空に台風があって大揺れで）、バンコク、デリー、テヘラン（そこに妻の父方の家族がみな暮らしている）と、いくつもの小刻みな旅程を経由してローマまでもどるのだが、旅程が新たになる度に、飛行機はパリの地下鉄の最も揺れの少ないものより揺れない――まるでゼノンの矢さながらな――のに、どんどん恐怖が増し、浸透による伝染のせいか、私にまで妻の不安が伝わるまでになり、彼女は十年ものあいだ飛行機に乗るのを断念しなければならなかった。おかげで私たちは、旧大陸も新大陸も、あらゆる緯度のもとに鉄道で行くことができ、同様に、今日では廃止された豪華な大西洋横断定期船で北方の海にも南方の海にも航跡を刻むことができた。

「クイーン・エリザベス二世号」に対する偽の身代金要求／無駄に終わった捜索／ジャーナリストたちの失望

巨大だがすでに機械装備を一新した「クイーン・エリザベス二世号」に乗って、前回、われわれがニューヨーク―シェルブール間の航海をしたとき、思わぬ出来事が起こり、あらためて熟考を促す同じ要素がもたらされた。すなわち、危険、じかの見せ物、過度の悲壮感もない報告を前にしたジャーナリストたちの顕著な失望、大衆の情動を狙い撃ちした誇張された物語の持つ隠喩的な歪み、にほかならない。私たち、つまりカトリーヌと私の姉のアンヌ＝リーズとこの私は航海の三日目で、海上にいた。ほとんどアメリカからもフランスの海岸からも等距離にいた。私たちは、シャン＝ゼリゼにこそふさわしいような広い客席を持つ映画館から出るところで、定期航空機がフライトの真っ最中に深刻な困難に遭遇するフィクション映画（私たちが三人とも理解できない英語版）を見てきたところだった。どのレベルの映画だったか、もう思い出せない。午後の真っ盛りで、私たちは十一とか十二ほども階に止まる大きなエレベーターに乗って、上にあるデッキまで行き、外気を吸おうとした。

船は完全に動かなくなっている。私たちには原因が分からない。しかしそれが異例のことだとはっきり承知している。エンジン付きの大きなボートはどれも、警戒態勢の状況にあった。それぞれの回転式のクレーンで、外の海原の上に持ち上げられていて、まるで緊急脱出訓練のためにボートを下ろす準備をしているようだった。何十人もの船員がボートのまわりで忙しく動き回っていた。彼らはみな救命胴衣を着用していて、つば広の防水された帽子をかぶっていて、暴風雨にさらされて遠洋漁業でもしているように見えた。空は灰色で、かなり低い。大洋は北大西洋の真っただ中にしてはかぎりなく穏やかである。デッキを歩く人たちも、どことなく不安そうで、さまざまな言語で自分の推測を述べ合っている。

いくつものうわさが広まり、やがて、船長の公式発表がわれわれに伝えられ、それによれば、爆弾がテロリストたちによって船内のどこだかわからないところに仕掛けられているかもしれない、連中は海運会社キュナード・ラインに対し法外な身代金を要求していて、拒否した場合、すべてが吹き飛ばされる恐れがある、ということだった。われわれは、遅れずに爆弾の起爆装置を外してもらうために、イギリスから来る爆発物処理と探知の専門家の到着を待っている。乗客は全員、すぐに船室に急いでもどった。しかしそれは、カメラや撮影機を手にそのあとすぐまたもどってくるためで、連中は即座にそれらを取りに駆けもどったのだった。彼らは——なんてついているのだろうと——軍の飛行機の到着や飛行機からの潜水夫たちの降下や爆発物処理のための資材一式の降下をフィルムに収めることができた。そしておそらく、もう少しついていれば、爆発じたいも、それにともなう船の遭難事故も、自分たちの死そのものも……。

作戦《オペレーション》のごく最初のうちは、乗客の期待通りに事が運ぶ。三つの飛行機が雲間から姿を見せ、一機また一機と大型客船のほうへ何度も繰り返して急降下する。おそらく、その正確な位置を探知しようとしているのだろう。やがて、飛行機は黒い飛行服を着た四人の男を投下し、同様に、多数のコンテナを投下したが、そのどちらにもオレンジ色のパラシュートが装備されていた。三艘のボートが乗組員とともに海に降ろされ、つづいてそれらを問題なく回収した。だいぶ離れていたため、遊歩甲板からは、うねる波浪のなかでの引き上げ作業の詳細をほとんど目では追うことはできなかったけれど。

およそ八時間にわたって、巨大な「クイーン・エリザベス」は——ずっとエンジンを止めたまま——上から下まで徹底的に、上部も下部も内部も、最も進歩した装置を使って調べつくされたのだろう。真夜中に、ついに船長から新たなアナウンスがあって、捜索したが何も出なかったとわれわれは教えられ、いずれにしても、船の中枢機関の付近にはなにも発見できず、それゆえわれわれは本来の航路をまたたどることができる、と知らされたのだった。ほんとうに爆弾が仕掛けられているとしたら、さして大きくない管でしかありえないだろうし、むしろ船室のほうに隠されるにちがいない（そこは捜索されなかった）。それゆえ、起こりえたかもしれない爆弾の爆発で、大型客船の正常な運航が邪魔されるおそれはなくなったのだ。この極端な正確さがイギリス人のユーモアに属しているのかどうか、知るのはむずかしい。いずれにせよ、残りの船の旅は、われわれをそうやって生命の危険から救ってくれた善意の連中《グッド・フェロウ》をたたえての、毒にも薬にもならないお祭り騒ぎのうちに過ぎることになるのではあるが。

　最初の寄港地のシェルブールに着くと、ヨーロッパとアメリカのすべてのテレビ局、同じくすべての日刊紙や週刊誌、すべてのラジオ局などが、われわれを迎えようとそこに来ていた。リポーターたちがわれわれに殺到したが、彼らは明らかに、われわれの話す惨事の模様にがっかりしていた。いいえ、パニックなどありませんでした、ええ、みんな写真を撮っていましたよ、いいえ、ほんとうに怖くなんかありませんでしたね、みんなは食べては、飲んで、冒険映画を見て、スロットマシンやビンゴ式ロトに興じつづけていましたね、ええ、結局、とても楽しかったです……。しかしながら、われわれをいたるところから撮影し、質問をぶつけてくるマス・メディアの大騒ぎぶりを目の当たりにすると、われわれは状況に対応しきれていない、とじつに感じた。われわれにインタビューする連中のなかには、ほとんど怒っている者も何人かいた。もう少しのところで、連中は、われわれが沈没しなかったことで、爆発物によってずたずたに傷つかなかったことで、「いっそうあなたのお近くに、神よ、いっそうあなたのお近くに」〔十九世紀の教会合唱曲〕と、声をそろえて歌いながら、こっちをとがめていたのかもしれない。

失われた草稿／一九五一年のイスタンブール／記念日／ロブ＝グリエ夫人の宝飾品

ハンブルクですでに私は、受話器の向こうで記者がだんだんいらだってきて、とうとうわべの同情をはみだしてしまい、事故に遭っても心を動かされているところをこちらはさほど見せない、とずばり非難されると、しまいには自分が悪いような気がした。ことのほか細部を覚えているのは、記者にとっては、この大惨事で私が「自筆原稿をまるごと消失している」ことがぜひとも望まれたということだった。少なくともそうであれば、黒こげになった死体や衝撃のあまり気がふれてしまった生存者が出なくても、納得できるスクープになりうる。『不滅の女』の唯一の草稿や『快楽の館』のための事前メモが丸ごと、十万リットルのケロシンとともに炎となって永久に失われてしまったと知ったら、奥深いフランスじゅうの館や家々で絶望にひたる一家の姿が想像される……。

作家はふつう、その種のかさばって重い貴重なものを携えて移動するのは避けるし、特に映画の企画についてはじめて話し合うために地球の反対側に行くときには、と私が理解させようとすると、相手の記者は八方ふさがりになり、激怒してこう言い放った。「要するに、ぜんぜん知ったことじゃないんですね、ご自分の荷物類がすべて燃えてしまったのを見ても！」

記者を鎮めるために、そのとき私は、まるでしゃぶるための細い骨でもやるように、気がつくとささやかな個人的な秘密を強制されたかのように漏らしていた。持ち物のなかに、カトリーヌには内緒で、美しい金のネックレスを入れていたのだ。イスタンブールに向かう途中のオリエント・エクスプレスのなかで二人が出会った記念日に、妻にあたえる予定だった。ちょうど十年前の八月四日で、つまり私たちがともに危うく命を落としかけたばかりの、この失敗に終わった離陸から一週間もたたない日だった。

すでにもう十年たっていた。今日からだと三十三年になる……。一九五一年の夏、『消しゴム』の四十ページ目あたりで手詰まりの状態のまま立ち往生していた私は、学生のために（とても安上がりの）トルコ旅行を提案していた「コンバ」紙の小さな案内を読んで、軽率な決定をしてブレストをあとにしていた。オリエントへの逃避というフローベール的な旧来からの幻想。そこでは、とつぜん時間が止まってしまい……。ワラス〔『消しゴム』の主要人物〕は愚かにもスフィンクスの謎かけを考えていて、運河の濁った水を見ながら跳ね橋のふたたび降りるのを待ち……何日も何世紀も待ちぼうけ……。小アジアの晴れやかな太陽が太古の遺跡を浸し、スィナン〔オスマン帝国の建築家。ミナレットと呼ばれる高い塔の様式を完成させた〕の作ったミナレットの影が不揃いな舗石の広場に落ち、そこではカフタン〔盛装用の腰巻を巻いたような中近東の長上着〕をまとった番人がぽつんと、青銅の輪《たが》のはまった円柱状の記念碑にもたれてあぐらをかいてもの思いにふけっている。澄み切って波も立たないマルマラ海〔トルコのアジア側とヨーロッパ側の間にある内海〕に沿って夢みるような浜辺があり、イチジクが木陰をつくっている。落日の長く延びた光線の射し込む金角湾〔イスタンブールの湾〕をカイーク〔両端の尖った細長い手漕ぎボート〕がさかのぼり、心地よい黄昏《たそがれ》なのにもうすでにペラ大通り〔イスタンブールの繁華街〕は踊り子の看板で煌々と照らされ、黒っぽい服装をまとった寡黙な人びとの流れがつづく。甘くノスタルジックなトルコ風のうるさい旋律が、ガラタサライの高等学校の白い大理石を張った大きな共同寝室にいるわれわれの眠りをあやしてくれる。朝の淡い光のなかを、粋な羽飾りのように黒煙をまとった無数の小さな湯気がボスポラス海峡に筋をつけ、旅行者たちはトルコ帽をかぶり口ひげをたっぷり生やしたまま身動きできなくなる。商品は絨毯のようなものでくるまれ、羊肉が売られ、お茶売りが配達し、ヨーグルト売りがもの悲しく売り声をあげる。焼かれた魚の臭いに桃《ピーチ》のアイスクリーム。カトリーヌはほとんどもっぱらそんなものを口にし育ったのだった……。

　当時、彼女はひどく幼く見えたので、だれもがまだ子供だと思い込んでいた。十三歳。「ああロミオ、ジュリエットの年齢だ！」そしてだれもが彼女を私自身の娘だと見なしていたのが、一方その彼女は、実の父親の足跡を探していたのだった。父は、まだほんの男の子だったとき、アルメニア人虐殺〔第一次大戦中にオスマン帝国領内で起きた〕を逃れていて、カドゥキョイ〔イスタンブールのアジア側の一地区〕とユスキュダル〔同じくアジア側の地区。ウスクダラとも表記〕の田舎の小路を軽い足どりで登ったのだ……。ネックレスはそうしたすべてを記念していたのに、ボーイング機のラゲージルームのなかに入ったまま消滅した。

　そのネックレスを丹念に選ぶのに、私は何週間もかけていて、それから出発したのだった。そしてご覧の通り、そのネックレスは私の夢の少女にプレゼントとして送られることは決してないだろう。それは、忘却と甘くてほろ苦い思い出とのあいだに永遠に埋もれたセンチメンタルなささいな宝物だった。しかし翌週の「エクスプレス」誌では、済まなかったと思い告白したのに、それがこんなふうになっていた。〈ヌーヴォー・ロマン〉の作家が旅行荷物をすべて失った際、彼が惜しんだのは灰燼に帰した自筆原稿ではなく、「妻の宝飾品」にすぎなかった！

見出された旅行鞄／放棄された映画／『ブリタニック号での恐怖』

結局、期待に反して、私たちの新品の旅行かばんは、これもまたこの旅行の折に買い求めたものだが、何時間もたってから私たちのもとに返されたのだった。新品の旅行かばんは、もっと壊れやすい運送荷物から漏れ出たさまざまなモノの山にはさまれて、ほんのわずかばかり毀損していた。それに反して、そのためにこそ私たちが日本に行った映画の共同製作のほうは、撮影台本の段階を決して超えなかった。というのも、ハリウッド・スタイルの日本の金を持った会社は、大金を投じて私を引き込んだのだが、しかしすでに数年前からこちらは作り上げつつあった語りの構造の異端性を、おそらくはまったくと言っていいほど予想していなかったのだ。この連中が私に訴えてきたのは、完全な行き違いが生じてからでしかなく、その行き違いじたい、わけのわからない理由で、とフランス側の製作者《プロデューサー》から語られたのだった。これがまるまる六カ月も続いた。
反対に、「クイーン・エリザベス」の派手な身代金要求事件については、膨大な予算をかけた映画が数カ月後にほんとうに撮影されたのだった。フランス語版では、それは『ブリタニック号での恐怖』というタイトルとなった。そのタイトルだけで、「……イタニック」という不吉で雄大な一致から、あの致命的な衝突をしたあとに傾いた世界最大の汽船がすでに垣間見える。船長はオマル・シャリーフ〔英語読みで、オマー・シャリフ。エジプト出身の俳優〕その人で、そのアングロ・サクソンの物腰は明らかにかなり異論の余地がありうるように思われる。そしてこの船長は、上流階級のブロンドの美人と恋愛がらみの情交を結ぶのだが、当然のことながら、この美人はおまけに既婚者である。大海原の真っただ中でのテロリストたちの脅威、ただちにイギリスから飛び立つ緊急救助用の飛行機、船会社の言い逃れ、乗船者たちが抑えている不安（写真を撮るなんて問題外だ）、張りつめた沈黙と視線、等々。

しかしながら、潜水夫たちとその機材のパラシュート降下は荒れ狂う嵐のなかで起こっていたが、このほうがはるかにずっと採算がとれるのだ。その結果、何人もの船員が、舷門《げんもん》はしご〔船腹のタラップ〕から波にもっていかれ、あるいは、エンジン付きの大きなボートに乗りながら、貴重な小箱でも持ち上げるように海水のまにまに激しく揺れ動き、そのボートは、三十ピエ〔一ピエは約三二・五センチ〕もある波のてっぺんで踊るように動くのだった。そして、今回こそ「本当」に大型客船の高度に複雑な深奥部に隠された爆弾が存在したのだ。そのうちのわずかでも爆発していたら、誉れ高い爆発物処理班の技量と勇気をもってしても、甚大な被害を招いていた。究極の大惨事は、上映され、規定の百分たつと、ようやくぎりぎりのところで回避されたのだった。オマル・シャリーフは試練に表情を険しくし、それでも口を閉じながら、今後はきれいなご婦人の乗船客を夫にゆだねようと決心するのだった。

われわれの遭遇した出来事のじっさいの細部のなかで、最も注目すべきものの一つは、それでも悲劇のすばらしい発端を提供していたのに、映画のシナリオライターによって完全に削除されていた。「クイーン・エリザベス号」はそのとき、ニッケルめっきした車椅子に乗った裕福なアメリカ人麻痺患者たちの大会をそっくり一つ運んでいたのだった……。しかしその映画はブニュエル〔一九〇〇―八三。既成のモラルとタブーに対し挑発的だった映画監督〕のものではなかった。

『弑逆者』の隠喩的エクリチュール／ボリス、ムルソー、ロカンタン／断絶と消滅

私にとって、憐れみをかきたてる表明《かきかた》や節度のない隠喩《メタファー》の問題の片が付いたのは――少なくとも一時的にだが――一九六〇年代である。たしかに、そのさらに十五年ほど前に文学をはじめたときには、事情はちがっていた。私が『弑逆者』を書いていた当時である。ほろりと笑みを浮

かべてしまうのだが、私はいくつもの点で、この最初の小説の試みの支配下にありさえした。これは長らく未発表のままだった。発表していたら、インタビューしてきたＡＦＰ通信の記者も「エクスプレス」誌のコラムニストもおそらく、どの一節についても丸ごと同意してくれていただろう。

この物語の構造を組織化している最も目につく内的な葛藤はまさしく、調書と表現とのあいだの文体的な対立にほかならない。つまり、「ニュートラルな」書き方と隠喩の仰々しい魅力を徹底的に用いることとの対立である。すでにそうした視点から見て、このテクストの中心人物——唯一の語り手の意識にして、きわめて個性をあたえられた意識であるボリスであり、半分ほどにわたり、一人称で自分を表現しさえする——が登記されるのは、その前の十年に位置するカミュのムルソーやサルトルのロカンタンで有名になった系統にほかならない。

じっさい、『異邦人』の主人公は世界の形容詞性と必死に闘ってはいないだろうか？ そしてこの闘い（おそらくあらかじめ負けている）こそが、まさにこの本の歴史的な重要性にほかならないのではないか。いずれにしても、その最初のページから、人間化する隠喩がはっきり感じられ、この隠喩が、それでも警戒を怠らない白い〔ロラン・バルトが『零度のエクリチュール』で『異邦人』に「白いエクリチュール」と指摘〕語りの声を脅かし、あの有名な「無気力な」方向性をも脅かす。サルトルは、早すぎる判断を下し、この著者はそうした方針を周到に用意していると言って非難した。たとえほんの一瞬だとしても、じつに鍛えられ現象学者らしい技術《テクニック》の積極的な無関心ぶりが弱まり、感覚的なよろこびに向かう度に、そうした隠喩が陰険にも勢力範囲を増してゆく。そしてもちろんこの隠喩がとうとう、罪を犯す長い場面で、意図的に洗練された、しかし見たところ自然な文体という最後の警戒ラインに侵入したのである。するとそうした文体の使用も、悲しげな美しい魂がつけていた仮面としての姿を見せ、この魂は――間違いなくはっきり見えない道徳的な理由から――フッサール的な純粋意識以外の何ものでもないふりをしていたのだ。

『嘔吐』の作中人物＝哲学者について、本人の言うところによれば、われわれを守ってくれていると同時に事物を隠してもくれている薄い膜、つまり有用性の（というか単に意味の）薄い膜が事物から引き剝がされたとたん、外部の世界をつくっている事物の攻撃的でべとべとした偶然性が、形而上的で内臓的な不安《マレーズ》の原因となり、本人を情熱的に眩惑する対象となり、同時に、それ以降すべての「出来事」（別の言い方をすれば、本人の世界とのかかわり）を日記につけるよう最初から教唆し、だから、物語を生みだすよう教唆しているのだ。二つの書く力は、ここで死闘を開始する。覚えているが、その二つの書く力は、一方では、問題の出来事を浮かび上がらせる――勇敢だが不快な――試みとなり、他方では、ロルボン侯爵の波乱に富む（と同時に、残念ながら欠落だらけの謎に満ちた）生涯について、バルザック的な方法にもとづき、完全で決定的な歴史《イストワール》を書こうという古くからのじつに思慮深い計画となる。こうした文書の作成は、健全で安心だが非常に不誠実で、その点でサルトル＝ロカンタンは『ウジェニー・グランデ』〔吝嗇な父を持つウジェニーを主人公とするバルザックの小説〕をも味方につけ、嘔吐を鎮める薬として、罪のない形容詞を信じることのできた幸せな時代を思い出しながら、その一ページをまるまる書き写している〔じっさいには読んでいるだけである〕。亀裂のない完璧な現実が信じられた時代であり、現実の表象に落とし穴がなかった時代である。しかしながら、この薬はじつに一時的にしか効かない。それは、バルザックのテクストのせいで、日記の本文《テクスト》をはみだす単なる歴史的過去〔日記は基本的に、複合過去や現在と一人称・二人称を主とする「ディスクール」と呼ばれる領域に属し、三人称と単純過去を主とする物語や歴史（「イストワール」と呼ばれる）の記述様式とは異なるのに、『嘔吐』では「ディスクール」の領域に「イストワール」が侵出し、日記が、もはや日記の文ではなく、歴史記述の文で書かれてしまうという重要な指摘〕にすぎなくなっている！

ボリスは、自分と世界——人間と事物——の断絶について漠然とした印象をこの二人の有名な代父（ロカンタンとムルソー）と共有していて、その断絶《さけめ》に妨げられて、自分を取りまくものや自分の身に起こることに本気で賛成することができず、自分自身の行為にさえ賛成できない。そこから、自分は無駄に、余分に、まるで偶然であるかのようにそこにいる気持になり、どんなにささいな懲罰——社会的なものを除いて——によっても自分は決して断罪されることはないし、あるいはその無罪も証明されることはない。単なるオイディプス・タイプの性的欲動以上に（というか、以下かもしれないが）、王を殺すというボリスの決心が、私にとってまず何よりも、こうした断絶を超え、不可避であると同時に透明なこの壁を突き抜け、呼吸までも脅かすジフテリアのようなこの障害物をついには排除してくれる究極の試みに思われたのだ。（思うに、それでも私はここで、いかにきちんとそうした欲望の表現に性的意味を付与している、と指摘されることになる。）

しかしもちろん、弑逆〔régicide〕とはまた登記そのものを葬ることでもある。石版への（社会の）律法の登記を葬り、私自身の墓への死の登記を葬ること。襲撃の直後に省略せずにすべての文字を使って現れるアナグラムによる倒置「ここにレッド眠る〔ci-gît Red〕」〔「ここにレッド眠る ci-gît Red」という墓碑銘じたいが「弑逆 régicide」のアナグラムによる倒置から得られるもので、それをボリスが連想する場面もテクストにはあるが、「襲撃の直後」ではなく、『弑逆者』では順序が逆で、この墓碑銘が登場したあとに、そのアナグラムである「弑逆」が示され、徐々に国王の襲撃（弑逆）をボリスに促すようになる。そして弑逆が計画されるが、あとから見ると、それはボリスの反復的な夢想であるらしい〕は、こうした視点からすると、大きな犯罪的違反の自動消滅を、それゆえ解放の計画そのものの（あらかじめ刻まれた）挫折を表象しているのだろう。そういうわけで、私はサルトルとカミュの暴かれた失敗を、このように最後に非難できないのだ。あるいはこの最後の非難は、自覚的なやり方で私個人の墓に対して付け加えられるのかもしれない。

『異邦人』／フッサール的意識／ミチジャの太陽／ゲーテの地中海／ユマニスムの危険な排除

そしてこれを利用して、私はもう一度、あの『異邦人』にふれてみたい。ほとんど間違いないと相変わらず思っているが、『異邦人』は私にとって文学のはじまりをじつに強く画したのだ。このように一つの世代全体に対して、それをはるかに超えて、カミュの処女作の重要性を認めることは、時勢に通じている知識階級にとって、趣味がいいとは言えないだろう。巨大な装置となった討論会や大学での学位論文が、世界じゅうでこの四十年来、カミュに敬意を表し、加えて、公にも大きすぎる成功を即座にかつ永続的におさめ、その上、すべての高等学校《リセ》の教科書に最終的に再利用され、ほぼ今日では呪われていると言えるほどの典拠となっている。

それでも、作家になることを方向づけた出会いの筆頭にカミュの名を上げる作家は——私の年齢でももっと若くても——私だけにとどまらない。そして私が一九五〇年代の半ばごろ、カミュとも『嘔吐』とも軽々と剣を交えたのは、両者に対しこちらの借りを知らせると同時に、両者と一線を画すことで、自分自身の仕事の方向を決めるためでもあった。しかしながら、私がふたたび読む度に(といっても、特に『異邦人』のほうであり、というのも『嘔吐』のテクストはいつでもはるかに締まりのない構成に思われたからで)、まだふれていなかったその力が新たに作用してくるのである。

そうしてこの物語の冒頭で、例の類まれな無気力な方向性に、うわべだけの注意しかまだ払っていないうちに、その放心したような文学の取るに足らない語り口に、サルトルがそうしたように照準を向けるなら、われわれはもっぱら外部に向けられた意識に入り込んでしまったようなショッキングな感じを覚えるだろう。それは、この上なく奇異で居心地の悪い感覚である。というのも、まさにこの感覚には内側がないからだろう。「内部」がなく、自らの存在を絶えず——とはいえ初めから終わりまで持続してではないが——自分の外に常に投影しつづけない限り(まさにそうした運動をしつづけない限り)はっきりとは示せないのである。

またしてもサルトルだが、彼は——同じころ書かれた短い試論のなかで〔「フッサールの現象学の根本的理念」（一九三七年一月、『シチュアシオンI』所収）でサルトルはこう指摘している。「もしも万が一、あなたが意識の《なかに》入ったならば、渦にとらえられ、外へと、木のそばに、土ぼこりのなかに投げ出されるだろう。というのも、意識には《内部》がないからであり、意識は意識じたいの外部以外の何ものでもないからだ。そしてこの絶対的な逃走こそが、実体であることのこの拒否こそが、意識を意識として構成するのだ」〕——フッサールの考えを解説するのに、例をあげて説明している。もしわれわれがうっかりそのような意識に入り込んだら、陽のさんさんと照りつける道のど真ん中へと、目をくらますような光を浴び、この上なく乾いた土ぼこりのなかへと、たちまち激しい音とともに叩きだされるだろう……。（私はこれをそらで引用できる。そのことじたい、この現在の企ての故意に主観的な性格によってまさに証明されている。）はっきり示された事実さながら、そこには『異邦人』の冒頭近くにあるアルジェの背景が認められないだろうか？マレンゴの養老院に向かうバスによる道中、墓地まで徒歩でゆく長い道のり、夏の焼けつくようなミチジャ平野の息もできないほどの暑さ。乾ききった土ぼこりと目をくらますような光とは、間違いなく、ムルソーの身体的＝形而上学的な世界にほかならない。

驚くべきまぐれ当たり（それとも才能のひらめき）によって、だからカミュは生まれ故郷のこの風景を、つまり彼にとっては何よりもなじみのある場所を、異質さの隠喩そのものに変容させることになる。というか、より正確に言えば、その相関的に「自然な」支えにする。そしてこの本の力が生じるのは、何よりもまず、自己を欠く語り手の言葉を通して見た世界の啞然とするほどの現前からである。それは、いささかのためらいもなく、「まるでそこにいるかのように」全面的に信じられる感覚世界にほかならない。というか、ふたたびもっと正確に言えば、その教えを忘れかねないほどである。教えとは、空っぽの意識のまなざしで見ると、事物のただ単なる出現でさえ、むき出しのままの荒々しさでわれわれを襲うので、その出現が完全な表象を形成しているとはほとんど気づかれないのであって、それこそ、フッサールの言うところの現象学的経験の、ほとんど啓蒙的な表象にほかならない。

アルベール・カミュと太陽……。アルベール・カミュと地中海の浜辺……。ゲーテ的な魂のオレンジが花咲く国は遠くないのではないか、と人びとは考えた。そのオレンジには、カント的ヒューマニズムと穏やかな幸福が染み込んでいる。それはまさに澄み切った同じ空、快く人を迎える同じ海であり、同じ光であり、同じ暑さであって、そこでは黄金の果実がゆっくりと熟してゆく……。いや、ちがう！　すべてはとつぜん変わってしまったのだ。まるでそうした前兆のどれもが反転してしまったかのようでさえある。われわれは対蹠地にいる。たしかにアルジェリアはトスカーナではないし、カンパーニア〔イタリア南部〕でさえない。だがとりわけゲーテは、北の霧から生まれたのであり、自分の見たイタリアを理性の花開く理想の風土に仕立てていた。地中海の文明は、その乾いた土壌と激しい明るさにもかかわらず、ゲーテにとっては、母の胎内であり、法に庇護された暖かくて湿ったくぼみであり、節度と美しい調和と永遠の知恵との自然の揺籃の地だった……。そしてそれらすべてが（光も乾燥も太陽も暑さも）『異邦人』では耐えがたくなり、過度になり、非人間的になり、脅威のつまったものになってしまったのだ。

やがてじっさい、事物は損なわれ、その一方でムルソーは空っぽの意識とは正反対であることが分かってくる。そしてそれこそまさに、冒頭から、警戒を逃れたいくつかの人間中心的な隠喩が明かしていたことなのだ。ムルソーの意識もまたまさしく内部を持っている。その内部は、カント風に超験的《トランスサンダン》で充溢している。その意識はそれ自身として、先験的に純粋理性を秘めている。この先験的な純粋理性がずっと以前から意識を充たしている。というのもそれは、あらゆる実際の経験よりも先立っているからだ。この意識にとって必要なのは、外部の世界で自らを養い、くる日もくる日も外部の世界をむさぼり食らい、これを消化し、ついにはその意識じたいが外部の世界となることであって、自己の外にはもはや何も残らなくなる。

一種の精神的な厳格主義《ピューリタニズム》によって、ムルソーは、既成の感情や型どおりの言葉や体系化された規範をそのように社会的に再生産することを、今度は、差し控えると主張する。しかしムルソーはそのとき、自らの良心の裁きに反して、消化による適応とは逆の動きをしなければならない。つまり、反対に、自分自身の外へ自己を追い立てることによって、自らの魂を絶え間なく空っぽにしなければならない。まるで、浸水しかかったボートの船底の水をきりなくいつまでもくみ出し、同時に、船を軽くするために、船倉に貯蔵してあったあわれな富を船から投げ捨てるようなものだ。

ところが、ムルソーは、そのようにこのくみ出し作業（こうした投棄）をすることで、毎日少しずつ、外部の余剰分を助長し、その一方で並行して、少しずつ、自らの不幸な意識の内側に大きな空っぽの空間を作り上げていることに用心せずに、これを行なっているのだ。この空っぽの空間は、どんどん嵩《かさ》んでゆくエネルギー消耗と引き換えに維持され、そしてその内壁はあちこちで乾いた音をたててきしんでいる。したがって、この種の空虚が構成しているのは、本当のフッサール的意識とはどういうものなのかのパロディでしかない、といまになってわれわれは理解するのである。フッサール的意識は、いかなる種類の内部も持たないだろうし、一度たりともそれを持ったことはなかっただろう。フッサール的意識は――自己の外部への投影という自らの運動そのものにおいて――世界を構成する諸々の現象の単一の起源であるように思われるが、他方、ムルソーは、この世界に対し悲劇的な死闘を企てるのである。

やがて間もなく、避けがたい惨劇の予感がするようになる。この見せかけの異邦人は何かしら絶望的な姑息な手段に追いやられるだろう。叫び声、侵害、不条理な犯罪行為。というか、それらはひとりでに、制御《コントロール》できずに起こるだろう（ああ、話にならない！）。というのも、痙攣した手に犯罪を犯させるのが太陽であり、乾いた土ぼこりであり、目をくらますような光だからだ。人気のない過熱した浜辺での、真っ昼間に発射された四発の短い銃声は、まるで内側での破裂のように予想されていた。充溢しすぎた外部の世界とこの空っぽの意識の危険な不均衡――意識は望んだのとは異なり、内部性を欠いてはおらず、反対に内側から空洞に浸食され、その空洞で意識は空虚をつくっていて――はどうしても破裂に至るしかなかった。あっという間に、力つきた魂は吐き出された世界の総体を、その形容詞とともに、その感情とともに、その情熱とともに、その狂気とともに、ふたたび吸収するだろう。そして瞬く間に、魂は粉々になるだろう。

内部破裂後の独房／もどってくるゲーテ／私のかつての部屋／新聞の切り抜き

　そして私は、自らがいままで生きてきた世界の裏面で内部破裂するとき、覚醒する。外部に自己を投影することでしか存在できない、と主張してきた私が、いまや、過酷な空間のトポロジックな逆転によって、囚人用独房に幽閉されるのだ。独房とはたぶん、閉ざされた立方体の白い何かであって、その周囲の四つの壁の内側にはなにもない。以降、その四方の壁が私の唯一の可能な外部を示すことになろう。家具もなければ、人もいない、砂もなければ、海もない、私以外には何もないのだ。

　この陽射しのない窪みは、母親の胎内の奇妙なカリカチュアであり、それは、間近に迫った私の死刑執行の一歩手前のようなものだ。というのも――自らそれをよく承知しているが――私が死刑を宣告されることになるのは、内部破裂のせいなのだ。垂直の壁の、じつに上のほうにあるとどかない小さな四角い開口部から、私が新たな激しさをもって、今日では受け入れた感動をともなって、その微妙に異なる趣を余さず見ようとするのは、夕暮れの空が帯びる移ろいゆく色にほかならない。そして、雲のない美しいこの紺碧が感知できないうちにピンクや薄紫やヒスイの緑に変わり、そのごくささやかなかけらを、私は「目で食べ」、今度はラテン的な幸福が分かるのだ。ひどく狭い私の窓の向こう側（永久に失われた側）にゲーテが待ち構えていて、新たに私と連絡を取ろうとする。

夜は真っ暗になるし、あるいは昼の数時間は明るさがあまりに固定するので、空が見つめられないとき、私は思い出すよう試みる。かつての自分の部屋にあったすべてのモノを細部まで、その正確な位置や実際の状態まで、復元するよう努める。必要とする時間をゆっくりかけ、夢中になってそのできるだけ細かな細部や形や色や素材を思い出し、同様に、説明のつかない危険な表面にできた小さな傷やでこぼこ、ペンキの剥片、木にできた擦り傷、金属にできたかすかなへこみ、不揃いな陶器を思い出す。そうすることで、それらのモノを本当の事物にするのだった。それはもう抽象的な型式《モデル》ではない。たとえば、化粧張りが数ミリはがれた家具の隅の正確な断面を追い求めながら、自分はおそらく作り上げている、と私はしばしば考えるのだが、しかしながら私にはじつに明証的に、明敏に自分の目の前にあるかのようにすべてが見えるので、どこに違いがあるのか、だんだん理解できなくなる。そして時には、最もリアルなものとは、まさに自分があらゆる断片から作り上げるものなのだ、と私は九分どおり思ってさえいる。

休息するために、そこで私はさらにもう一度、見つけた新聞の切り抜きを読み返す。それは、ずっと前に新聞に載った三面記事の切り抜きである。おそらく、ニコライ・スタヴローギンという名の男が幼い女の子に対して犯した性的犯罪（しかし礼節から、記者は事態を明確には語ることができなかった）だろう。質の悪い紙がずっと折られて傷んでいたせいで読みにくくなった新聞の断片も、描写による部屋の復元も、いまではこの私の三番目の小説『覗くひと』のなかにきちんと収まっている。隅の擦り切れた家具の化粧張りについては、もし私の記憶が少なくとも正しければ、前にこの本ですでに話題にしたことがあったように思う。

コラント、ロルボン、スタヴローギン／ベルリンのコラント／プラハでの爆発／コラントとナチの首脳たち／一九三七年の万国博覧会

しかし私も、そうした問題をしじゅう考えている監獄のような小部屋で、ときどきそうではないかと思うのだが、怪しげな政治的な出来事がいくつか類似した面をもっているので、何かの折に、アンリ・ド・コラントとロルボン侯爵を混同したにちがいなかった。何ページか前に、『嘔吐』に言及した際にさりげなくふれたばかりのロルボン侯爵である。こうした混同《アマルガム》が間違いなく生じたのは、とりわけアンリ伯爵——いつも父はそのように彼を呼んでいた——が一九三〇年代の終わりごろ、ロシアやドイツに謎の旅をしたせいで、あるいはそれは、一九四〇年代のごくはじめであり、だからロルボンの旅から数えておよそ一五〇年あとになる。

ちょうどドストエフスキーの小説『悪霊』の最初から最後まで出つくすスタヴローギンのように、コラントは熱狂的で容赦のないこの時期、ほとんど常に旅に出ている。彼の行動は定かではなく、国境の外で繰り広げられ、切れ切れにしか知られておらず、収集するのが難しく、たいていは第三者の伝える単なる話（それらはときに一致し、またときに矛盾し、ほとんどの場合、相互に認識できるつながりがなにもなく）、そのうちの多くが、コラント自身と直接の接触《コンタクト》がないものだった。ほとんど信頼できないというか率直に言って疑わしいこうした証言者のうち、少なくとも一人だけ、つまりアレクサンドル・ザラだけは、ほかの国境をまたぐ扇動者とのあるかもしれないその関係について、明らかに嘘をつくほうがさらに自分の身のためになるのだった。じっさいわれわれがいま知っているのは、ザラ自身がナチスのスパイで、何年も前からロンドンで活動していて、戦争終了まぎわ、イギリスの防諜機関の手によって捕らえられていて、そのあとこの男は絶えず自分の足跡をごちゃごちゃにして分からなくしようと試み、特に何らかの信用に恵まれている罪のない人を見ると、ためらうことなく自分の巻き添えにした。

一九三八年九月に、コラントはベルリンにいる――これは議論の余地のないと思われる事実で――、そしてそこで、彼はナチス高官にとても近い二人の重要人物に会っていて、そのうちの一人とは何度も会っている。しかし当時のドイツの新聞各紙は、コラントをすでに重病人として示していて、彼は一日の大半を休んでいなければならなかっただろう。サーベルでの決闘をしたとかいう噂が駆けめぐっていて、新聞もこれを繰り返したようで、その最中に喉元に深手を負ったらしく、外科医も彼を窮地から救うことはできなかったようだ。この同じ月の二十四日に、時評の担当記者がヴィルヘルムシュトラッセに近いホテル・アストリアに彼を訪ねて、ヨーロッパの極右同盟についてインタヴューしている。記者によれば、目の前にいたのは、とても衰弱した男で、「首のまわりに白いガーゼの包帯を厚く巻いていて、頸柱矯正器と同時に思いがけない傷か何かを隠しているかもしれず、そうでなければ悪性の腫れ物を隠しているかもしれない」という。

それでも十月のはじめ（したがって、ズデーテン地方の領土に関するミュンヘンでの取り決め〔一九三八年のミュンヘン会談〕の直後）、コラントはプラハにいる。そこに彼は七日の晩に着く（鉄道でクラクフ〔ポーランド南部の町〕経由で来たらしい）。つまり、ドイツからの貨物列車の爆発のかろうじて数時間前である。この爆発で、この街の中心部にあるヴェンセスラス並木通りを上ったところにある有名なウィルソン駅〔アメリカ大統領ウィルソンにちなんでプラハ本駅（中央駅）はそう呼ばれた時期がある〕にも甚大な被害が及んだことだろう。列車は、当時もっぱら乗客の輸送に当てられていたこの駅のプラットホームにとまっていただろうから、すでに深刻な問題を提起していた。公式発表でも数多くの嘘っぽいことが指摘され、しかも発表じたい一貫性に欠け、チェコスロバキア政府によって次の日も次の日も流されたのだが、一方それから、この上なく奇妙な憶測が存分にあふれ出した。そして半世紀近くたった今日でもなお、列車で輸送されていた物資が何なのか、忌まわしい出来事の手段となった原因が何なのか、それは、ほとんどだれにとってもテロ行為だと思われるのだが、第二次世界大戦の予備段階に関心を寄せる歴史家のあいだに数多くの論争を提供しつづけている。

この現場にコラントは居合わせたが、それはいずれにしても、まさに偶然に帰するべきことではないように思われる。というのも、この大惨事が起こった当日に十中八九書かれたと思われる自筆の手紙で、しかも残念ながらその受取人が分かっていない（その手紙は、連合国が勝利してから、秘密警察の文書ケースのうちに見出された）が、アンリ伯爵はじつに正確に鉄道構内で引き起こされた損害の一覧表を作成しているからで、そしてそれは、主観を排した言葉で書かれていて、それが任務の報告書であるというきわめて明らかな印象をうかがわせるのだ。しかもそれでいて、その任務の正確な性質も分からないし、だれの利益のためにその任務が行われたのかも分からない。

アンリ・ド・コラントとコンラート・ヘンライン〔一八九八―一九四五。チェコスロヴァキアおよびナチス・ドイツの政治家〕（ズデーテン地方とボヘミア北部のナチス支持の政党の党首）のあいだに存在する関係――おそらく友好関係であり、いずれにしても誠実な関係――は、変わることなくいまも、パリでその二年足らず前に撮られた一枚の写真によって実証されるように思われる。それは、一九三七年のパリ万国博覧会のドイツ・パビリオンのオープニングの折のものだ。その写真には、この二人の男が完全に認められる。ドイツとフランスの名士の集まりに混じって、ともに笑いながら、グラスをかかげている。

私は十五歳だった。フランスがその日に味わったグロテスクな敗北感を、いまでも苦々しさとともに思い出す。博覧会の開会に予定された日に、準備が整っていたのは二つのパビリオンだけで、ヒットラーのドイツとソビエト連邦のパビリオンだった。しかも、その二つは奇妙にもよく似ていた。その二つの大規模な建築物は四角で、堂々としていて、巨大な彫像で飾られ、その仰々しい簡素さは今日では、われわれにとってファシズム様式をはっきり示している。セーヌ川右岸のイエナ橋のたもとに向き合うように、巨大な鉤十字を掲げ、その向かいに腕を伸ばして突き出された鎌とハンマー〔農民と労働者を象徴した旧ソ連の国旗〕を掲げていた。シャイヨー宮の丘からパリ士官学校にいたるそのほかは、建材と壁土の巨大な建設現場でしかなく――それは人民戦線《フロン・ポピュレール》の度重なるストライキから予想できた結果だが――そうしたなかを何人もの大臣が苦労して歩き、途方に暮れていた。ソビエト社会主義共和国連邦とドイツだけが、自分たちの労働者と技術者しか信用しないことを選んだのだった。その晩、私の家族でなされた論評《コメント》は想像できるだろう。

博覧会じゅうを母とさまよい歩く／取るに足らないものの共同体

それでも、その数週後の夏の初めだったが、私には酷暑の幸せな日々と長い有頂天のそぞろ歩きの記憶がいまも残っている。ついに完成した博覧会をめぐりながら、シャン・ド・マルス〔パリの旧士官学校前の広場〕や河岸だったはずの場所だと見分けがつかないほどの風景のなかで、われわれは木陰の涼しさを探していた。単に突飛な、あるいは魅力にあふれたありそうもない驚異の建築物と建築物のあいだにある、木陰になった小さな広場の扇状の噴水のそばで、私たちは何分も休み、異国《エキゾチックな》のフルーツのジュースを飲み、辛みの利いていたり甘酸っぱかったりする食物をかじってから、新たな発見へとまた出発した。いつも母を伴っていて、たまたま出くわす庭やパビリオンのそれじたい迷路のようなそぞろ歩きには、父よりはるかに母のほうが才能に恵まれていた。

　おそらく、私はほとんどものを知らなかったのだろう。できるかぎり新たなものを発見したいと広く夢見るように渇望していて、私はなにを見ても夢中になったのだった。母はいつも相手をしてくれて、注意深く、計画（しばしば実現しそうもないものだが）に充ちていて、そうした予定のない見物には申し分のない連れだった。それから私たちはしばらくのあいだ、あれこれと言及した。ポーランド館の外側は内側にあったとか、私がはじめて味わったチュニジアのメルゲーズ〔辛みのきいたソーセージ〕がおいしいので、口のなかにふくんだとたんそこに強烈なオリエントの香りをそれは残すほどだったとか、それから、未知の植物や日本のとびとびに置かれた敷石やテラスやガラスの仕切りのこと、あるいはさらに二色の堅い木でできたベネズエラの大きな一連のブラインドは、とても薄いので、半透明に見えるのだったとか。同じく私が覚えているのは、暮れても暑い夜で――まるでこれを機にパリの気候もまた変わってしまったようで――それから、マロニエの木々の葉叢《はむら》のあいだに見えた強烈な超自然的な緑の光で、それは、この架空の新世界に金属的な輝きをともなった光線を投じていた。

　事物――香りの利いた細長いソーセージや葉叢のなかに隠されていた電球――の重要性は、そのものに内在する意味にあるのでは明らかになく、それらの事物がわれわれの記憶に印をつけるその仕方にあるのだ。そして近い人間どうしの最も強い絆は特に、取るに足らない小さなことから——よく知られたことだが——できあがっている。そんなわけで私は、母とのあいだに、幼少期やそれ以降の時期を通じて、共通の好みの強力な網《ネットワーク》目を保っていると確信しているが、そうした好みは、おそらく母から来たものだが、同時に、日々同じように体験した些細《ささい》な感覚と小さな出来事の、はるかに蝕知できないけれども確固とした連続からも来たのである。

　例として挙げなければならないと思われるのは、庭や庭いじりに対する私と母の共通の嗜好であり、かまどを前にしての料理の創意に対する才能であり、自分たちの頭のなかで複雑で正確なプラン（パリのある地点から別の地点への行程といった単純なものから、一軒の家や一つの界隈《かいわい》の完全な改築といったことまで）を準備する私たちの性向であり、選り好みすることなくいかなる話題についても役に立たない会話をする道楽もそうであり、あるいはごく単純に、なにもせずに時間を無駄にするという目立った私たちの性向である。しかしながら、そうしたことはどれもまだ比較的大きな特徴であり、いわば包括的な選択となっているだろうが、一方で、私たちがともに恵まれた最も貴重な財産は、間違いなく、もっとはるかにささやかでこれっぽっちも一般的な性質を持ってない規模のもので、じつに断片的で、瞬間的で、はかないものなので、その最良のサンプルを熱心に調査しても、それはつまらない価値しかないように今日では思われるのだ。鳥の青みを帯びた抜けたにこ毛、チョコレートを包んでいる四角い銀紙、挿し木に吹き出した新芽、クッキーの屑を運ぶ赤アリ〔白アリに対してふつうの茶色のアリを指す〕……。私は行き当たりばったりに、どんなものでもその何でもない細部をほとんど挙げることができるだろう。というのも肝心なのは、それらのものに向ける注意にあって、とりわけ、ものの細部と細部のあいだで織り成されるはたらきのうちにあるからなのだ。

小さいものへの愛／建築物／分類／細心さ／早熟のサディズム

私たち、つまり母と私は「ささいなその辺にあるもの」（これは時代遅れの隠語というか家族内で使用された言葉だろう）が好きだと父はよく言っていたが、それで意味していたのは、私たちが広大な風景よりも、ぽつんと別に、目立たず、いくぶん余白にあるような要素に心を動かされるということだ。山の上から眺められた大きな湖より、水のたまった窪みの縁《へり》に苔むした石が三つ偶然に配置されているほうを、私たちは好む。父は時おり、父に言わせれば大きすぎる母の鼻と同様に彼女の近視を、愛情を込めてからかった。しかし私自身はまったく正常な視力をしていて、それでも、きわめて近くに寄って世界を見るという同じ傾向を発揮していたが、それはますます微妙になってくる違いを見分けるためであり、その違いが意味をなさないときにさえ、そうなのだ。

そしておそらく、母も私と同じく、とても縮小されたサイズのものに特別な魅力を感じていたのだろう。ごく幼いころ、私はきわめてもろい材料で非常に小さな遊具を自分のためにこしらえたことがある。私はよくこんな話を聞かされた。年の終わりになり、どんなオモチャが十二月二十五日に黒い大理石の暖炉の前にあったらうれしいのか、と両親に私は訊かれたのだった。私たちはそこに、前日の晩に興奮しながら自分の靴を置くことになっていて、私がとても本気でサンタクロースに持ってきてもらいたいと願っていたのは「マッチの燃えさし」だという。私たちの年末のプレゼントはつましかったが、しかし、たしかにそれほどまでではなかった！

私はそのとき、セットになったポプラ材の小幅の板と上質の細い棒と、ごく幼い子用の大工道具をもらった。だがそれは、大人の道具にそっくりだった。鋸《のこぎり》、金槌《かなづち》、荒目のヤスリ、ヤスリ、かね尺、等々とそれに見合う鋲《びょう》である。建物をつくる果てしない歓びでいっぱいになり、その歓びは長く何カ月も、さらに何年もつづいたが、私はすぐさま、二巻本のラルース百科事典の「住居」の項の図版に着想を得ながら、ミニチュアの家――古代ローマ風のもの、エトルリア風のもの、ビザンティン風のもの――をいくつも作りはじめたのだった。

また、私が丸々何日もかけて、厚紙でできたいくつもの小箱のなかに分類し、その小箱に、博物館の収納ケースのガラスのはまった扉のなかと同じくらい熱心にラベルを貼り、キルティングのベッドの上にきちんと並べておいたのは、ヨーロッパアカザエビやウニの口腔部分で、細心の注意をはらって解体し、きれいにしたものであり、同じく、価値のないさまざまなものの変化に富んだコレクションだった。それは、いろんな低木の刺《とげ》であり、多様な色合いのメタリックに輝く鞘翅《さやばね》を共通して持つ同じ種類の甲虫目《こうちゅうもく》〔テントウムシ、コガネムシなど堅い前翅が背面をおおい、その下の翅で飛ぶ昆虫類〕であり、その周囲に沿って皹《ひび》が入り二つになった化石の貨幣石《ヌンムリテス》〔古第三紀に栄えたレンズ状の大型有孔虫〕であり、おかげでかつて原生動物が入っていた螺旋《らせん》状の胞〔フデイシなどの化石で個体の入っていた部分〕を見ることができた。さらに、ピンクの花びらのように縁をかがられたもろい半透明の貝殻であり、それは、砂浜を歩きながら収集し、いったん乾かすと、優美な真珠色がかった肌色になり、そのために選び残したのだった。

そうなのだ、ついに到着した。同じように私は、数センチの丈の磁器でできた人形を二体持っていて、着せ替えをしていたのだ。よくお分かりの通り、その人形は赤ん坊ではなく、すでに幼い少女だった。私はおそらくひどく長いこと、その二人に貞節でありつづけた。というのも、彼女たち――もちろん、手足が付いている――のおかげで、意識してはじめてのエロティックな練習《エクササイズ》を私はすることができたからだ。事実、私の倒錯的嗜好はじつに早いので、よく考えてみると、いかなる異性を愛する意識さえよりも先行しているように思われる。私は進んで級友たち（公立小学校は男女共学ではなかった）の大量殺戮を夢想したが、私には醜くて感じも悪く思われた級友たちは、単にその姿を消されるためだけに一刻も早く処刑されるのだが、一方で、きれいで柔らかな顔を持つ優雅な肢体には、運動場のマロニエの木々の幹に縛り付けられ、長い責め苦を受ける権利があるのだった。

細心で、加虐的《サディック》で、おまけに締まり屋の私は、この場で優れたフロイト博士に照らして、ごく幼少期から、この三つの属性をかけもちしてきたことを認める。この三つの属性から、フロイトは自分のお気に入りのコンプレックスの一つをまさに作り上げている。そしてまさかの時の用心に、私はさらに、現在や未来のフロイトの後継者たちに知らせておくが、二歳を超えてまでもこの私は、すでに歩けるようになり、ほとんどすらすらと話せるようになっていながら、母の乳房を吸っていたのだった。私は、はっきりした言葉を使ってこの唯一の糧を要求することができたのだが、わが家でずっと伝説になっている言い回し《フレーズ》でいえば、「カップのミルクではない、ママの乳だよ」。

母と性的な事柄／またしてもロカンタン／『覗くひと』

母はこれっぽっちも努力しないで、同じような細心さや同じ根気を身につけていて、同時に、そのほとんどを遊びに変えてしまう能力をも有していた。ごく小さなものへの母の愛着については、両親や友人たちによく知られていたので、そのだれもが旅から小さなものを母に持ち帰ってくれた。そうして、ケランゴフの家のガラスケースにはいつも、種々雑多なものの陳列がなされていた。数ミリ単位まで測れるセヴェンヌ地方の調理道具から、日本で細工された米粒の人形までであった。

反対に、オープンに肉体的な次元の問題、あるいは単にエロティクな含みの強くある問題はどれも、私たちを根本的に切り離した。これは合意が成立しうる場ではない、と私はかなり早くから見抜いていた。そして、なにもかも話す私が、自分の残虐な想像力についても、自分の夜の快楽についても本能的に口をつぐんでいた。レスビアンの関係——心情的なものかそれ以上のものかは分からないが、私から見ていつも母はこの点で寛容だったことは明らかで——は別にして、あらゆる種類の性的な問題は、ほのめかされたりするとたちまち、ほほ笑みながら、ほかのものより汚いもののように（少なくとも自身の話のなかでは）大っぴらに口にしていて、おそらく、いわゆるノーマルな性交についても同様だっただろう。

それでも、母には厳格ぶったり上品ぶるところは微量もなかった、と私は確信している。人とのかかわりに対する欲望はだれの目にも明らかで、いかなる偽善的なカモフラージュをすることはなかった。しかも、母は当時としてはじつに忌憚なく何についても話題にし、たとえば、かつての女友だちの一人が肛門性交のプロパガンダに身をゆだねていた——と思われる——が、これについても笑いながら話した。あるいは若い娘には、「いっしょに寝るのはいいけど、結婚してはいけない男の子がいるのよ」といったたぐいの助言を与えていた。これは、母が身につけている威信を見せて口にした警句だが、はじめて会った人びとにも断定的で決定的な意見を浴びせた。

今日、私は思うのだが、ことが女性の快楽ということになると、母はいつも、男の快楽は粗暴で一面的で不作法であると言って非難しながら、ものすごく黙認の了解を覚えていたにちがいない。私が『嘔吐』に興味を示したせいで、母はこの本を読んでしまい、あとから有罪確定判決をロカンタンに対し言い渡した。なぜなら、彼が恋人に対しオーラルセックスへの心づかいを要求した（そのことを、私はテクストに当たって一度も確かめたことはないが）からだという。母はすべてのことに対し、その場にあることでも架空のことでも、直接的で情熱的なコンタクトを絶えず維持するので、小説の主人公でも――たとえそれが新しい形而上学の伝達者《メッセンジャー》でも――付き合いたい人間か、付き合いたくない人間か、そのどちらにまず思えたか、なのだ。母は結局、わたしにこうはっきり言った。お前のロカンタンは、二度と家《うち》に呼ぶには及ばない吐き気を催させるヤツさ！　本質的に、母は心が燃え立ってしまうのだった。私は微笑みながら「無茶だよ！」と答えた。しかし私はすぐさま、自分の文学の読み方を母と共有するのをやめた。

それでも、エロスというこのすっきりしない領域に関しての母に対する印象には、なにか個人的な罪悪感のようなものがあって、私の思考力を狂わせているのだろうか？　男性とその願望充足《ファンタスム》に対する母の態度は、いずれにしても、母があまねく愛情をもって鳥や猫といった動物どうしの交尾を保護してやっていただけに、たとえ特定の大きなオス猫が母の見ている目の前で、際立った残忍でエロティックな性向を示したとしても、そうしていただけに、いっそう驚くべきものに私には思われた。私のデビューのころのすべての原稿と同じように、『覗くひと』も母がいちばん最初の読者となった。これを読み終えると、母は私に「これは傑出した本だと思うけど、しかしできるなら、自分の息子にこれを書いてほしくなかった」と言ったのだが、同様に私はこの原稿のことをすでに伝えてしまっていた。

母のために書く／無感動と感情過多／自分のために書く／子供だった父

ほんの数年前、国際シンポジウムの折に、大衆に人気の映画監督――インド人だったかエジプト人だったか、もう思い出せない――が感動のあまり言葉も出ないホールの映画ファンに説明したところによれば、シーンを撮影する際の自分の仕事の指針となっている主な配慮は、自分の母は分かるだろうか？　自分がいま作りつつあるものを母は気に入ってくれるだろうか？　という単純な問に要約されるという。自分の母親が受け手であると同時に最高の審判者でもあるような物語を語って、どこが悪いのか？　ほかのものと比べて見劣りしない基準である。しかしながらおそらく、私は自分の母のために小説を書いたこともないし、母に気に入ってもらおうと思って映画を監督したこともない。それでは母に反してということか？　自分ではさほどそうしているとは思わないが、しかし断固として私がとる無感動な語り――目立つのだが――のうちに、母が自らの感情を表現する際に見せる激しすぎる主観に対しての、一種の反発《リアクション》が認められるだろう。

人はそのような視点を採用すると、それでも、この私がこうしたいわゆる脱色した方法によって、自分自身の性向に疑いの目を向けて、というか、自分自身に対しオープンに敵対して、小説を書き（やがて映画を撮り）はじめた、と言う人もまたいるだろう。というのも、本書ですでに語ったが、熱烈な文学や悲嘆の文学全体を疑わしく見るわれわれの審美眼を、私は広く母と共有していたからで、一方、父は『日陰者ジュード』の読書を激怒して途中でやめたが、それがあまりに熱っぽいので、不意に立ち上がることも、床にその本を投げつけることもできず、自分を守る正常な反応に地団駄を踏みながら終始するのを、やっとのことでやめさせたのだった。私はといえば、『四角い帆』の痛ましい終わりを読みながら、ただひたすら身体じゅうのありったけの涙を流したのだった。私の悲嘆を鎮めようとして、みんなは繰り返し、それは本当の話ではなく、こっちを意図してワナにはめようとして作者がすべて作り上げたものだ、と言ってくれても、私にとって充分な慰めとはほとんどならないようだった。

たとえそのように私が自分の性向の顕著な部分に反して仕事をするとしても、いずれにしても私が書いているのは、そして私が映画を監督しているのは、ひとえに自分のためであって、だから映画批評家がもったいぶった様子でその無数の支持者たちにむかって、ある記事でまたしても、ロブ＝グリエは残念ながらまだ第七芸術に特徴的な「大衆的」性質を理解していないと説明しているので、私は大笑いしてしまった（個人的なものとしてしか芸術は存在しない以上、したがってそのような第七芸術は芸術ではないだろう）。そして今度は本書についてだが、これはとりわけ読者に、あるいは批評家にさえ向けられているように見え、いつものように、この私がその唯一の標的になっているおそれもなしとはしない。たとえ莫大な発行部数を夢見るとしても、あるいは満員の映画館を夢見るとしても、人は常に自分のために創造するのだ。

だから、自覚的には分からないが、私は自分のあまりに尊大になった邪悪な幻覚（サド侯爵の幽霊が来て私の足をベッドから引っ張り出す）を制御するために、物語を作ったのかもしれない。だが同時にそれは、まったく逆に、優しい泣き虫のおくての少年のこの極端な感受性を克服するためでもあったかもしれない。その少年は、現実性をともなわなくても、またしばしば実際に存在しなくても、些細な胸が張り裂けるような悲しみに何日も心を痛めることができた。そうした心痛が反芻されると、喉《のど》を締めつけられ、まぶたがちくちくするまでになり、特に、とても若い娘たちや幼い子供たちがそこに登場するとなれば、なおさらだった。とつぜん、その一つが、少なくとも半世紀ぶりに姿を隠しきれず、ふたたび表面にせりあがってくる……。

父がほとんど五歳か六歳を超えていないころだ。ジュラの高地でのことである。男の子も女の子もいた仲間のグループで、ケーキを作ろうと計画し、各自、何かしら道具や材料を持ち寄ることになった。親愛なる父は小学生用のスモック姿で、他の仲間に合流するために、この大切な機会に母親がくれた貴重なバターの塊を注意深く持って、じつにうれしそうに出かけた。だが、集まってみると、この初心者のケーキ職人たちは、口論をはじめてしまう。結局、まったく何もつくらない。そして子供《ちち》は草原のなかをうねる同じ小道を、たったひとり陽射しを浴びながらよちよち歩いて帰る。やみくもに進んで石ころにつまずき、とつぜん、つらさというつらさに胸がふさがり、鼻をすすり、果てもない落胆に、無駄になったバターの塊を手にしたまま、いつまでも視線をさまよわせていた。包み直されていないバターは、少しずつ、父の手のなかで溶けてゆく。父はなぜ私たちにこの些細な災難の話をしたのだろう？　四十年もたってからなおも父がもとのままの姿で思い出すこの途方もなく大きな悲しみは、いったいどんな素材からできているのだろうか？

感情過多（つづき）——私の愛しい小さな娘／かぎ裂き／大人たちの誤解／砕け割られた細口の大瓶

当然のことながら、私が今日、無駄かもしれないが愛情と子供じみた心づかいをもって、いとも簡単に同情するのはカトリーヌに対してである。というのも、彼女は私の妻であると同時に私の子供であり、自分は全面的に彼女を背負っていると感じていて、その幸福に責任があるからだが、一方、カトリーヌは、私がなんらかかかわらなくても、たったひとりでなんとかしてしまい、自ら苦労をしても自分のせいにする。そして私たちの共同生活には、そんなわけで、悲しい小さなもめ事がちりばめられているように私には思われる。私はとつぜん、激しく、圧倒的で、慰めようもない悲嘆を前にしてしまい、まったく精神的にもろくなり、ぎこちなくなり、自分自身が空っぽのようになってしまい、その痕跡は自分の傷ついた記憶のなかに依然として残るだろうに、カトリーヌはおそらくそれをとうに忘れてしまうことだろう。

こんなことがあった。結婚した直後のことだった。私たちはマイヨー大通りのこの真新しいアパルトマンに、ポーランの慎み深い親切のおかげで居をかまえた。遠い「植民地に」いたころからよくそうしているように、午後のさなかになって私は昼寝をしたのだが、そのあいだに、私の子供のような妻はクリーニング屋に置いてきたカーテンを取りに行ったのだった。私が寝室から出ようとすると、くしゃくしゃの顔に、こらえきれなくなった涙をためた大きく開いた彼女の目に出くわした。心配して私が問いかけると、彼女はもうそれ以上我慢しきれなくなり、苦しそうに泣き崩れ（こちらは、ただそれを見ているばかりで、つらくなかったが）、立て続けにしゃくりあげて表情をくちゃくちゃにしながら、そのしゃくりあげの波と波のあいだに、かろうじて「あの人たち、うちのカーテンを引き裂いちゃったの」と、取り返しのつかないことをなんとかつぶやいたのだった。

よくある洗濯の際の事故だ、とだれもが言うだろうが、しかし、ほとんど真新しかったモスリン生地の醜くほころびたかぎ裂きをすでに見てしまうと、私は力のかぎりをつくして彼女の逆境を分かち合うのである。それに、なんといってもカトリーヌのことであり、私は彼女を愛している。そのことじたい、彼女にはなんの役にも立たないが、彼女は廃墟のただなかに遺棄された幼い娘のように見えるのだ……。もっともそのころ、彼女はもう幼い娘ではなく歴とした若い婦人だ、と信じるのも困難な時期ではあった。彼女は（宗教によらない、内輪の、落ち着く）結婚式の前に、ウェディングドレスを洗濯にもって行った。というのは、ドレスを仕立てた女性から引き渡されたとき、作業によって少しドレスの新しさが損なわれていたからだが、その同じ女性(まだ妻のことを知らなかった)は親切にも、自分の言っていることが理解してもらえないのではと心配する大人の勤勉さで、「お嬢ちゃん、いい、次のときにはね、まず裏地の縫い目をほどくように、お母さんに言うのよ」と彼女に説明したという。「分かりました」とカトリーヌは動揺せずに答えたのだった。

玄関の呼び鈴を鳴らしたセールスマンは、彼女の身長と表情にがっかりしながら、家にはだれもいないのかと彼女に尋ねたのだが、それを見たカトリーヌは、ごく単純に、自分でもほとんどそう思いながら、「ええ、だれもいません」と認めて、自分が安全な場所にいるともっと感じられるように、扉を閉めて、鍵をしっかり回したのだった。その二年後、ハンブルクのフランス学院で講演をすませた直後に、わが国の総領事は大人たちのあいだに紛れ込んだこのかわいらしい少女に愛想のいい言葉をいくらか言おうとした。「さあ、お嬢さん、こんなふうにお父《パ》さま《パ》について講演旅行にいっしょにきて、退屈ではありませんか?」しかしながら今度は、彼女はできるかぎり魅力的な笑みを浮かべて、答えたのだった。「あの、父《パパ》ではなくて、私の夫ですのよ!」その哀れな外交官は身の置き所がなかったが、一方、彼女と私は共犯で、総領事の思い違いに大喜びした。

じっさい、そのことに年齢はなんら関係ないし、顔つきも性格も関係ない。いくつもの家の配置替えを行なったり、世界を駆け巡ったりと、いっしょに多くの年月を過ごしてきた。カトリーヌは、どんな種類《タイプ》の私的な友人たちともじつに自由につきあっていて、それと同時に、だれを必要ともしない幸せな性格をしているのに、それでもやはり相変わらず私のかわいい娘である。そうしてごく最近の光景で、この押しつけがましくも感傷的な一節《くだり》を締めくくるとしよう。

何日も前から私はメニルにひとりでいる。ちょうどこの日の夜にもどるから、と約束された彼女の到着を、私はいまかいまかと辛抱強く待っている。ようやくカトリーヌが着いた。いつものことながら、夜もきわめて遅くになって。私が根拠のない不安を口にしてしまったことで、彼女は明らかにいらだっていた。なのに、彼女がもどってきたことをどうやって寿《ことほ》いでいいのか、こちらには分からなかった。そんなふうに彼女がもどって来るのを一晩じゅう期待しながら、二階の窓辺で、公園の入口にある木々のあいだに彼女の車のヘッドライトが見えるのを待ちわびるのだが、私はきまって、彼女が途中でいなくなってしまい、何かしらその身に起こったのではないかと想像してしまう。かつて母も、自分の告げた時間や予想した時間を過ぎて私が帰宅すると、同じようにしたものだった。

そしてとつぜん、戸棚を開けようとして、動作がぎこちなかったせいか、不幸にもたまたま物が思いもかけぬ配置にあったせいか、ランプに作り替えていた細口の大きな透明なガラスの瓶を私は落としてしまう。それは、キッチンのオウトウ材でできたサイドボードの端に置かれていたのだ。壊れやすい球体はタイル張りの床に当たって粉々に砕け散る。カトリーヌは傷ついた小鳥のような叫びを上げ、懇願するようないぶかし気な口調で、「ああ、とんでもないわ」と言う。沈黙が続くなか、彼女は足元に散らばる惨事をじっと見つめて、しばし動けずにいる。やがて彼女はゆっくりと身をかがめ、非現実なくらいの薄さの先のとがった大きな欠片《かけら》をいくつか静かに集める。あたかもそれらの欠片をつなぎ合わせる見込みがまだあるかもしれないと言わんばかりに。だがじきに彼女は意気消沈して欠片をまた床に落とし、ごく小さな声で、幸運を永遠に取り逃したかといわんばかりの悲しみのこもった言葉を口にする。「まるで青い大きな泡みたいだったわ……」と。

それはとっても値の張るものではなく、単なる手吹きの昔の古い瓶だった。それをカトリーヌは、祖母が亡くなったあと、ブール＝ラ＝レーヌの小さな家を片づけている最中に、地下倉で、編まれた籐《とう》で保護されてもいないのに奇跡的に無傷のまま見つけたのだ。だが私は、彼女がこのガラス瓶をじつに大切にしていることを承知していた。たぶん——色調がとても淡く青みがかっていて、ガラスがこの上なく優雅なせいで——自分の子供のころの思い出と同じくらい大切なのだ。なのにこの種の古い細口の大瓶ときたら、ほとんどの場合、ガラスの生地がずっと粗雑で緑色っぽいのだった。

以上である。取り返しはつかない。私は慰めようとしてありったけの力を両方の腕に込めてカトリーヌを抱きしめる。彼女にとって、そんなことをしても何ら救いにならないことは承知している。いまとなっては粉々の灰のような味のする夜中に、私は厚紙でできた箱のくぼみに、死者を埋葬するように、証拠品として（いわばアリバイのつもりで）このガラス瓶の破片を敬虔な思いでしまう。すなわち、いつの日にかまったく似たような、青みの加減もまさに同じガラス瓶を、どこか田舎の古道具屋ででも見つけられる——とだれが言えるのか——と期待を抱いて。だが現在に至るも、私はまだ一つもそのようなガラス瓶を見つけてはいない。

映画のなかで壊されるガラス／カトリーヌと『覗くひと』

どうして私の映画（といっても、いまここで語った偶発的なガラス瓶落下よりずっと前になる）では、『去年マリエンバート』から『囚われの美女』に至るまで、あんなにたくさんのガラスが壊されるのかとよく訊かれた。概して私が答えるのは、そのときの音が面白い（それは澄んだ音の集合だが、そのスペクトルがとても広いので、ミシェル・ファノがシンセサイザーを使ってそこにさまざまな加工を施せる）し、飛び散ったガラスの欠片がきれいな光を帯びるからということだ……。

でも私は、この種の説明では十分でないことくらい承知している。他方で、そのような素材、つまり絶えず新たな化合物へと創造していく素材を用いて作りだすことのできた音のイメージと、家族の年代記《れきし》に刻まれるこのほろ苦いエピソード（何度も言うが、こっちの方がずっと後のことだ）とのあいだに、私はほとんど情動的な関係を認めはしない。それでも、つながりがあるはずである。そして、構造という視点から見れば、以降、そのきずなはいずれにしても結ばれている。私自身の筆によっていま引き起こされたこの接近の結果によって。

初めて出会って以来、狂おしいほどの父性愛——言うまでもなく、近親相関的な愛——にも似た感情を、私はカトリーヌに抱いていたのだが、母は、そうした感情が『覗くひと』の執筆と同じ時期のものかもしれないと驚いていた（間違いなく、心配していた）。『覗くひと』では、早熟な幼女がまるで別な役を演じている。しかしこの場合はむしろ反対に、つながりが明らかだと私には思われる。というのも、母がぞっとしたこの小説はそれでもやはり私の見方からすれば、燃えるような情熱、法外で無制限で恋愛的な情熱によって相変わらず輝いているからである。

『覗くひと』出版／「批評家賞」／励ましの言葉／ドミニク・オーリーと『弑逆者』の原稿／ブリュース・モリセット

『覗くひと』は一九五五年の春、いつものことながらミニュイ社から出版されたのだが、その大量の抜粋が直前に刊行された新「エヌ・エール・エフ」誌〔ジャン・ポーランとマルセル・アルランがキャップに就き、ドミニク・オーリーが補佐する、一九五三年に復刊されたガリマール社の雑誌〕に二度にわたり連続でいっしょに印刷されていた。二年前に刊行した『消しゴム』

はほとんど評判にならず、バルトやケロールといった好奇の人の注意をまれに惹いたにすぎなかったが、それとは逆に今度の新しい本は、発売早々から、手懐《てなず》けるのも難しい支持者と狂ったように誹謗の言葉を吐く敵対者を巻き込んで、ちょっとした騒ぎとなった。それはパリの文壇で名を成すにはまさに必要なことだった。このとつぜんの脚光は主に、ジョルジュ・バタイユと「批評家賞」のおかげだった。この賞は当時、選考委員の威信によっても、それまでの受賞者の顔ぶれを見ても、重要な栄誉であり、カミュとサガンがその受賞者にふくまれていた。

五月に、この賞が専門家たちの会議により授与されたのだが、選考会議には激しい敵対者が付きもののように思われた。私に賛成したのはバタイユ、ブランショ、ポーランなどであり、反対したのは、日刊紙や文芸関係の定期刊行物で学芸欄を担当するアカデミックな大御所の批評家連中だった。その学芸欄は当時、ページ下の三分の一をそっくり占めていたので、「二階席《レ・ド・ショツセ》」と呼ばれていた。何時間にも及んだ論戦の末にモダニスト側がかろうじて勝利をおさめたので、負けた側は怒り狂い、ただちに私に対し作家が望み得るかぎりの良い宣伝をしてくれた。アンリ・クルアールは大騒ぎを起こして選考委員を辞任し、一方、穏やかなエミール・アンリオは「ル・モンド」紙上で、私に対し精神病院と軽罪裁判所を求めた。やれやれ、重罪院は免れたのだ！

こうした大騒ぎ全体に、「クリティーク」誌でのロラン・バルトと「エヌ・エール・エフ」誌でのモーリス・ブランショの熱のこもった賛辞が加わる（しかしながらそれらの賛辞は相容れないもので、ブランショが性犯罪しか見ないのに対し、バルトはまったくためらわずに性犯罪を無視している）のだが、当然のことながら、この騒ぎによって私には何人かの読者がもたらされ、ささやかな名声が生まれた。アルベール・カミュとアンドレ・ブルトンが温かい言葉で激励をくれた。「エクスプレス」誌は「今日の文学」に関する一連の論考のために私に紙面を開けてくれ、それがやがて「エヌ・エール・エフ」誌に出される「宣　言《マニフエスト》」の発端になるだろうし、もっと後に出る『新しい小説のために』という試論の発端になるだろう。

私は数年前にガストン・ガリマールから『弑逆者』を拒否する手紙を受け取っていたが、それは同時に、ドミニク・オーリーがその手紙を消滅させることこそ急務だと思った瞬間でもある。出版社のレターー・ヘッドが付いた小さなサイズの紙にタイプライターで手打ちされた短い通知だった。正確な文言ではないが、その内容を私は完全に覚えていて、ほぼ、あなたの物語は興味深いが、いかなるタイプの読者層にも向いていないので、われわれにはこれを出版するのは無駄に思われる、という意味だった。謄写版で何部か刷れば、配給には十分だろう。通常にはあり得ないものをいつだって好んできたジャン・ポーランがあなたの物語に注目したので、場合によっては、そのことでもっとあなたと話すかもしれない……。

ポーランを補佐するこの得難い女性から、その手紙を貸してもらいたい、だれが書いたのかを調査するので、と言われたとき、セバスチャン＝ボタン通り〔この通りにガリマール社がある〕のファイリング・キャビネットに、薄葉紙に打たれたこの手紙の写しが間違いなく存在することなど私の念頭をかすめもしなかった。だから私はコピーも取らずに原物の手紙を彼女に預けたのだが、当時でもそんなことはほとんど慣例ではない。そして数カ月して私がその手紙を返してくれと要求すると、ドミニク・オーリーはびっくり仰天して、「どの手紙のこと?」と答えたのだ。『弑逆者』に対するガリマールの拒否はありえないことになった。なにしろそのテクストじたい、出版社の査読に回されたことなど一度もないのだから!「それ、ジャン〔ポーランを指している〕じゃないの?」——「やれやれ、ドミニク、思いだしてくれよ。ぼくが原稿を渡したのは君自身にだよ。君がシテ・ユニヴェルシテールに住んでいるときさ」——「ええ、ええ、思い出したわ。でもわたしはそれをロベール・マシャン社に預けてたのよ。おまけにマシャン社はすぐに受け取ってくれて……。ただあそこが倒産する前だったのは残念だわ」等々。

私はもう何も言わなかった。唖然としてしまったが、それほど何もかもが驚くべきことだった。この上なく汚れのない生気にいつも充ちているポーランの伝説的な微笑みが、私に向けられていた。楽しそうで魅力的な好意に包まれていたが、腹のうちまで読めなかった。ちょうど都合よくすべてを忘れてしまった老人の誠実な驚きと、いたずらをしたばかりの若造の大喜びのうちとでは、選びようがない。ナタリー・サロートは言ったものだった。「ポーランはタレーラン〔一七五四—一八三八。革命前期から七月王政まで、長きに渡りフランス政治に君臨した〕よ、ドミニク・オーリーはフーシェ〔一七五九—一八二〇。ナポレオン体制では警察大臣で、タレーランとともに体制の主要人物〕よ!」それでも私はその二人とも確かに好きだった。ポーラン——人と作品——に対して、以来、私は首尾一貫した称賛を持ち続けている。と同時に私が味わっていたのは、ポーラン一流の——彼は気に入った者にはまったくためらわずにかなり肩入れしてくれるのだが——わずかな言葉でそうした連中をいたたまれなくするやり方である（たとえば、あれこれと私の本の細部について断固として絶賛してくれるのだが……そんな細部は本に存在しないのだ）。ドミニク・オーリーについて言えば、ガリマールに拒否されたあと、彼女がジョルジュ・ランブリック〔ミニュイ社の文芸部長のとき、ロブ＝グリエの小説を出版するようになる〕に『弑逆者』を渡してくれた——そしてそれからは、もちろん彼女を気に入っている——のだが、そうしているあいだ、私はアンティル諸島でバナナの木の世話をしていたのだ。いわば、私のミニュイ社入りの発端には彼女がいて、私はそのことで彼女にとても感謝しているのだ。しかも、結局のところ、面倒を引き起こすと判断された手紙を手品のように隠されて、むしろ私の自尊心はくすぐられたのである。

同じくその年の夏に、私はブリュース・モリセットと知り合っている。偽作者ランボーを専門とするアメリカ人の大学教師で、『精神の狩猟』を扱った該博な大著〔一九五九年にフランスで出版される『ランボー戦争——『精神の狩猟』問題』を指す〕（才気のある分析で、うまい具合に彼をアンドレ・ブルトンやモーリス・ナドーと仲たがいさせた）の出版のために、ミズーリ州のセントルイスからパリに来ていた。モリセットはたまたまラジオ放送で私の本について語られるのを聞いて、私と知り合おうとした。たちまち私たちは仲よくなった。彼は知的で、とても教養があり、あらゆる形式のモダニスムに夢中になっていた（思うに、ロバート・ラウシェンバーグのことを最初に私に話したのはモリセットで、彼が何より注目したのは、ラウシェンバーグの初期において、年長のデ・クーニングのじつに美しい鉛筆デッサンを絵画的な行為として消しゴムで消したことだった）。おまけにモリセットは、文学を専門とする教師にあってはむしろ珍しい形のユーモアを示したが、それは、芸術作品は遊びのために作られていて、そういうわけだからヘーゲルの言う「人生の日曜日」を構成するものだという判断に基づいていた。

ブレストでのモリセット／特別な母／現代の食料品店／「バスの一撃」／「ブラパールのナイフ」／クレソンのスープ／テンチ／ツバメ／コウモリ

それから二、三年してふたたびフランスに来たモリセットは、私が話していたブレストにあるケランゴフの母の住まいに迎えてもらえるかと訊いてきた。そこでは家族のだれもが習慣どおりにもろ手を挙げて彼をもてなした。私の母はいつも、遠くから来た親類も行きずりのよそ者も自宅に泊め、昔流の気前のよさを発揮したが、残念ながらこれを私は受け継がなかった。私は自分なりに精いっぱい努力して、アメリカから来た友人をあちこち連れ回し、彼の訪問のちゃんとした理由になると思われるものを、断崖絶壁であれ、砂丘であれ、野生の荒れ地《ランド》であれ、岩礁と岩礁にはさまれた砂浜であれ、彼に身をもって知らせようとした。そのどれもがブルターニュでの私の幼年時代を特徴づけるもので、そのイメージが移し替えられ、『覗くひと』の背景を作り上げていた。だがモリセットは、その途中で出くわした巨石モニュメントを別にすれば、ほとんどレオン地方〔ブルターニュ半島北西部〕の風景に興味を示さなかった。

家では反対に、モリセットは自ら進んでどんな話題でもかまわず母と会話した。それこそ単に礼儀正しさの現れだと私は思っていた。何日かして、彼は帰ることに決めたと伝えてきたとき、自分にとってじつに実りのある滞在となったと請け合ってくれた。探し求めていたものに出会えたという。それはいったい何だいと私は尋ねた。ブリュース・モリセットはとてもシンプルに私にこう答えた。彼は私の作品に完全に身をささげる前に、私が本物の偉大な作家であるか確信を持ちたかったのだ。ところで天才は必ず特別な母親を持っている。そして彼はいまや、私の母がまさにそうだと知ったというのだ！　私は付け加えて、まだ生まれたての小説家の仕事についてそんなに早く断言するのは、いささか勇み足になるかもしれない、と告げた。というのも、私が大西洋の向こうの大学で売れっ子の人物になったのは、ようやく一九六〇年代の途中で――そしておそらく、その幾分かはモリセットのお陰で――あるからだった。

私たちの聖母――しばしばそのように母を呼んでいた――は本当に「特別」だったろうか？　もちろんだ。私たちの家では、それは家族の信条の不可欠な一部となっていた。とはいえ私たちはみな互いを特別だと見なす傾向を有していた。少し注意深く見たとたん、そもそも特別でないやつなどいないと分かる！　そのような特殊性に対する強烈な自覚に、一族の精神は由来する。しかしながら認識しなければならないのは、母が概して、近づきになった人々にきわめて強烈な印象を与えることだ。私がわれわれの教育のことを語った際に引き合いに出したオルジアッティおばさんの娘は、理由もなく母を「代わりの母《マレーヌ》」と呼んでいた。というのもその娘は洗礼もイヴォンヌという洗礼名も受けていなかったからだが、ほれぼれとしながら「あなたは人をあっと言わせるわね！」と母に繰り返し言っていた。そのぶしつけな言葉づかいは、もともとアクセントの置き方が並外れていて、真ん中のシラブルに力を込めるのだが、相変わらず民間伝承にみられたものだった。

民間伝承はとても豊富で、その点で、日々の暮らしから採取したあらゆる種類の話をふくみ持っていたが、しだいにそうした話は伝説によって見分けがつかないほど歪められてしまった。そんなわけで母は、一九一四年の戦争のずっと前から、彼女の母がルクヴランス〔ブレストの歴史的地区〕のポルト通りに前世紀〔十九世紀を指す〕の終わりか今世紀〔二十世紀を指す〕初頭に切り盛りしていたささやかな食料品店の奥の部屋を、もっと居心地よくするために何としても変えようとしたという。祖母が店を切り盛りしていたころ、祖父のカニュは野戦場にいた。ポルト通りの食料品店はもうずっと前から存在していなかった。その店のあった家も、一九四五年に投下された爆弾で破壊されていた。何台ものブルドーザーが第二次大戦後の不幸なブレストを判で押したように平らに均し、真っ直ぐにしたときに、かつてのポルト通りさえ消えてしまったのだ。だが私たちの神話的な母は、それっぽっちのことでは諦めずに、そのように敷かれた仕切りと通路のいくつかのデリケートな問題を解決した。

名高い「バスの一撃」というのもあった。「プランタン」の近くで車が渋滞していたとき、ちょうどCC－二八番のバスが動き出そうとしていた一瞬、母が私たち姉と弟をバスの下へと押しやったのだ。子供たちがぎょっとして後退《あとずさ》るのを見ると、母はとても大きな声で、いずれにしても「若死にする方がましよ」とはっきり言って、かくもありふれた生存本能をばかにしたのだった。別の折だが、内ブルターニュ（ブルトン語では「森の国《アルコアト》」）を徒歩で縦断する小旅行をしていたとき、アレ山地〔ブルターニュ地方西部の丘陵地帯〕の設備の完備していない宿屋の一つの部屋に、私たち四人は宿泊していて、真夜中に私が激しい消化不良に襲われたのだった。私たちの母は震えていた。妻に起されて思わず飛び起きた夫がロウソクを点《とも》すのにあまりに手間取っていると思ったのか、母は、何と夫を刺そうと大きなナイフを振りかざして彼に飛びかかったのだった！　このエピソードは「ブラパールのナイフ」（そうやってその場所の名前を永久に残す）の整理名称《よびな》で知られていた。そして父は訊きたがる者に、ラシーヌ風の悲劇的アクセントをつけてにこりともせずに語ったものだが、その妻はこれをきっかけに「血まみれアタリー」となってしまった〔『アタリー』はラシーヌ最後の悲劇のヒロイン〕。

　家族の年譜には、特に母の持つ信じがたい能力に関して、これほど常軌を逸してはいないが、ありそうな、ただし真実の話がまだあって、それは時間を忘れるという能力だった。つまり時間を無駄にする能力でもある（だがおそらく、私はそのことで母を非難できる立場にないだろう）。そのせいで母は、どこに行くにもかまわず遅れて着くのだった。そして母は冷静さをまったく失わずに食事を出すのだが、そのときにはだれもが家で寝る時間であり、あるいは招待した客なら、腹を空かせたまま地下鉄《メトロ》が終わってしまうので帰るのだった。祖母は母に「かわいそうに、腐った糸がお前を引っぱって行くんだね！」と言っていたものだ。そしていずれにしても私は、いわゆる「クレソンのスープ」という恒例となった異常事が本当であることなら請け合える。それは定期的に繰り返されたのだった。

すでに夜もだいぶ遅くなっていたのに、母は、仕事の帰りに夫が持ち帰ったクレソンの束を夕食用に洗おうとしていた。母がすぐに気づいたのは、クレソンの茎が紐とかラフィア〔ラフィアヤシからとった繊維〕を幾重にも巻いて束ねられていて、その茎のあいだに多くの水生昆虫や軟体動物、虫や淡水の甲殻類が隠れていることだった。たとえば、タイコウチ、マツモムシ、ミズスマシ、矮性ヒル、モノアラガイ、ヒラマキガイである。とりわけヨコエビ、つまり端脚類の極小エビがいて、われわれはこれをまちがってミジンコと呼んでいたが、そのぎこちない泳ぎ方のせいで特別な偏愛を受けていた。

母はすぐさま、まだ生きているこの小動物をすべて一匹また一匹と集めはじめ、ガラス鉢に入れ、クレソンの枝を何本か調和するように配し、小さな水族館を作り上げようとするのだったが、そのあと私は何時間も目を輝かせて見つめたことだろう。父はそのしばらく前からカフェ・オ・レを飲みながらパンとニンニク入りソーセージを食べていた。父はやがて寝に行くことになるが、そのときはひどく大げさな落胆した様子で（私の母は「食わせ者！」と父に言っていた）、私もその出所を知らない「そして明日になれば、ピカールの家では何もかもが死するであろう！」という警句を、砂漠で語り慣れている賢者のような打ちひしがれた口調で発するのだった。事実、子供たちも子供たちなりにまったく同じように放置されていて、宿題のフランス語作文やラテン語の仏訳を終えてしまい、スープを口にするのはようやく午前一時か二時になってのことで、学校に行くのに起きるのも容易ではなかった。母は夜の残りの時間を、新聞を読んで過ごしたのだろう。

どんな形のものであれ、動物《いきもの》の持つ生命に対するかなりマニアックな尊敬が、間違いなく母の性格の顕著な特徴の一つだった。そしてこの種のテーマに関する逸話にはこと欠かない。テンチ〔コイ科の淡水魚〕についても話が残っていて、これは父が祝いの昼食にと生きたまま何匹も持ってきたのだが、すぐさま澄んだ水をためたバケツに入れられ、夏のヴァカンスになるまで何カ月もエサをやって飼ったのだ。出発の前日になって、それらをモンスリ公園の泉水に、警備員から身を隠しながら逃がしに行かねばならなくなった。見つかってしまえば、警備員は反対にこちらがテンチを釣っているところだと思っただろう。きれいな魚たちは金色の金属容器にとても慣れ切っていたので、どんなことがあってもむりやりに有無を言わさず容器を空にしたくなかった母は、ひどく苦労して、たっぷり水の張られたバケツから一匹残らず出るようテンチに言い聞かせなければならなかった。

例のカラスについてはすでに触れたが、パリのどんな巣から落ちたのか、小さなアパルトマンで放し飼いにして飼ったのだ。カラスは、アパルトマンの壁紙が剥がれかけていればどんなところでも剥ぎ取り、ケランゴフに連れて行かれるまでは気前よくこれを破き壊した。ケランゴフでもカラスは、半ば野生、半ば飼われて何年も生きることになった。パリでも母は長いこと、若いアマツバメにエサをやったことがあった。アマツバメは、羽根の下にとりついたぞっとするような寄生虫のせいで衰弱し、大量に出血していたが、病み上がり動物用のアンプルに入ったウマの血清を使ったのだ。ひとたび治ってしまうと、アマツバメはよくもどってきて、鳥のためにわざと広く開けたままにしておいた「書斎」の窓から、われわれの家を訪れてくれた。その窓の狭いバルコニーに木箱を置いて、そこにわが家のミニチュアの庭を二つ作っていて——一方の庭はいわゆる「サハラ砂漠」のもので、もう一方の庭はいわゆる「ジュラ山脈」のものだが——その維持にかなりの時間をとられた。変化に富んだ輪郭の保持、植え替え、繁茂しすぎた植物の刈り込み、砂の道のかきならし、等々。一平方デシメートル〔メートルの十分の一の長さ〕の湖には、もちろんクレソンもあり、小形のイモリも何匹か生息していた。その捕食習性や交尾や脱皮の観察に、私たちは午後をそっくり費やすのだった。

　だが残念ながら、病気のコウモリは何週間も看護したのについに死んでしまった。それはごく小さなヒナコウモリで、その死骸は三グラムもなかった。冬を越すには弱りすぎていて、ビタミン欠乏症にかかっていたヒナコウモリは、母のシャツブラウスの下（母の言う胸衣）で、温かい肉体にじかに触れて生きていた。何も知らされていない来客はテーブルにつき、礼儀正しく紅茶を飲んでいると、泰然としたこの女主人のたっぷりと折り返された白い襟が少し開いてヒナコウモリがとつぜんその隠れ家から出てきて、黒いシルクのような大きな翼を広げながら母の首や喉元をぎこちなく上るのを目にして、ひどく恐ろしがるのだった。

小さなスズメを踏みつぶす／ヌートリアの赤ん坊

はるかにもっと個人的で、もっと古い別の記憶が悪夢の姿でいま、暗闇から現れてきた。ごく幼く興奮しやすい私はたったひとり、いくぶん途方に暮れながら、天井のとても高いがらんとした広い廊下にいる。教室のある建物のガラスのはまったどっしりしたドアをついに越えて、私はだれもいない運動場の日射しの降り注ぐ外気に立ち向かっていて、運動場にはマロニエの木々が植えられていた（いまもマロニエはある）。その垂直に伸びたごつごつした太い幹が五点形〔正方形の四点と中心の一点を持つ形〕に黒っぽい胴体を並べている。ブラール街にある公立小学校に入った一年目の終りごろ、それは起こったのだろう。学校で私は微笑みの絶えないやさしい教師にかわいがられていた。名前も澄みわたっていて、クレール〔透明な、の意〕先生といった。私はまだ長い巻き毛をしていて、外見は女の子のようだった。何か緊急の必要にとらえられた私は、外に出たいと言ったにちがいなかった。春もすでにかなり進んでいて、なにしろマロニエの木々は新しい葉を全体に広げていたからで、葉は申し分なく緑色をしていて、しっかり生い茂っていた。

いちばん手前の木のくっきりした影と日向《ひなた》のちょうど境目の砂利の上に、幼いスズメが落下していた。スズメは飛ぶこともままならず、自分の脚で体を支えることもおぼつかない。運動場のほとんど傾きのない地面と入口の連結部に傾斜した三段の階段があって、そこを私は、半ば麻痺したようになりながら降りて、息をひそめていた。スズメはおそらく傷ついている。そうでなければ、こんなふうに苦し気に自らの体を丸めるように歩いたりしないだろう。母ならすぐにもスズメを拾い上げ、注意深く見て、手当てをし、傷口を消毒し、折れた脚に副木《そえぎ》を施しただろう……。この私は母とちがって、この羽根を丸くしたひ弱な鳥に何をしてやったらよいか分からない。スズメは静かにぴいぴい鳴きながらもがいている。

不意の衝動に駆られた私は、スズメの苦しみを軽減しようとこの足をその上に置くと、押しつぶした。それはどこにでもいるカタツムリではなかった。ずっと堅くて、踏みごたえがあった。それで、ずっと命のあったものを踏みつぶして痛めつけたのではないかと私は恐れた。パニックにとらえられ、私はしまいには子供のありったけの力をそこにかけていた。靴の下から緩慢に血が流れた。私は卑劣な殺人を犯した気がした。ぞっとしながらすぐに、靴底に血がついているか確かめると、そこには少量の灰色のにこ毛さえ張り付いていて、砂地の地面に足をこすりつけても消すことができなかった。と同時に、私は運動場の奥に一列に並んでいるトイレまでへなへなの足で逃げ込んだが、心臓は破裂するくらいばくばくいっていた。トイレの半ドアは、私の胸をいっぱいにする恐怖に対して一時しのぎの避難所にしかならなかった。

その日、私は授業が終わるまでもう何もほかのことは考えられず――まるで私の靴はいつまでも小鳥の体を踏みつぶしつづけるかのようで――学校の門のところに迎えに来てくれた母の方へ私は突進し、泣きながら自分の理解を越えた罪を母に語ったのだ。先月、メニルで、下方にある泉水へと降りる石段の近くで、私は自分の意志でヌートリア（思うに、ジャコウネズミあるいはマスクラット〔北米産の水生のネズミ〕と言えばより正確だろう）の赤ん坊をブーツで押しつぶした。この大きな水辺の地中に棲む齧歯《げっし》類は、戦争以降、飼育されていたものが戦闘により自然のなかに解放されてしまったので、ノルマンディーで急激に繁殖したと言われている。そしてカトリーヌは、これらがいつ土手で繁殖するのかを心配している。連中は、土手の強度を損なったり木々を切り倒すほど根のあいだまで深く掘り、そこに多数の地下道をともなう巣穴を作ってしまう。そのとき、私はかつての恐ろしい印象を思いだしたが、変わってはいなかった。そして踏みつぶされた憐れなスズメは、まさに本当の記憶であって、多くの場合と異なり、あとから両親がこちらに語った話ではない、と思ったのだ。

私は学ぶのが好きだ／世界を蓄積する／アメリカの大学／エリート主義

読み書きに加え、正確に話すことを私たちに教えてくれたのは、もちろん母である。だから低学年の授業は私たちには簡単だった。しかしながら、夢見がちで物思いにふける性分で、それは怠惰の一つの形ではあったが、私は常に学ぶことを好んだ。間違いなくそれは世界を所有する（存在するために持つ）という途方もない欲望の一部をなしていて、切手や植物やさまざまな物を収集するのと同じことで、適切な順序になんでも整理する癖とも同じなら、どんなものであれ捨てることができないこととも同じで、新たに行った国で残らずおびただしい数のスライドを取る（次いで映写用の収納ボックスに分類する）習慣とも、あるいは自分の好きな詩や何ページもの散文をできるだけたくさん暗記して覚える習慣とも同じことなのだ。それこそよくある幻想で、つまり（知であれ他の何であれ）集めるという本能は支配欲の一部であり、要するに、単に生き残ろうとすることに等しい。後にようやく、それもずっと後になって気づくことになるのだが、獲得された物はすべて死の側にある。

だがさらに言えば、あらゆる領域での純粋な知識に対する絶対的な価値は、世代によって右派であれ左派であれ、教師や税関吏だった先祖から相続した家族の思考信念の重要な部分の一つなのだ。祖母のカニュは貧しい地区で食料品店を営んでいた（店は彼女の所有ではなかった）が、彼女は初等教育を受けていた。

今日でもなお、私自身は学ぶというこの欲求を失ってはいない。特にそれが理解力や記憶力に対する努力を表している場合には。そして、ときどき私もアメリカで（ニューヨークでだったり、伝説的な名前を持つ広大な州の今はもうないキャンパスで）送っている大学教師の生活によって与えられる魅力の一つは、こちらの見るところ、そこでは自分がたちまち学生にもどれるということなのだ。勉強熱心な学生たち（私の受け持つ学生は概して「学士取得者」だったが）、ほかの教師たちとの理論的なディスカッション、静謐《せいひつ》な場所、治外法権の（つまり時間を超えて、国家の外にあるような）知的ゲットーでの居心地の良い雰囲気。その何もかもが私を新たに、青春期の貪欲で、野心的で、根拠のない自由さへと駆り立ててくれる。あのころ、自分の前にはまだ学び習う生活がそっくりあった。私は発見をし、足りないものを補い、熱心に読書をし直しながら、メモを取り、図書館にあれやこれやと重要な大作を探しに行くのだが、それらの大作を完全に吸収するのを、時間も勇気もないので、私はいつもずっと先へと延期していたのだ。

教養に対する信念に欠けている学生たちに、私はまたその信念をふたたび与えようと試み、知的な喜びや精神の優位の名誉を回復してやるのだが、さらにはエリートとしての自尊心をも取りもどさせるが、いけないだろうか。かつて、じつにつましい私たちの家庭では、恥じることなく「われ俗界の大衆を厭い遠ざける《オディ・プロファノム・ヴォルギュス・エト・アルチェロ》」と口にしていた。そして私が情熱をこめて禁じているのは、「テレビ」を前にしてのだらけた夜の時間であり、同じく、機械で自動編みされたような最新のベストセラーを羊のように黙々と読むことであり、カリフォルニアの映画産業がマス・メディアの巨大な騎兵を動員して売り込む金のかかった駄作映画を盲従して見ることである。そこでは、まったく取るに足らないギャグが一トンもの重きをなしているが、言うまでもなく、精神分析やボーイ・スカウト精神や社会主義的リアリズムといった、本来の重厚さがすでに耐えられないものになっている領域がどうなるかについても、同じである。

だがそこでもまた私はやはり、念のため予防策をとらねばならない。もし私がはっきりと率直に、ヒッチコックの映画やミネリ〔一九〇三―一九八六、アメリカの映画監督。『巴里のアメリカ人』など〕の映画のほとんどは、単に（多かれ少なかれ）うまくできた規格に合った制作物にすぎないと口にしたら、私のよく知られた挑発趣味と思われるか、二人の世界的成功を前にした私の恨みととられるか、どちらかしか選択の余地は残されはしないだろう。それは、ジャーナリズムに対すると同時に大衆に対する成功でもあった。

遅れる作業／劣等生のおまじない／私の山高帽／「代用かばん」／ビュフォン城

したがって私は才能に恵まれた生徒だったし、勉強も好きだった。だが同様に私は――揺りかごのときから遺伝的異常というか伝染病にかかっているのか――常に自分の作業がのろいのだった（それは以来、ほとんど続いている）。その結果、常にうしろめたさが私の日々の宿命になった。午前四時半になると、牛乳屋の音がする。牛乳屋は、向かいの乳製品販売店の前で停めた、二頭のペルシュ馬〔大きくて頑丈な荷馬〕の引く柵のついた大きな車から、ひびの入ったカリヨンのような旋律のある音をうるさくたてながら重い金属の容器を降ろし、次いで車に空の容器を積み込むのだが、そのとき姉と私はたいてい二人用の机の両側でスタンドを点し、あくせくと宿題をしていた。たとえフランス語作文やギリシャ語の翻訳が終わっていなくても、牛乳の合図が是非にも超えてはいけない運命の境界線になっていた。

宿題はしかるべき時に先生に提出されず、暗記課題はぎりぎりになって（リセへ向かう途中で）覚えるか、さもなければ神の御心にまかせ投げ出し（大通りの端から端まで並木の幹に指で触れ、並木の根を守る透かし模様入りの鋳鉄の格子を踏まず、しかも手でしっかりと木に触れながら魔法の祈りの言葉を発すると、質問されても平気でいられる強い効力を発揮するのだった——とはいえ、なめらかな木肌でない方がよく——私はいまもなおときどきこれをやって、どんな種類の不安でも鎮めている）、授業ノートは完璧に清書されるが、一度も予定どおりにはいかず、現実のカレンダーとのずれが学年を通して少しずつ増加してゆくのだった、等々。そんな具合いだから、成績は常に教師の賛辞を得られるものではなかった。

　成績がはっきりと並以下になったとき、すぐさま父は私たちを見習いに出すと言ってきた。なにしろ私たちは、むだに金のかかる中等教育を学ぶのに向いていなかったからだ。母は私たちを擁護し、あと一年だけチャンスを二人に残してくれるよう父を説得してくれた。結局、私たちは二人とも、当時もっとも威信のあると見なされていた教育課程——ラテン語、ギリシャ語、数学——をきちんと終えることができた。それも、過程の終わりにはかなり見事な成績で卒業したのだ。難しくて有名な選抜試験を経て国費奨学生になった私は、リセ・ブルボンに半寄宿生〔学校で昼食だけ寄宿生と共にする〕として入学したのだが、いまなお忘れられない光景を経験した。いつものように私はあまりに長い髪をしていた。私はぎりぎりの瞬間になって、母にそのことを思い出させてしまった。なぜならこちらの公式の面接に校長室まで付き添う予定の母は、時間のこともあって何となく動転していたのだが、あれは見えないよ、だっていつもの帽子（それは柔らかく光沢のあるフエルト地の山高帽の一種で、かぶると私の丸い頬と愛らしい顔つきがいっそう際立つ）をかぶって行くから、と答えている自分の声を私は聞いていた。うん、これについては決まったことにする。したがって私たち、つまり母と私はもったいぶって赤ら顔で禿げたリセの校長の正面に腰を下ろした。校長はその豚のような小さな目で私たちが入室したときからじっと私を見つめている。一方、母は約束の面接に遅れて到着したことを忘れさせ、自分の子供の長所を褒めようと精いっぱい努力している。

「いずれにしても息子さんは、ご自分の帽子をとても誇りに思っておられるようですな。おそらくそのために、頭の上にそんなふうに帽子をネジでとめておられるのでしょう」と、堂々とした机を前にして、てかてかしたピンクの皮膚の太ったその男はついに言葉を発したのだ。校長は(私の想像するに)この時間をたっぷりかけて、入念に抜け目のない参照にふけっていたのではないか。教室に遅れてやってきたシャルル・ボヴァリーである。私が礼儀作法に欠けているのをこのとき目の当たりにして、母は眉をひそめ、こちらの頭から作法違反になる物を剥ぎ取り、あんなに念入りにその下に隠しておいた多量の巻き毛を一挙に解き放ったのだった……。そのあと母と私は何年間も、彼女がこちらに、校長室では頭に帽子をかぶったままでいるように言ったのか、言わなかったのかを知ろうとして議論した。

そこで——たぶん次の年のことだが——もっとはるかに怪しげな話になるが、そこでもこの同じ人物がいかがわしい役を演じる一方、たっぷりと真っ黒なあごひげを四角く残した背の高い学監が、サディスト的小児性愛者の役を演じるのだ。それは一定の方法にしたがっていて、(この男の仕事部屋で行なわれる個人セッションのあいだに)われわれの裸のふくらはぎに多かれ少なかれ鋭い定規の一撃をぴしっと食らわす（それは罰の程度にしたがって「棒打ちの刑・第一、第二、第三」と本人が呼んでいた）のだが、その前に、体育の時間に訳の分からない代用かばん事件があった。架空の落度に対して与えられるこの制裁は繰り返されるのだが、その正確な性質さえ私は教えられずに、まったくの悪夢（性的な？）に属していたように思われる。その制裁のバカげた特徴のせいで、私は何カ月も苦しめられた。適切な確実性や信頼性が完全に欠如し、理由のわかる経過も欠如し、いわば述語の論理的な構成も欠如していて、ひと言でいえば「現実的感覚」が完全に欠如していた。今度もまた、私の脚の裏側に残った赤い痕跡《あと》に動揺した母の出番となったが、母はこの謎を解明しようとして行政機関にまで行ったが、その後の展開そのものは──少なくとも私にとっては──完全に不可解なままだった。

それからしばらくして、リセの一年生のときだったが、私が「自習監督に、くそっと口答えした」という理由で半寄宿生から追われたとき、こちらの味方になってくれたのが母の代わりに父だったのだ。じつのところ、私はまったく口答えしていなかった。気難しい自習監督が教室の奥にある個人の仕切り棚まで行ってはいけないと私に命じたので、ただ自分自身に向かって、ちょっと大きすぎる声で「くそっ、もうここで勉強できやしない！」とぶつぶつ言っただけだった。そこに私はラテン語の辞書を取りに行きたかったのだ。父は、学監が超無政府主義的な気質だと認めると、校長室まで飛んでいき、唖然とする校長に、自分が息子を入れたのはリセで、イエズス会修道士のところでも、マリア会修道士の寄宿学校でもない、ときっぱりと明言した。

そんなわけで私は自由通学生〔放課後は帰宅する〕として勉学をつづけた。つまり、補習も食事もないことを意味する。だが当時、家には少しだけ余裕があったし、厳しいスイス女性のリナがいて、私に学校の食堂よりはるかに上等な食事を用意してくれた。毎朝、父は姉と私を学校まで送ってくれた。私たちそれぞれの「リセ」は互いにあまり離れてはいなかったので、メーヌの並木道を通り、ヴォージラール大通りに出て、パストゥール大通りを父は大股で歩き、二人の子供はその隣を小刻みに歩いた。パストゥール大通りの高みからとつぜん見えてくるのは、木々の塊の上の空にくっきりと浮かび上がった校舎の中央部分の小塔だった。そのスレートの斜面が朝日を浴びて輝いていたが、それはルネッサンス期の城《シャトー》のスレートの斜面のように複雑だった。それで私たちはわがリセをビュフォン城と名づけていたが、それはシャミッソー・ド・ボンクールをたたえてのことで、私たちは大通りの中央の歩道を下りながら、失われた祖国にちなむ感動的な詩をドイツ語で朗唱するのだった〔シャミッソーはフランス革命でドイツに亡命した貴族。有名な詩集に『ボンクール城』がある〕。

現実的で断片的で個別的なもの／『運命論者ジャックとその主人』／バルザックと写実主義

そうしたことはどれも現実にあったことだ。つまり、断片的なものであり、とらえ難いものであり、不要なものであって、じつに個人的でじつに偶然でさえあるので、いかなる出来事も常に動機を欠いたものとして現れる。そして結局、どの人間もこれっぽっちも統一された意味を持っていないものとして現れる。現代小説の出現はまさにこのような発見に結びついている。つまり、現実は連続を欠いていて、理由もなく並置された要素により形作られ、その要素はどれも似ておらず、絶えず予測不可能な、いわれもない、不確実なやり方で出現するだけにいっそう把握するのが難しいのだ。

英国系のエッセイストたちは小説ジャンルの誕生を十八世紀初めまで遡らせ、それより前ではない。ちょうどデフォーが、次いでリチャードソンとフィールディングが、ほかのどこか時間の外にある「もっとよい」背後世界ではなく、いま・ここに現実が存在することに決めたときである。背後世界は、その強力な首尾一貫性によって特徴づけられているのだ。それ以降、現実世界はもはや状況の（完全で）抽象的な観念に付け加えられてはいないだろう。それまでは、日常はせいぜい状況のほのかな反映でしかなかった。だが日常は状況そのものにあり、この世界にあって、状況とは、一人ひとりが自らの体験に応じて感じ、触れ、聞き、見る通りのものなのだ。

したがって現実は、以前はもっぱら一般と普遍に存していたが、とつぜん特異な姿を見せたので——単純化のひどい変形をしないかぎり——意味のカテゴリーに収めておくことが困難になった。以来、そのジャンルの新しさをうまく特徴づけるためにノベル〔novelには語源的に「新しい事」の意あり〕と呼ばれることになるものは、したがってひたすら具体的な（とはいえ客観的という意味ではない）細部に結びついている。そうした細部は、たとえそうしたことが全体のイメージや何であれ何か別の全体性の形成を妨げるにちがいないとしても、細分化され、綿密な率直さで語られる。

だから世界の一貫性はぼろぼろと崩れだしたのだ。それでも語り手の権能は当初、もとのままにとどまるように見えた。なにしろ語り手が知っている世界そのものしか描くべき世界はもはやないので、語り手の権能は増した、と言ってもいいくらいだった。人は地上に降りてきたのだが、これまでになく語るのが一種の神＝人になってしまったのだ。ただしこの神のような人間は、いまでは、媒介となる大きな概念より直接的な些細な事柄にいっそう結びつくようになった。

語り手の言葉が全面的な創造の自由と同時に広大な管轄外を引き受けるには、ローレンス・スターン〔一七一三―六八。『トリストラム＝シャンディ』を書いたイギリスの小説家〕とディドロ〔一七一三―八四。フランスの啓蒙思想家・小説家。『運命論者ジャックとその主人』がある〕を待たなければならないだろう。語り手の言葉は、物語のはしばしで共犯者の笑みを浮かべながら、次のように主張している。「そうしたことすべてが意味しているものなんて、あなたも私も、だれもまるで知らないし、だいいち、そんなこと、あなたには関係ないでしょう、なにしろいずれにしても、どんなことでも思いつけるのはこの私ですから」と。『運命論者ジャックとその主人』の驚くべき冒頭を思いだすなら、それは二世紀近くもあとにサミュエル・ベケットが書いた『名づけえぬもの』の冒頭を、じつに連想させるのだ。

だがこの革命前夜の胸躍る時期に続いて、真実の概念（人間的でもあると同様に神格化されていた）が無造作に疑問に付された時期に続いて、カオスのような血塗られた革命と王の殺戮と外見上の解放の戦いのあとで、いまや逆流が避けがたく起こるのだ。つまり結局は、中産階級《ブルジョワジー》――王政主義者でカトリック教徒である――がフランスでは権力を奪取する。そしてこの中産階級《ブルジョワジー》の崇拝する新たな価値が、まさに正反対に、意味の絶対的な堅固さを要求し、現実の隙のない横溢を要求し、原因と年代順の担保を求め、ほんのわずかな逸脱もない無矛盾性を求める。運命論者ジャックの彷徨は大いに遠いものとなり、それとともに、出し抜けに脱臼するようなその空間も、本筋に関係ない挿話をふくんだ矛盾に充ちたその出来事も、向きを変えるその時間も、遠いものになった。無遠慮にも、また後ろにもどったのだ。もちろんそうした彷徨は、今日ひとりでに置かれる位置よりも、ずっと遠いものになってしまった。バルザックとともに、世界の一貫性と語り手の権能は協力して、まだ一度も到達したことのないその極限にまで運ばれることになる。「写実主義《レアリスム》」のイデオロギーがこうして生まれたのだ。そこでは世界が閉じていて、決定的で重厚で一義的な堅固さで完結していて、全面的に意味に対して透過性がある。そこでは小説の要素がすべて分類され、階層化されている。そこでは筋が――線的で――合理主義の安心できる規範にのっとって展開される。そこでは性格はどれも典型となる。老人なら吝嗇《りんしょく》であり、若者なら野心を持ち、母親なら自己を犠牲にする、等々。普遍が駆け足でもどってきたのだ。

そしてバルザックが人間労働の生まれつつある断片化を、つづいて社会全体の断片化を、すべての個人意識の断片化として糾弾するときでも（そのためマルクス主義者のルカーチによって、この小説家は資本主義の産業化とそれがもたらす疎外と闘った革命的な作家と見なされたのだが）、バルザックはこれをテクストのなかで行なっていて、そこでは何もかもが反対に得意満面の中産階級《ブルジョワジー》を力づけている。その語りの素朴で穏やかな連続性は、読者に対し、体制の深刻な（構造的な）亀裂《ひび》へのいかなる不安をも打ち消してしまう。権力を穏やかに行使すること、そして社会を一つの階級が支配すること。そのどちらもが正しく必要である。なにしろ大作家が同じ理想に守られて、その二つを実践してもいるのだから。そうしてもちろん、百科全書を編纂したディドロによって正当性を認められた主観性のあとに客観性が続くことになるのだが、それはさらに正確に言えば、客観性の仮面にほかならない。

フローベール／二つの並行した系譜／『ボヴァリー夫人』における穴／反駁の余地／スタヴローギン、欠如する悪魔／『覗くひと』の白いページ

しかしながら、すぐさまフローベールが現れる。一九四八年に、最初のプロレタリアの偉大な反逆が時代の転換点を印づけた。やましさのない良心や確かな価値は、すでにとっくに腐りはじめていた。『ボヴァリー夫人』の冒頭の「ぼくたち」にしても、この小説を閉じるときにも（なにしろ、直説法現在で書かれたこの本の最後のいくつかの文は同じように、書き手の位置が彼の

描く世界のまさに内部にあって、絶対知のどこか天の蒼穹にはないことを明示している）、シャルルの怪物じみた帽子（ああ、それにしても私のきれいな山高帽よ！）のように意味の構成にしたがったありそうもない事物にしても、私たちが立ちもどることになる物語に開いているいくつもの奇妙な穴にしても、そのすべてが、小説じたいがふたたび問題にされていることを示している。そして今度は、事態ははやく進むことになる。

しかしながら、バルザックを短い幕間狂言《まくあいきようげん》とみなすことは不可能である。バルザックが説得力のある特権的な手本にとどまっている（だから、その作品に歴史的な重要性が与えられているというのに、その巨大な作品の重さのせいで我々はそれを両手から取り落としてしまう）にしても、バルザックが「リアリズム」というごまかしの体制の真っただ中で完全にくつろぐ象徴的人物になっているにしても、それでもやはり、この体制がそのときから万難を排して今日まで維持されてきたことに変わりはない。そしてまさしく文学のこの傾向こそが常に、現在においても、もっとも多くの一般大衆の人気と伝統的な批評家の評判を集めている。

事実、十九世紀の中ごろから、二つの小説家のグループが同時に発展することになる。一方の小説家たちはあくまでも――なにしろ中産階級《ブルジヨワジー》の諸価値が、たとえどこに行ってもそんなものをもはや信じている者など一人もいないのに、ローマやモスクワといった然るべき場所に常にあるので――バルザックの亜流のリアリズム的イデオロギーにしたがって、意味の骨組みに矛盾も欠落もない決定的に体系化された物語を作り上げようとするだろう。そしてもう一方の小説家たちは、十年ごとにさらに先へ進もうとし、解決できない対立やら分裂やら物語的なアポリアやら不連続性やら空隙などを探求しようとするだろう。というのもこちらの小説家たちは、現実なるものがはじまるのはまさに意味がぐらつく瞬間だと承知しているからだ。

そういうわけで私は、世界の心地よい親しみやすさに感動して、あたかもそこではすべてが「人間」と「理性」(ただし大文字の)という顔を持っているかのように、うまく振る舞うこともできるだろう。そしてそうなれば、私はサガンたちのように書くだろうし、トリュフォーたちのように映画を撮るだろう。そうしていけないことはないだろう。あるいはそこで、まったく反対に、世界の驚くべき奇妙さにショックを与えられた私は、そのどん底からこの自分がまさに語っている欠如そのものを、胸が締め付けられるほど不安になるまで体験することになるかもしれない。そうすれば私はすぐに、自分の生きている世界の現実を構成している唯一の細部が、その世界に容認された意味の連続性に開いた穴にほかならないと分かるだろう。当然のこととして、ほかのすべての細部はイデオロギー的なのだ。しまいに私は、そうした二つの極のあいだを絶えず移動する能力を持つにいたる。

『ボヴァリー夫人』についてだれかが言ったように思うのだが(だれが言ったか私は忘れている)、この先駆的な「新しい小説」は、それより前の、何もかもが充溢と堅固に基盤を置く半世紀とは完全に切断されていて、まさに「欠如と誤解の交差点」である。そしてフローベール自身、それでも彼女の望みを充たしたにちがいなかった有名な舞踏会〔ヴォビエサールの舞踏会〕のあとのエンマについて、「ときに嵐がたった一夜にして山中に大きな割れ目をうがつことがあるように、ヴォビエサール行きは彼女の生活に欠落《あな》をつくってしまった」と書いている。この空虚と欠落の主題は、すぐさまつづくページに相次いで二度繰り返して再び出てくるので、いっそうこの場所で目を惹くのだ。

エンマはヴォビエサールから帰る途中で見つけた子爵の葉巻入れを前に、夢想にふける。エンマが想像するのは、枠にぴんと張られた布地の大きく口を開けた網目を抜けていく刺繍を編む女の息づかいであり、彩色された絹糸は穴から穴へと進み、織り成され、その行程は絶えず中断され、そうして模様を形作る。それこそまさしく、現実という穴だらけの網状組織に対して作業する現代の小説家（フローベール、それは私だ！〔「ボヴァリー夫人、それは私だ！」と言ったとされるフローベールの言葉をもじる〕）の隠喩《メタファー》ではないか。書くこと《エクリチュール》が、つづいて読むこが、欠如から欠如へと進みながら物語を形作ってゆくのだから。

その二十行先でパリの地図を買ったばかりのエンマは、田舎の自分の部屋を離れずに首都で買い物をするのだが、そのとき自分の指先で地図の紙の上に複雑で多様な歩みを描き、「家を示す白い四角の前」のいくつもの通りが交差するライン上で立ち止まるだけに、私はなおのこと確信をもってこのことを断言する。「白い」部分と部分のあいだを、つまり欠落と欠落のあいだを想像上の経路にするこのイメージを、著者は反復するようしむけているが、その執拗さは、彼が主張するヒロインとのこうした同一視が、じっさいどれほど、曖昧な気まぐれとはまったく別のものを表象しているかをわれわれに理解させてくれる。
『ボヴァリー夫人』のテクスト生地ではいくつもの穴が移動していて、まさにそのおかげでこのテクストは生きているのだが、それはちょうど囲碁というゲームで、少なくとも自由な空間、つまり囲まれていない盤の升目を注意して作っているかぎり陣地が生きているのと似ている。そしてそうした升目のことを、囲碁の専門家たちは「開いた眼」あるいはさらに「自由」と呼んでいる。もし反対に、交差する線でかぎられた地がすべて碁石で占められたら、その陣地は死に体となるが、相手は包囲する戦法ひとつでその陣地を奪い返すことができる。

数年前にカール・ポッパーにより普及したアインシュタインの基本概念が、ここにふたたび見出される。どんな領域であれ、一つの理論《セオリー》を判断するための科学的基準は、そのことを疑う新たな実験を毎回行なえば理論の正しさが検証できる、というものではない。そうではなく、まさにその反対で、少なくとも一つのケースで、その理論が間違っていることを証明することができる。そのようなわけで、レーニン・マルクス主義も伝統的な精神分析も、ポッパーが言うには、その信奉者によって間違って科学と見なされている。なぜなら、これらの学説分野がいつでも正しいというのだから。自らのうちに閉じているこれらの分野は、いかなる空白地も、いかなる不確実な領域も残しておらず、未決定の意味の余地も一つもなく、質問と返答の余地も一つもない。それに反して、科学はこのような全体主義的な精神とは相いれない。つまり科学は生きているものでしかあり得ないし、そのために科学は、いわば穴を持たねばならないのだ。私の興味を惹く文学についても同様である。

だから、『悪霊』の内部を絶えず動く「空虚な中心」であるニコライ・スタヴローギンがもどってくる。こと男は数ある悪魔《デーモン》のなかの一人ではない。悪魔のなかの悪魔なのだ。つまり、欠如する悪魔であり、欠けている悪魔である。物語のいまの場面にほとんど姿を見せないので、彼の（海外での度外れな）背理行為を知るといっても、何人も間にはさんで、その意味を決して理解しないし見抜きもしない疑わしい伝達者から報告された限られた断片によるしかない。ときどき、スタヴローギンは事件にかかわる重要な場面にとつぜん現れる。唖然とする証人たちを前に、そのときスタヴローギンは思いがけない奇妙な行為を実行し、説明もない支離滅裂な言葉をいくつか発する。その言葉は、家族や警察にとってもほとんど理解できないままで、多かれ少なかれ彼が首謀者と思われる謀反人たちから見てもほとんど理解できなかった。彼の振る舞いには深い動機があるにちがいないとだれもが思うのだが、しかしその動機を見つけようとしてさまざまな謎を調べるのだがむなしく、わけもなく動機発見の一歩手前にいるかのようで、謎は次々と湧き、増えていく。

今日ではこの本のいちばん最後に、呪われた一章が姿を見せているが、ロシアの出版社は最初、公序良俗を傷つけることを恐れてこれを削除していた。その章を、どの場所にもどせばよいのか、もはや分からない。なにしろ、削除されなかった章には著者自身によって連続して番号が打たれているからで、著者はそうやって欠如の合図を消し去ったのだ。したがって、最近のどの版でも、スタヴローギンは先行するページの途中ですでに死んでいるのに、チホン僧正の前で自らの告白をするためにもどってくる。スタヴローギンは、告白にいっそうの正確さを期すため、ノートにその告白を書いている……のだが、最後の瞬間になって、驚く僧正の眼前でノートから二ページを引きちぎってしまう。そして読者もチホン僧正も、それらのページに書かれていたことを永久に知ることはないだろう。それでも読者は、その途方もない重要性を見抜くことになる。

語り手は、そんなふうにちぎれて不安定な章を閉じる（もしそう言うことができるなら！）にあたって、したがっていまなら本全体を閉じるのにあたって、単に次のようにコメントするだけである。スタヴローギンが問題の二ページを奪い取ったことは残念で、なぜなら、そんなことをしなかったなら、見かけは脈絡のないスタヴローギンの行動とその存在全体の意味が、おそらくついには理解されていただろうから。他方で、スタヴローギンは人生のはじめから最後までいつも嘘をついていたので、告白においても嘘をついたにちがいなかった。そして彼はおそらく同様に、取り去られたページにおいても嘘をついていただろう。

私は『覗くひと』を書いていた時期、『悪霊』を読んではいなかった。しかしながらどう見ても、まるで私が真似して同じ禁じられた穴を、同じ中央の空洞を、同じ沈黙を私自身の小説の核心部にこしらえたかのようではないか。こちらの場合――ドストエフスキーの場合とちがって――私はこの欠落をテクスト全体の産出装置《ジェネラトゥール》として用いたのだ。このことについてもう一度私は繰り返すが、『覗くひと』の「白紙のページ」は、小説のなかに（物語の第一部と第二部のあいだに）欠如のマテリアルな印として、こちらの考えでは無作法になるしつこさで存在しているように見えるが、じっさいには単なる印刷上の理由に起因しているだけである。もし第一部の文章が何行《ぎょう》か余計にあったなら、問題のページは――多かれ少なかれ――ほかのページと同様に空白を活字で埋められていただろう。

『透明人間』／惑乱したナチス党員としてのコラント／彼の病気についての証言／国立農業学院《アグロ》にいた彼の息子

子供のころ、私たちはよく映画に行ったわけではなかった。当時、見た映画はまれで、それだけに私は強烈な印象を受けた。そうした映画の一つは、翌月もずっと、それ以降は散発的に、ふたたび臭化物〔鎮静剤に臭化カリウムが使用される〕のシロップ剤に頼らざるを得なくなるような夜の悪夢を私に引き起こしさえした。それは、一九三〇年代なかごろのフランチョット・トーン〔アメリカの俳優。一九〇五―六八〕が出ている『透明人間』〔原作はH・G・ウェルズの同名のSF小説だが、ここで言及されているのは、それとは別に量産されたスピンオフ映画だと想われる〕だった。そして私は相変わらずいくつかの映像を覚えているが、そこでの気のふれた殺人者の姿なき現前が、じっさいには幼い少年を不安に突き落とす原因になったのであり、その少年はすでに、世界の不連続に潜む一種の欠落によって犯される犯罪にあまりに敏感だった。たとえば、人も車も通らない道で自分ひとりだと思っている自動車の運転手が、自らに迫っている死の間際に車の運転席からついには逃れてしまうときがそうで、車の出発時から運転する男の後ろに隠れている見えない同乗者が、自らのスカーフで運転する男の首を締めるのだ。とうとう犯人は、新雪のまっただなかのあばら家にいるのを取り囲まれ、逃げようとする。見えるのはただその足跡だけで、それがゆっくりと進んで行く。警察官たちは近くの茂みに身を潜め、銃で発砲する。姿の見えない人の体の形が雪のうえに残る。

この三〇年代の終わりごろ、コラントもまた、それが肉体的に逃げ去ることなのか、それとも宗教（キリスト教や仏教、はたまた何だか分からないもの）に入信するとか、漠然とした形而上的な消滅を指すのか正確には分からないまま、しきりに「消える」と口にしていた。彼は少なくとも自殺をしたがるような人間ではなかった。「私は立ち去る、ずらかる……」とコラントは言い、ときには「……内側から」と付け足すのだが、それは、彼が若いころ読んだ本からの短い引用だったと私は思う。当時の熱狂した多くの知識人たちと同じように、コラントはニュルンベルクで行なわれた国家社会主義の儀式〔権力を取って以来、ナチスは党大会を一貫してニュルンベルクで行なっている〕に強く感動していた。彼は、『黙示録』で聖ヨハネの語った赤い竜《けもの》と戦うドイツ帝国の使命について、常軌を逸した激しい演説をしたのだった。そしてコラントは一種の錯乱のうちに、ヒットラーの行なう大式典とバイロイトで自ら見ていた「パルジファル」〔ワーグナーのオペラで、ヒットラーも愛した〕の上演とをごちゃまぜにしていた。

そのころバイエルン〔ドイツ南部の州〕でコラントに出くわした信頼に値する目撃者の描くところによ

れば、彼はまるで一種の執行猶予中の死体であり、生きる屍《しかばね》であり、幽霊だった。より正確にいえば、血の気も失せてやせ細っていたコラントは、乱雑に反故《ほご》を積み重ねすぎの机を前に座っていた。その反故は、だいぶ以前から彼が取り組んでいて、今日となっては散逸してしまった原稿（これにはパリの最も定評のある出版社がいくらか関係している）の、絶えず手を加えられていた下書きにちがいない。旅行用のひざ掛けのようなものがコラントの両肩を覆い、夏なのに寒いのか、首のまわりにまでとどき、このやせた総身から出ている顔は骨ばかりで、じっとしていて、いま包帯を解かれたばかりのミイラのように見え、いましがた問題となった映画のはじめでそうしているのを、人は見ているようだった。コラントの目はまわりに隈ができ、熱のせいか大きく見開かれ、一点を見据え、薄い唇は話すときにもほとんど動かない。コラントは、仕事机に向かっているエドゥアール・マヌレ〔『快楽の館』に出てくる老人だが、エドゥアール・マネをもじっている〕を描く印象派の有名な絵を連想させる。彼は言葉の過激さにもかかわらずこれっぽっちも身動きせずに、その日、訪問者に向かって霊感を受けた言葉を口にするのだが、それは、満ちてくる海や揺らめき動く海藻や岩礁にあいた穴についての気ちがいじみた話で、そうした穴では危険な海水が渦巻き、表面には泡の小さな線ができ……。

自分のノートを読み返しながら、私はコラントの息子が国立農業学院の同級生だったかもしれないと気づく。学業のどの時期に、そうした走り書きの文をいくつか書くことができたのか私には分からない。何にも関係ないように見える文だ。何のテーマに関してかはますます思いだせないが、かなり昔にこの文書の作成はなされているので、すでに十年近くも前に書かれた古い部分にちりばめられた数多くの不可解な注記が何のことなのか、特定するなんて私にはふつうできない。ウド〔一八九七―一九八一。画家。ロラン・ウド〕とブリアンション〔一八九九―一九七九。画家。モーリス・ブリアンション〕のごてごてした配色のフレスコ画の真向かいに階段教室はあったが、その長椅子で私の近くにいた息子コラントのいわば存在につながることを、私はいずれにしても何も覚えていない。学校の人名録に載っている生徒の名簿を確かめる必要があるかもしれない。

言うべきことは何もない／フローベールと紋切型／作家の自由／『エデン、その後』の構造

何もない。私がふたたび見出すものは何もない。タピスリーの途中で切れてしまった糸を私は倦《う》むことなく結び直すのに、同時にタピスリーじたいが崩れていく。その結果、もはやほとんどタピスリーの図柄は見えない。やがてすべてが消え去ってしまうだろう。その図柄について、いずれにしても私は「真の作家は言うべきことなんて何も持たない」ということを知っている。しかしながらこの文によって、文学に関する私のいちばん最初の論文ははじまっている。それは『消しゴム』が刊行されるまさに前に「クリティック」誌に掲載された。それは、白いページに

対する凡庸な強迫観念をめぐる名の知られていない作者の短い小説に関するもので、その著者（名前も私の記憶から消えている）は当時、サルトルの個人秘書だったが、そのあとで「エクスプレス」誌の例の記者になっていて、私の体験した飛行機事故について、その不誠実な介在ぶりは本書で言及した。しかし私の書評の冒頭は「クリティック」誌〔一九四五年にジョルジュ・バタイユが創刊し、数年で版元をミニュイ社に変え、ジャン・ピエルが編集を引き継ぐ〕の編集部によって無礼と判断され、できあがったものからは削除された。ジャン・ピエルはいつも、この驚くべき検閲はジョルジュ・バタイユによると主張していたが、びっくりしてしまうのは、なにしろジョルジュ・バタイユは一九五〇年代にはこの雑誌を主宰しておらず、それはもっと前でしかないからだ。

そもそもこうした考えは、またしても名を出すが、フローベールのものなのだ。そしてこの点でもまた断絶が十九世紀の中葉《ハーフタイム》に起こる。バルザックは最後の幸せな作家だと言われる。作品が社会の価値と一致する作家であり、社会もこの作者を養っているが、それというのも、バルザックが無邪気でいられた最後の作家だからである。彼には言うべきことがあった。自分であり、そして大急ぎで何十もの小説を、何千ものページを積み重ね、社会を書くという奇妙で矛盾だらけの実践の妥当性については、いささかも自らに問いを差し向けているようには見えない。フローベールは三つの本を書くのに全生涯を要したが、そこで発見したのは、作家の極度の自由と同時に斬新な着想を表現すると言い張る無意味さであり、ついには書くこと《エクリチュール》の不可能性であって、これは沈黙からしか出て来ないし、ひたすら自身の沈黙へと向かうにすぎない。

そうなると、小説作品の内容（何か新しいことを言うものだとバルザックは考えていた）はじっさい月並みな「いつもすでに言われたこと」しか許容できなくなる。つまり、ステレオタイプの数珠《じゅず》つなぎとなるが、当然のこととして、そこに完全な独創性は不在となる。前もって社会が正当化した意味しか存在しなくなる。しかしこうした「社会的通念《もんきりがた》」（これをいまわれわれはイデオロギーと呼んでいる）がそれでも、芸術作品――小説や詩やエッセイ――を練り上げるための唯一可能な素材となることだろう。空虚な建築である芸術作品は、その形式だけでじっと立っているものなのだ。テクストの連繋はその独創性としてあるが、ひとえにテクストの諸要素の組織化の作業からしか生じない。そうした要素それだけではいかなる価値も持たない。作家の自由（つまり人間の自由）は、可能な組み合わせによる無限な複雑性のうちにしかない。アメーバーから人間の脳まで、たった八つのアミノ酸と四つのヌクレオチド〔塩基＋糖＋リン酸の構造を持つ化合物。核酸はこれが多数重合したポリヌクレオチド〕という常に同じものを用いて、自然はすべての生組織《システム》を作り上げてはいないか？

映画『エデン、その後』の生成過程について、私は――「オブリック」誌やほかで――すでに語っているが、これは数百年も前の飾り武具《コレクション》の、いわば現代版に属している十二のテーマ（迷路、ダンス、分身、水、ドア、等々）から生まれている。このテーマがそれぞれ十回、しかし異なる順番で繰り返され、連続する十の組《セリー》を形作っている。したがって、いささかシェーンベルク〔一八七四―一九五一。オーストリアの作曲家。十二音技法を創始した〕的セリーと似ているかもしれない。マテリアルな作業（打ち解けた幸福感でシェーンベルクが起動する創意工夫に付加される）は、撮影中も、つづいて編集の作業中も、こちらの生成のためのスキーマに絶えず糧を与えてくれた。たしかにスキーマの厳密性は、最後の結果に至っていても、もはや私でさえ制御できない。最初にシナリオがあるわけはなかった。ただ最初のセリーの対話による小話があるだけだった。すなわち、十二の升目がある。残る百八の升目は撮影班との共同作業で、とりわけチーフ・カメラマンのイゴール・ルター〔一九四二—。撮影監督。『ダントン』『ブリキの太鼓』など〕と女優のカトリーヌ・ジュルダン〔一九四八—二〇一一。フランスの女優〕の熱狂的な貢献のおかげで作られたのだ。彼女は自主的に動いてやがて映画スターになったのである。

血のテーマ／ブラチスラヴァで折られた私の歯／ジュルダンが割って入る／現実の社会主義の医者と歯医者

当然、客観的な偶然もすぐに絡んできて、一連の不測の事態の結果として、たとえばヒロインの「分身」をありそうもない不思議なかたちで出現させたのだが、それはヒロインと姉妹のように似ていて、同じような服を着ている。「血」のテーマについて言えば、スロバキアの国立スタジオで、撮影の最初の三週間のあいだに重要な役割を演じるようになったばかりだったが、それはとつぜん現実の真っただ中で思いもかけない展開を見せた。

だからそれは一九六九年八月の終わりに、ブラチスラヴァ〔スロバキアの首都〕で起きた。われわれはカフェ・エデンのセットにケリをつけるために、六日間、猛烈に働いたところだった。モンドリアンにインスパイアされて、鏡板《パネル》を迷路のようにした装置で、そのパネルが交差する平行なレールの上を滑り、フロア全体を碁盤目状にした。カットごとに、ときには撮影中でさえその配置を変え、演技空間をいっそう固定しないようにした。私はその土曜日の晩を利用して、出かけ、ストリップショーを見せるナイトクラブ（これはプラハの春の余波であり、同様に契約書もそうで、その恩恵に私は浴している）で食事のあとにカラフ一杯の白ワインを飲んだ。そこで、次の火曜日にこちらを助けてくれるはずの裸のエキストラの女性を選ぶつもりだった。妻のカトリーヌと私のチュニジア人のアシスタントは疲れて、短い時間でこちらのもとを離れた。私といっしょに残ったのは、カトリーヌ・ジュルダン（彼女のことを私は単にジュルダンと呼んで、妻との混同を避けている）と、若いフランス人の男の役者とチュニジア人の共同製作代表だった。

真夜中ごろ、陽気になって和やかに、人気《ひとけ》のない町を宿舎のホテルの方へ徒歩でもどっているときだった。カールトン・ホテルの前の道路の中央にある遊歩道《プロムナード》の真ん中に、まるで挑発みたいにソビエトの小型飛行機が展示されていて、それに対してわれわれは思わず冷やかし半分のこと──明らかに不要な──をやった。古くさい豪華さを誇るその建物（われわれの方はホテル・デヴィンに宿泊していて、そこから三百メートルほど先のドナウ川に面したずっと現代的なホテルだった）の大きな玄関の前に来たとき、パトロールの警察官たちに呼び止められた。おそらく彼らはこちらの敬意を欠いた行動を見ていたのだ。といっても、じつに害のないものだったが。

私は自分がこの小さなグループの責任者だと考え、自分たちの深夜の散歩のわけを機嫌《きげん》よく説明した。しかも夜間外出禁止令は出ていなかった。私の撮影している映画は、フランスとチェコスロバキアの両国がかかわっていて、国営化された映画業界に完全に公認されたかたちで負担を引き受けてもらっている。数日前には、私はフランスの「芸術・文芸勲章《アール・エ・レットル》」にその国で相当する現地の勲章をまさに受けたところだった。だが、その国の言語のごくわずかな単語しか知らなかった私は、ドイツ語で――どうにかこうにか――考えを伝えるという誤りを犯してしまった。そこでわれわれは、憎むべき資本主義の強力な自分たちの金を使って楽に飲み騒ぎをしにやって来たオーストリア（ウィーンはドナウ川の対岸にあり、数キロしか離れていない）の旅行者と見なされたのだ。その上、もう一度言うが、私の髪は長すぎてとても規格にかなった善良なコミュニストのものとは思えなかった。さらに私はその日の朝、髭を剃ることを怠っていた（当時の私は髭を蓄えてはおらず、ただ口ひげだけはやしていたが、それがまたじつに西側のものなのだ）。

　警察官のうちの二人は制服を着ていて、残る三人は私服だった。五人とも髪を短くカットし、ブラシのように立った毛をしていて、襟足は剃っていた。だが彼らはひどく赤い顔をしていた。おそらく酔っていただろう。その日はちょうど、ワルシャワ条約機構軍の軍事力介入の記念日〔いわゆる「プラハの春」を弾圧したチェコ事件の起きた日、八月二十日を指すと思われる〕だった。ワルシャワ条約機構軍は、広範囲に及んだやりたい放題に終止符を打つためにまさに来たのだった。そして権力当局が恐れているのは、記念日に合わせたデモであり、それに備えて――噂がささやかれていた――もっとも信頼できる部隊をやや強化していたのだ。そのもっとも元気な連中のなかの何人かのメンバーは明らかに乱闘を求めていた。私服姿の一人は私に身分証明書を求め、私はその男にそれを差し出した。

しかし同時にその隣にいた男は、右手の指にメリケン・サックのようなものをはめていて、私に向かって左手で小さなガス・スプレーを振りかざす。こちらの顔めがけてスプレーをいくらか噴射すると、しびれるように麻痺した。そしてそのとたん、男は私のあごを殴りはじめた。完全に目を回した私は、後退《あとずさ》ってカールトン・ホテルの壁にもたれかかったのだが、そのあいだ――あとで私に連れが語ってくれたところでは――私は虚空に前腕部でとてもゆっくりと曖昧に円を描いているようで、まるで私が夢うつつの状態で虫でも追い払っているみたいで、もちろん私の顔を襲いつづける正確なパンチを何ら防ぎもしなかった。いっしょにいた男の二人の連れはこのひどい殴打に立ち会いながら、おとなしく何も言わず、この好戦的な連中に威圧されていたのだ。そしてあいだに割って入ってくれたのがジュルダンだった。彼女はその優しい顔を盾として私の顔の前に置き、勇ましい態度で私を攻撃する男をじっと見据えた。一瞬、男はこのかわいい娘の顔を醜くしてしまうのをためらった。そのメリケン・サックをした拳がついには体の脇にだらりと垂れた。

黙ったまま、私の身分証明書が返された。ありきたりのいつもの検査のあとみたいだった。そしてわれわれは静かに帰路をたどった。なにもかもがまるで夢のなかでのように起こり、説明もなく、叫びもなく、混乱もなかった。私は暴力などなかったとほとんど言いたいくらいで、世界のすべてにもやもやと綿のようなものがかかっているように思われ、そこにはあの金属のメリケン・サックでさえふくまれていて、その殴打をあごに繰り返し受けているのに、どちらかといえば私はほとんど感じなかった。おそらくガスであごが麻痺していたのだろう。だがホテルの部屋に入った私は、カトリーヌの視線で、被害が相当のものにちがいないと理解した。

私は浴室の鏡に映る自分をじっと見た。上の左の前歯が二本折れていて、もう一つ別の歯がぐらぐらしていた。そして口の上と下の肉に深い裂傷が見られた。着ていた白いシャツの四分の三がカラーからウェストまで真っ赤に染まり（両唇の傷口から大量に出血していて）、流れた血の跡がシャツに描いた図柄そのもので、それは皮肉にも、その朝スタジオで撮影した残虐なシーンを連想させた。冷たい水を染み込ませたタオルのおかげで、少しずつ頭の働きを取りもどしたそのとき、警察官が用いたスプレーの形が私の記憶によみがえった。それは奇妙にも、私の映画のフィルムを巻き付けるリールにすでに描かれていた小さなモノ（ならずものを蹴散《けち》らすとみなされている）に似ていた。（しかしそのシーンは結局、テレビ用のアナグラム版にしか編集されなかったが、その版の構造はひとつづきのセリーによるものではなく、予測できないランダムなもので、タイトルは『Nはサイコロを取らなかった』*N. a pris les dés.*〔先行する *L'Eden et après*（『エデン、その後』）のアナグラムになっている〕である。）

夜明けから、すべての細胞組織が興奮している。私はいわゆる現実の社会主義国家の無料の医者をはじめて体験した。党の役人が、どこへ行くにも私に付いてきて、さりげなく百クローネ札を何枚か与えるのだが、私をむかえてくれた看護婦にも、私を診てくれて傷を縫ってくれた外科医にも渡していた。それからやがて当局者たちは、どこにでもある誤解を心配してはいけない、元気な秩序の番人《けいかん》たちは私がだれか単純に分からなかっただけだから、とこちらを安心させた。次のことが私の第一印象を強固にした。つまり、慣習によれば、私に起こったもめ事はじっさいには私に関係なかったのだ……。

　次の日のことにちがいないが、もう一つの映像が浮かぶ。私の上に身をかがめた歯医者は――反共産主義的な信条をたたえた辛辣な表明をし、しかもフランスで必要な義歯整形を行なってもらうよう猛烈に私に勧めたのだが――門歯についての診断をこちらの顔に向かって叫ぶように口にした。私の門歯は、最初、さほど打撃をうけていないように思われたのに、歯医者はその歯根をぎゅっと力を込めて邪険に扱うと、「ああ！　ああ！　ぐらぐらしてますよ、映画技師さん！こんなにぐらぐらしてます！」と顔をゆがめながらはじけるように笑ってフランス語で繰り返したのだった。

ブレストに住む女友達の歯医者／コラントの葬儀／お茶

私が思いだすのは、母がおそらくほれていた親友の女性（あるいは逆かもしれない）で、彼女はブレストで歯科医をしていた。子供のころ、この女性がいつも私たちを診てくれた。そしてその有能な優しさに加えて、アパルトマンが魅力的なのだ——私たちにはとても豪華で——そこで彼女は黒檀のグランドピアノで「沈める寺」〔ドビュッシーの「前奏曲集一」第一〇曲目。原題は「（海に）呑み込まれた大聖堂」〕を弾いてくれるのだった。アンリ・ド・コラントの首にあった奇妙な傷跡について私に話してくれたのが彼女だった。赤い小さな傷口《あな》が二つ、およそ一センチ離れていて、彼女は親知らずを抜くために歯茎の手術をしている際に、これを不意に見つけたという。

　コラントはそのすぐあとフィニステールで死んだ。私の父は葬儀に行った。宗教儀式を伴わない葬儀で、聖務停止下の司祭による教会の閉まった扉の前での、いわゆる屋外での偽ミサがあった。ポルスモゲ＝アン＝プルアルゼル〔ブレストの西方の海岸部〕とかなんとかいった西海岸の小さな町で行なわれた。そこでアンリ伯爵は、崖にはめ込まれたようなヴォーバン〔一六三三—一七〇七。元帥で築城家〕時代の古い砲台の奥で、ひとりで暮らしていた（部屋に至るにも石の階段を降りなければならなかった）。そこをコラント伯爵は国有地管理局《ドメーヌ》から買い取り、とても簡素に整備したのだった。したがって彼は破門された人間だった。いつからだろう？　いかなる罪ゆえに？　ささやかな葬列は、教会の鐘楼の向かいにある小教区の一種の囲い地の前で止まったが、鐘はならなかった。前日から冷たい霧雨が降っていた。秋の終わりだった。人びとは黒っぽい服に身を包み、雨で水浸しになった地面にひざまずいた。私の父がロシュ・ノワールに帰ってきてこの話をしてくれたとき、私が思ったのは、それこそ「人間の意識のもつ霧であり湿り気にほかならない」ということだった。

すでにほとんど暮れていた。私たちはお茶を飲んだところだった。それが毎日、本当の儀式みたいになっていた。父が口をつぐむと、だんだんと何もかも忘れるようになっていた九十歳を超えた祖母が「ねぇ、今日はお茶は飲まないのかしら？」と尋ねた。その娘が祖母に「まあ、お茶を飲んだところじゃない！　もう終わったの、お茶は！」と苛立って答えた。祖母は一瞬考えると、それから自分の混乱した頭の上に尊大な態度を漂わせて、まるで自分自身に向かってのように言ったのだった。「バカね、まったく！　お茶はちっとも終わっていないじゃないの！」

訳者あとがき

本書は一九八五年に上梓されたアラン・ロブ゠グリエの『もどってきた鏡』*Le Miroir qui revient*（Éditions Minuit）の全訳である。「ロマネスク」と括られる三部作の一作目にあたる。『覗くひと』、『嫉妬』、『迷路のなかで』といったロブ゠グリエの主要作と見られる小説が一九五〇年代に書かれていて、その後、アラン・レネが監督した『去年マリエンバートで』（一九六一）の脚本執筆を担当してから、ロブ゠グリエは『不滅の女』（一九六三）を皮切りに自ら映画を撮りはじめる。ロブ゠グリエの年譜をながめると、一九六〇年代から一九七〇年代半ばまでは映画の方に力を注いでいるように見える。そして、映画の方では『危険な戯れ』（一九七五）、小説の方では『黄金のトライアングルの思い出』（一九七八）を最後に――もっともカリフォルニア大学の教師に依頼されたフランス語の教科書風の小説『ジン』（一九八一）を別にして――年譜を見るかぎり、小説も映画も新作を発表していない。その沈黙を破ったのが、映画では『囚われの美女』（一九八三）であり、小説では本書『もどってきた鏡』である。

本書が出版されると、フランスの文学界は騒然となった。一貫して前衛的な小説を書き、その旗振り役を任じてきたロブ＝グリエが、「私的なこと」を語りだしたからだ。当時、さかんに「オートフィクション autofiction」という語が飛び交ったが、訳せば「自己小説」となる。いわばその衝撃は、小説の可能性を小説そのもので問うような実験小説の旗手が、しばしの沈黙の後、いきなり私小説を書きはじめたようなもの、といえばよいか。ロブ＝グリエが書いたのは私小説ではないが、そのくらいの、まさに転向と受け止められたきらいがある。もっともそれは、ロブ＝グリエにしてみれば、書くことの自由のうち、ということになる。ちなみに「自己小説」についていえば、これはセルジュ・ドゥブロフスキーが自作の小説（『息子』）について語る際に造語したものだ。

ロブ＝グリエの本書を一読後、しかし私はそうしたメディアの受けとめ方に違和感を覚えた。また、ドゥブロフスキーのいう「自己小説」ともまったく違うと感じた。そこには、たしかにこれまでほとんど語られていなかったロブ＝グリエの「私的なこと」がふんだんに出てくるが、一方で、フィクション＝虚構への意志がくっきりと残されていて、私の印象では、「私的なもの」が虚構とどう融合するか、さらにいえば、逆に虚構が「私的なもの」をどう取り込むのか、という果敢な試みとして読むことができたからだ。本書では、虚構を味わうこともでき、自作の小説や映画をめぐる裏話を聞くこともでき、批評を読むこともできる。加えて、自己をめぐるエッセイでもあり、当然そこには家族に対する思いや回想も混じっていて、そうしたジャンルの横断性こそが本書を独自のものにしている。その試み全体に与えられた呼称が「ロマネスク」であり、つまり本書でロブ゠グリエは新たな挑戦をしているのだ。

本書には原注が二つ付されているが、その最初のものによれば、本書は当初、スイユ社から「永遠の作家」叢書の一冊として刊行される予定だったとわかる。ところが、「書いているうちに、テクストが思いがけない旋回をし」て、叢書の趣旨を越えてしまい、その一冊とはしない旨が注記された。この叢書が上梓されていれば、『彼自身によるロブ゠グリエ』と題されて、多くの図版や写真をちりばめ、本人の作品からの引用から構成される本になっていただろう。作家本人が生きていれば、引用をつなぐ地の文を書くのもロブ゠グリエ自身である。体裁こそ作家紹介だが、それこそそこには、「私的なもの」がまるで死後に採集されたかのような、いわば死んだもの、として提示されていたことだろう。ともかくも本書は、そうした叢書をはみ出してしまったのだ。

この原注で注目したいのは、「書いているうちに、テクストが思いがけない旋回をし」たという点であり、その「思いがけない旋回」こそが、本書をドゥブロフスキーのいう「自己小説」とは決定的に異なるものにしている。というのも、本書を作りあげてゆくエクリチュールが虚構を招き寄せているからだ。ロブ゠グリエはおそらく、この虚構の部分が「永遠の作家」叢書に相応しくないと判断し、書きはじめた本書をこの叢書から切り離したのだろう。その虚構の核になるのが、「アンリ・ド・コラントとはだれだったかのか?」という自問とともに差し出されるコラントなる謎の人物である。

コラントは「私の家族内やあの古い家のまわりで、小声で噂されていた支離滅裂な話」にもとづいて本書に登場する。しかしその一方、作者は「あとから私の記憶によってまさに捏造されたかもしれず」と断りを入れている。コラントの存在は、幼少時の記憶をもとに思い出されていると言いながら、それは偽記憶かもしれない、と遁辞を用意しているのだ。つまりアンリ・ド・コラントの生きる場所とは、記憶と偽記憶のあわいにあって、それこそが本書の虚構空間にほかならない。記憶は次々に「私的なもの」を差し出すから、コラントをめぐる虚構はそうした現実的なもののあいだに宙づりにされているとも言える。

白馬にまたがったコラントはブルターニュの海岸線に沿った荒れ地から、「下着類」を洗濯べらで繰り返し打つような音に惹かれ、波打ち際まで愛馬を推し進める。そこで、波間に踊るように漂っている楕円の大きな鏡を発見し、これを捉えようとする。この一連の場面で、虚構らしさは際立つ。愛馬は恐怖に駆られ、コラントを振り落とすが、コラントは海のなかにひとり入り、鏡を海岸まで持ち帰ろうと格闘する。その結果、コラントは溺死状態で税関吏に見出される。この男はコラントを近くの宿に運ぼうとするが、重くていっしょに運べない鏡だけを浜辺に残してゆく。コラントは高熱を押して、どうにか宿を抜け出し、鏡を置いてきた浜辺にもどってみるが、そこには鏡の痕跡すらない。そこで気づくのは、昨夜、洗濯物をだれかが木べらで打って洗っているような音を聞いたあたりに、明らかにその土地の女のものではない「刺繍を施したシルクの下着類」がヒースの小枝にかけられていることだ。その下着には、「まだ凝固していない流したばかりの血の大きな染み」が付着していて、突如、コラントは「許してくれ！」と叫び、高熱と錯乱に引き裂かれる。

ロブ＝グリエはそうした記述のあとに、「ところで、若くして死んだ愛しの女マリ＝アンジュ・ファン・デ・リーヴスは、優美だが非難をふくんだ目鼻立ちをしていて、幽霊鏡のなかに、不意に姿をふたたび現したが、アンリ・ド・コラントとともにウルグアイに滞在しているあいだに命を落としたのであり」といった新たな細部を書き加える。その細部によって、虚構はまた新たな方向に展開してゆくのだが、要は、そうして動き出した虚構が、自らの起源の不在証明《アリバイ》を差し出すように、本書の執筆の直前に作られた映画『囚われの美女』を引き寄せている。書かれたものと映像作品というジャンルを超えた相互テクスト性＝インターテクスチュアリティーといえばよいか。というのも、『囚われの美女』の主人公の男が出くわす挑発的な美女（つまり「囚われの美女」）の名がマリ＝アンジュ・ファン・デ・リーヴスであり、男の妄想を映像化しているのか、浜辺で白いドレス（下着姿ではない）をまとって踊る映像が後半に頻出する。もっともその前に、マリ＝アンジュは腿から血を流して瀕死の状態で主人公に発見され、男は彼女を助ける（助けきれなかったかもしれない）ものの、そのあとは現実とも妄想（＝幻想）ともつかない映像が反復される。そしてアンリ・ド・コラントという名前も『囚われの美女』に出てきて、主人公がメッセージをとどけるように指示を受ける宛先が同名の政治家であり、マリ＝アンジュの婚約者でもあるらしい。男がようやくコラントのもとにメッセージをとどけに行くと、当のコラントは倒れていて、その状況から殺されたとわかる。

こうして、『囚われの美女』からコラントとマリ＝アンジュの名を借りた本書は、やがてその物語までを流用する。コラントの婚約者のマリ＝アンジュはウルグアイ滞在中に殺されたようだ、コラントの反応を見ると、殺したのはどうやら彼らしいのだが、決定的には言及されず、宙づりにされたままである。やがて、本書は自らの虚構として、コラントの政治がらみの暗躍の足跡を伝聞や噂をもとに展開してゆく。繰り返すが、本書のコラントは本書のなかだけで固まっているのではなく、そうした相互テクスト性の空間に揺れ動いている。もっともしまいには、コラントの葬儀までが本書では描かれていて、そこには私の父が参列しているから、見事にコラントは「私的なもの」とのあいだに接合されてしまうのだが、それはちょうど冒頭近くで、父のもとを夜になると訪れたコラントに対応している。

これまでもロブ＝グリエは、幻想的なものとリアルなものをともに段差なしに（ただしエクリチュールの段差は設け）小説テクスト（そして映画にも）登場させていたが、本書では、この幻想的なものに当たるのが虚構的なもので、それが「私的なもの」を語るエクリチュールに接合されている。そうした異質なものどうしがこすれ合わされるとき、いわば言葉が波立つ。本書を読むとは、まさにそうした波立った言葉にさらわれ、エクリチュールの波間をただよう体験にほかならない。だから本書を手にした読者は、大いにその波間にたゆたっていただきたい。

ところでもう一点、本書で明らかになったことがある。ロブ＝グリエが登場したとき、フランスでも日本でも、よく「幾何学的な描写」という言葉が飛び交った。たしかにそうした側面はあるのだが、そのことを考える上でも、カミュの『異邦人』からロブ＝グリエが受けた影響は予想以上に大きい。『新しい小説のために』において、『異邦人』を攻撃していただけに、そこにはロブ＝グリエのアンビバレントな顔が垣間見える。

問題を絞れば、『異邦人』の冒頭の章がわれわれ読者に与える「もっぱら外部に向けられた意識に入り込んでしまったようなショッキングな感じ」である。その「感じ」を、若いロブ＝グリエは衝撃をもって受け止めたことが本書でわかる。ロブ＝グリエはそれを、フッサールの現象学を説明するサルトルの言葉（「フッサールの現象学の根本的理念」『シチュアシオンⅠ』所収）を通して理解しようとする。『異邦人』の主人公兼語り手ムルソー（一人称小説はみなそうなる）に、フッサール的「純粋意識」を重ねるのだ。「純粋意識」じたいは、フッサールが主観と客観の構造に取り込まれないように、一種の判断停止《エポケー》として「意識」をカッコに入れたときに残る「空っぽの意識」である。そこには自己も内面もない。ムルソーはその「空っぽの意識のまなざし」で世界や事物を見ている。それがとりわけ『異邦人』の冒頭の章に圧倒的に現れ、われわれ読者はまるで「外部に向けられた意識」に立ち会ったような衝撃を受けるというのだ。内面のない「純粋意識」には、知覚された外部しかなく、それはつまり、自らの存在を「外に投影」することでもある。

しかしロブ＝グリエが問題視するのは、『異邦人』で、そうしたまなざしによって切り取られた世界の描写が徹底していない点である。別の言い方をすれば、「純粋意識」と思われたムルソーの意識がそうではない露頭を顕わにしているというのだ。つまり、「純粋意識」として空っぽになりきっていないぶん、そこに内面が潜み隠れてしまう。それがわかるのが、『異邦人』で用いられる隠喩表現（フランス語の隠喩《メタフォール》には直喩もふくまれる）においてである、とロブ＝グリエの炯眼が発揮される。隠喩＝直喩表現には、譬えを用いることで、もともとない意味やイメージを導入するはたらきがある。そこには表現したい意図へ向けた意味＝イメージ操作が否応なく介在せざるを得ない。そうした意図じたいが、一人称小説の場合、主人公兼語り手の語りにも染み込むことになる。それが「純粋意識」を汚染する。主人公兼語り手のまなざしが隠喩＝直喩表現を許容することじたい、そこに意識が隠れた状態で潜んでしまうというのだ。そして『異邦人』を読んでもらえばわかるが、抑制されてはいながらも、隠喩＝直喩表現が用いられていて、そこにロブ＝グリエは内面のよすがを見出し、『異邦人』に顔を出す隠喩を攻撃するのである。

ついでにいえば、その延長線上に、ロブ＝グリエの言う「形容詞性」という言葉がある。形容詞（特に品質形容詞）には、客観的なものや知覚につながったものもあるが、同時に、主観や内面につながったものもある。大きい、熱い、などは前者だが、悲しい、懐かしい、となると明らかに後者である。この後者につながるものを、ロブ＝グリエは「形容詞性」として断罪する。余計な内面や主体の意識を前提にしてしまうからだが、そうした形容詞性や隠喩＝直喩表現を徹底して排除するところに、ロブ＝グリエの「幾何学的な描写」と言われるものの領域が顕わとなる。たとえば『嫉妬』などをていねいに読めば、そこには「嫉妬」といった主人公の内面につながる描写がないことがわかる。内面を持たせずに、どう「嫉妬」を描くのか。そうした書くことの実践をしているから、カミュの『異邦人』に対する攻撃が鋭くなるのだが、反面、それだけロブ＝グリエがカミュの『異邦人』から受け取ったものの大きさが見えてくる。ある意味で、ロブ＝グリエは自らのエクリチュールでフッサール的な「純粋意識」を徹底したとも言えるだろう。本書では、そうしたことが率直に語られている。

そして「あとがき」の最後に、この翻訳をはさんで生じた個人的なことを記すのをお許し願いたい。本書の一部を二回ほど、雑誌に発表してから、編集部から翻訳の話をいただき、私は快諾した。じつは、その前にも、同じ水声社からバルザックの中長篇（日本の基準でいえば、完全な長篇）を二つ訳す約束をしていた。それとほぼ並行して、フローベールとプルーストの翻訳を別の出版社から依頼されていた。その結果、二〇一三年、一四年と私はものすごい量の翻訳に明け暮れたのだ。『失われた時を求めて』（四百字×千枚）、『三十女』、『二人の若妻の手記』（水声社のバルザック選集《バルザック愛の葛藤・夢魔小説選集》に入っている）、『ボヴァリー夫人』（フローベール）。翻訳家冥利に尽きる体験をさせてもらったが、それぞれの翻訳後に、『謎とき

『失われた時を求めて』』と『「ボヴァリー夫人」をごく私的に読む』を私は書いている。翻訳を通して発見したことを忘れないうちに書いておくためだ。これらを書き終えたのが、二〇一五年七月である。本当に、二年半、疾風怒濤のように訳し、書いた。

そして一五年の夏休みに、本書『もどってきた鏡』にふたたび取りかかった。しかしどうにも翻訳の筆（じっさいにはパソコンのキーボード）が乗らない。プルーストの文に比べ、決して難しいからというのではなく（もちろん、ロブ＝グリエ独自の難しさはある）、どうにも辞書を調べつくしながら日本語を作っていくのが苦痛なのだ。初めて、そのような体験をした。原文で残すところ五十ページを切って、まったく先へ進めなくなった。こうして無理を押して訳していると、簡単なことにも足下をすくわれ、誤訳をしかねない。私は立ち往生してしまった。おそらく、心身症の手前のような状態だったのだろうか。私は翻訳を中断した。

翻訳へのモチベーションを取りもどせるまで、訳さないことにした。そのときの私に必要だったのは、むしろリハビリである。書くことへ向けて自分の背中を押してくれるきっかけを探して、私は面白そうな本を手当たり次第に読んだ。そうして一つの焦点を結んだのが、日本の幕末と明治時代の歴史だった。魅力的な人物を何人も見つけた。しかしその多くはすでに何らかの形でだれかに書かれていた。書かれていない人物もわずかにいたが、そうした読書に明け暮れたおかげで、私のなかで書くことへの気持が高まってきた。忘れていた小説を書きたいという気持が頭をもたげたのだ。しかし十年近く、いや、それ以上か、書いていない。一度、五十歳前後で小説を書いているが、それは編集者に依頼されてのものだ。初発の動機が内から沸き上がってのものではない。その意味で、翻訳を中断した結果、図らずも初めて（青少年期は別にして）、自ら小説を書きたいと思った。書けるだろうかとも思った。年齢的にも、小説を書きはじめるには遅いのではないか。しかし同時に、しかしやらずに後悔するならやってみようと思い、腕試しに、公表のつもりもなく、四百字で百枚くらいのものを書いてみようと思い立った。そうして、ともかくも書けたのである（それは、曲折と大幅な改変を経て、「やよいの空に」というタイトルで、「新潮」誌上で日の目を見ている）。

その小説の結末を考えているときだった。脈絡もなく、漱石の『吾輩は猫である』の結末が思い浮かんだ。脈絡はないと言ったが、あるとすれば、小説の結末ということと猫の死くらいか。ともかく、私はとたんに、甕に落ちて死んだ「吾輩」の霊を主人公にした物語を思い付いた。あっという間に、筋が見えたのである。私は腕試しの小説を書き切ると、急いでとったメモをもとに、「吾輩」の死後の物語を書きはじめた。それが『吾輩のそれから』であり、それを書いている途中で、「坊っちゃん」が新橋駅で山嵐と別れてからの物語が同じように思い浮かんだ。明治時代をサブ主人公にして、「坊っちゃん」がそれからをどう生きたかを書けばいい。それが『坊っちゃんのそれから』になった。そしてその執筆中に（二度あることは三度あった！）、漱石の死後のことを書けると気づいた。先生（＝漱石）の霊と吾輩の霊を出合わせ、漱石の小説が結末を迎えたあとの登場人物たちを先生の霊が心配し、吾輩に探偵を依頼するという一種のインターテクスチュアリティーの構想と筋が思い浮かんだ。それが『先生の夢十夜』である。
気がつくと、私を翻訳から遠ざけていた状態が消えていた。結果的に、リハビリに成功したのだ。二〇一七年の夏をむかえていた。私は無理をせずに本書の翻訳を再開し、年末までにという出版社の求めにどうにか間に合わせることができた。つまり本書をはさんで、私は貴重な体験をさせていただいたのである。ここまでを読み返してみて、それは同時に、翻訳が遅れたことの言い訳にもなってしまっていると気づいた。寛恕を請う次第である。贅言を費やしてしまったが、一時は見えなくなったこのゴールまで導いてくれた水声社社主・鈴木宏氏と伴走してくれた神社美江氏に、この場を借りて厚い御礼と感謝を申し上げたい。

芳川泰久

二〇一八年盛夏

著者／訳者について――

アラン・ロブ＝グリエ（Alain Robbe-Grillet）　一九二二年、フランスのブレストに生まれ、二〇〇八年、カーンで没した。ヌーヴォー・ロマンを代表する作家であり、映画監督でもある。主な小説に『消しゴム』（一九五三年。光文社、二〇一三年）、『覗くひと』（一九五五年。講談社、一九九九年）、シナリオに『去年マリエンバートで』（一九六〇年）などがある。

芳川泰久（よしかわやすひさ）　一九五一年、埼玉県に生まれる。早稲田大学大学院博士課程修了。現在、早稲田大学文学学術院教授。専攻、フランス文学。主な著書に、『書くことの戦場』（早美出版社、二〇一八年）、小説に、『歓待』（水声社、二〇〇九年）、訳書に、バルザック『二人の若妻の手記』（共訳、水声社、二〇一六年）などがある。

装幀——宗利淳一

もどってきた鏡

二〇一八年一〇月一五日第一版第一刷印刷　二〇一八年一〇月二五日第一版第一刷発行

著者――アラン・ロブ＝グリエ

訳者――芳川泰久

発行者――鈴木宏

発行所――株式会社水声社

東京都文京区小石川二―七―五　郵便番号一一二―〇〇〇二

電話〇三―三八一八―六〇四〇　ＦＡＸ〇三―三八一八―二四三七

［**編集部**］横浜市港北区新吉田東一―七七―一七　郵便番号二二三―〇〇五八

電話〇四五―七一七―五三五六　ＦＡＸ〇四五―七一七―五三五七

郵便振替〇〇一八〇―四―六五四一〇〇

URL : http://www.suiseisha.net

印刷・製本――ディグ

ISBN978-4-8010-0362-0

乱丁・落丁本はお取り替えいたします。

フィクションの楽しみ

二三〇〇円
赤外線　ナンシー・ヒューストン　二八〇〇円
草原讃歌　ナンシー・ヒューストン　二八〇〇円
モンテスキューの孤独　シャードルト・ジャヴァン
二八〇〇円
涙の通り路　アブドゥラマン・アリ・ワベリ
二五〇〇円
バルバラ　アブドゥラマン・アリ・ワベリ
二〇〇〇円
ハイチ女へのハレルヤ　ルネ・ドゥペストル
二八〇〇円
石蹴り遊び　フリオ・コルタサル　四〇〇〇円
モレルの発明　A・ビオイ＝カサーレス　一五〇〇円
テラ・ノストラ　カルロス・フエンテス　六〇〇〇円
古書収集家　グスタボ・ファベロン＝パトリアウ
二八〇〇円

リトル・ボーイ　マリーナ・ペレサグア　二五〇〇円
連邦区マドリード　J・J・アルマス・マルセロ
三五〇〇円
暮れなずむ女　ドリス・レッシング　二五〇〇円
生存者の回想　ドリス・レッシング　二二〇〇円
シカスタ　ドリス・レッシング　三八〇〇円
これは小説ではない　デイヴィッド・マークソン
二八〇〇円
ライオンの皮をまとって　マイケル・オンダーチェ
二八〇〇円
神の息に吹かれる羽根　シークリット・ヌーネス
二二〇〇円
ミッツ　シークリット・ヌーネス　一八〇〇円
メルラーナ街の混沌たる殺人事件　カルロ・エミーリ
オ・ガッダ　三五〇〇円
欠落ある写本　カマル・アブドゥッラ　三〇〇〇円
［価格税別］